L'AMPHITHEATRE
SANGLANT
OV SONT REPRESENTE'ES
PLVSIEVRS ACTIONS

Tragiques de ñostre Temps.

Par Monsieur l'Euesque de Belley.

A ROVEN,

Chez IEAN DE LA MARE, tenant sa
boutique au haut des degrez
du Palais.

M. DC. XL.

L'AVTHEVR
AV LECTEVR.

N cét Amphiteatre San-
glant ou sont representées
plusieurs Actions Tragi-
ques de nostre siecle. Vous
ne verrez autre chose, Le-
cteur, qu'vn ramas de quelques Occurren-
ces funestes que i'ay tirées dans la masse de
plusieurs autres que i'ay remarquées dans
mes memoires. En cela ie marche apres les
pas de François de Belleforest & de François de Rosset qui ont auparauant moy escrit des Histoires tragiques auec vn succés
assez heureux. Mais si i'imite leur forme,
ie ne touche nullement à leur matiere ; car
ie ne mets point le ciseau sur des estofes que
d'autres ont desia taillées, les Euenemens
ă ij

quelle deſcrits eſtans preſque tous nouueaux & qui n'ont point encore eſté diuul-
guez. Si ceux-cy te ſõt agreables, i'en ay encore d'autres que ie te preſenteray ſous diuers tiltres. Ie ne m'arreſteray point à te
faire voir les vtilitez qu'apportent au public les Narrations des ſujets tragiques,
veu qu'elles ſont auſſi euidentes que la lumiere du ſoleil en plein midy. Le monde eſt
le Sanglant Amphitheatre de ſemblables
Actions qui arriuent tous les iours deuant
nos yeux & qui ſont d'autant moins re-
marquees qu'elles nous ſont plus familie-
res. Il en eſt de ceux qui conſiderent les
actions humaines auec attention, comme de
ceux qui contemplent les œuures de la nature auec vne ſpeculation particuliere; car
comme ceux-cy deſcouurent mille ſecrets
que le vulgaire ignore encore qu'il les voye
auſſi bien qu'eux. Ceux-là de meſme re-
marquent dans ce qui ſe paſſe dedans le
monde beaucoup de choſes ſignalées & capables d'occuper les eſprits qui ne ſont inut-

lement apperceuës par ceux qui ne les enui-
sagent que superficiellement. Les Anciens
qui ont amusé les peuples par les Spectacles
des Theatres , ou se representoient des
Actions tantost Tragiques, tantost Comi-
ques en faisoient vn mystere Politique
non seulement pour recreer la populace mais
pour imprimer dans les esprits des specta-
teurs L'horreur du mal, & le desir du bien
par les diuers succés de la Vertu & du vice. Et à dire la verité toute la Morale rou-
lant sur ces deux Poles, la fuitte de ce qui
est mauuais, & la suitte de ce qui est bon: il
n'y a point de doute que l'exemple soit leu,
soit representé, à vn grand ascendant de
persuasion sur les esprits. Et c'est la raison
principale qui faict que l'on punit en public
& à la veuë de tout le monde les criminels
que l'on condamne au supplice, afin que leur
punition serue de frein aux meschans &
donne vne sainte horreur des crimes qu'ils
ont commis & qui ont attiré de tels chasti-
mens sur leurs testes. Et comme le monde

est composé de plus de meschans que de bons, il est besoin de donner de la crainte & de la terreur à ceux-là par la veuë des peines que les loix ordonnent & font souffrir à ceux qui s'escartent de leur deuoir. C'est le but où visent les Histoires funestes representées en cet Amphitheatre dont tu vas estre le Spectateur. Face le Ciel que par leur veuë soient destournez du precipice des mal-heurs, ceux qui se laissent emporter aux aueugles mouuemens de leurs passions desreglées.

TABLE.

DES HISTOIRES

LIVRE PREMIER.

LIVRE DEVXIESME.

AMPHI-

ANPHITHEATRE
SANGLANT,
LIVRE PREMIER.

L'Auare Infortuné.

HISTOIRE I.

ENTRE les beaux & riches fleuues dont la France est arrosée, la Garonne tient vn rang principal, à la teste & à la fin de son courant elle est ornée de deux grandes Citez, Tholose & Bourdeaux, & sur ses riuages on ne void que Villes & Bourgades qui l'embellissent de tous costez. Parmy les vallées & les

A

campagnes baignées de ceste fameuse ri-
uiere, on ne rencontre que des maisons de
Nobleſſe, & des peuples tellement nez à
la guerre que Mars prend quelquefois
ceſte contrée pour la Thrace, parce que
les hommes y naiſſent Soldats, & comme
enuironnez de flamme & de fer. En ces
quartiers-là naſquit le Gentil-homme
dont l'auarice infortunée fera l'ouuerture
de cét Amphitheatre Sanglant. Son nom
ſera Criſpian, dont nous ſeruirons comme d'vn creſpe pour voiler ſa renommée
ſans perdre le fruict que nous pouuons retirer de ſon funeſte exemple. Son pere le
laiſſa vnique en ſon ſexe auecque deux
ſœurs à qui il legua par teſtament dix mil
eſcus de dotte pour chacune, inſtituant
Criſpian pour le reſte ſon heritier vniuer-
ſel. Les amples falcultez qu'il recueillit
de cét heritage ne peurent eſtancher ſa
ſoif, il taſcha de les augmenter en eſpouſant vne femme fort riches appelée Eugenie, & pour engloutir encor les biẽs de ſes
ſœurs il taſchoit par toutes ſortes d'inuentions de leur perſuader de ſe ietter dans
des Cloiſtres. Voyant que ſes induſtries
ne ſeruoient de rien, & que ſes vocations-
là qui deuoient venir du Ciel n'eſtoient

point releuées par des raisons de chair &
de sang, il vsa de tant de rigueurs & de
mauuais traittemens enuers elles, que
Marthe la Cadette pour auoir la paix &
ne pouuant plus resister à tant de tempestes se resolut en fin de suiure l'incarna-
tion de son frere, & pour luy complaire
de prendre l'habit Religieux. Crispian
composa auec le Monastere pour la recé-
ptiō de sa sœur & en tira le meilleur marché qu'il pust; l'an du Nouiclat estant passé Marthe fit profession, mais auparauant
elle fit vn testament par ou elle faisoit heritiere sa sœur Spinelle son aisnée, non
seulement en haine de son frere qui l'a-
uoit si mal traittée: mais parce qu'elle le
voyoit assez riche, & que d'ailleurs aymāt
sa sœur elle souhaittoit de la voit plus
auantageusement pourueuë. Crispian qui
pensoit que les Loix le fissent heritier se
contenta de payer ce qu'il auoit conuenu
auecque l'Abbesse qui estoit enuirō quinze cens escus, s'attribuant le reste des dix
mil escus comme s'il en eust esté le maistre.
De là neantmoins à quelque temps le testament parut & Spinelle voulut iouïr de
cét auantage, son frere supris de ceste nouuelle non attenduë la tient pour vn affront

s'en prend à celle qui ne demandoit rien
que de iuste & qui ne faisoit que recueillir
la bône volonté qui luy tesmoignoit celle
que les mauuais traittemens de Crispian
auoient côme trainée dans le Cloistre. Au
lieu de se côduire doucement en ceste occurrence, la colere animée de son auarice
le porte à outrager sa sœur de fait & de parolle: car non côtant de luy auoir dit toute
sorte d'iniures sans considerer que la honte de sa sœur reiallissoit sur son propre visage il la frappa cruellement, & de là auant
la tempesta auecque tant de rigueur qu'elle fut contrainte de s'enfuir chez vn de ses
parens, & de faire authoriser sa retraitte
par la Iustice. Cela despleust extrémement
à Crispian qui pensoit par ses violences
ranger aussi bien celle-cy à son point qu'il
auoit fait l'autre: Estant donc sous la conduitte de la femme d'vn de ses cousins dame fort honorable, mais dont la ieunesse
ne prenoit pas grand ascendant ny authorité sur Spinelle, aussi-tost se voyant pleine
de biens (car elle fit declarer bon en iugement le testament de sa sœur, son frere
estant neantmoins conserué en la qualité
de tuteur iusques à ce qu'elle fust mariée)
elle ietta les yeux sur diuers partis, com-

me aussi plusieurs poursuiuãs attacherent
leurs pretensions sur elle. Crispian qui la
voyoit eschappée de sa sujection se mit
dans les artifices pour tascher de dissiper
toutes ces recherches, & d'effect il en escarta vne grande partie, tantost par de
faux rapports, tantost par prieres, tantost
par menaces, mais comme il est mal aisé
de chasser tout à fait les mouches d'vne
cuisine, ou la fortune fait reluire des commoditez, il est difficile que ceux qui pre-
tendent de s'en enrichir s'en d'espartent.
Entre les autres qui perseuererẽt en leurs
poursuittes malgré les opositions, les ruses
& les violences de ce frere, Sidoine cadet
de bonne maison, mais cadet de Gasco-
gne, c'est à dire, plus chargé de valeur que
de vaillant, fut vn des principaux. Il ne
s'estonna point pour les menaces parce
qu'il estoit fort adroict aux armes & plein
de courage, le desir de s'auancer par ce
grand mariage le pressoit, le bon accueil
& le gracieux visage que luy tesmoignoit
Spinelle esleuoit ses pensées & enfloit ses
esperances, & certe il ne se trompa pas en
l'opiniõ qu'il conceut qu'elle luy vouloit
du bien plus qu'à aucun de son Riuaux;
car dans peu de iours il entra si auant dans

les bonnes graces que ce feu qui se vent
cacher dans le sein se rallume, sortant
par la bouche de Spinelle, en quelle
part il possedoit ses affections, sans m'arrester à despeindre la naissance & le progrez de ceste amitié qui ne pouuoit estre
que iuste puis qu'elle auoit le mariage
pour visée, ie me contenteray de dire que
Spinelle declara qu'elle preferoit Sidoine
à tout autre & qu'elle desiroit l'auoir pour
mary. Aussi-tost Crespian s'oppose à ce
desir de sa sœur & à la recherche que le cadet faisoit à camp ouuert & pour l'empescher il allegue la pauureté de Sidoine côme estant vn party inegal aux richesses de
sa sœur, il se sert de la Iustice pour obtenir des deffences, il y auoit du credit, parce qu'Eugenie sa femme estoit fille d'vn
Magistrat fort authorisé dans sa compagnie. Cependant la difficulté accroist la
flamme des deux Amans, comme l'eau
des forgerons augmente l'ardeur de leur
bralze, plus on leur contredit la communication, plus ils se voyent plus fortement
il nouent leurs affections, & plus subtile-
ment pratiquent-ils des intelligences, Sidoine à ce qu'on tient ayant gaigné l'esprit de ceste cousine qui auoit la conduite

de Spinelle auoit par fon moyen l'accez libre vers fa maiftreffe bien que ce fuft dans
les termes de l'honneur. A la fin voyans
qu'ils ne pouuoient defmefler les nœuds
des difficultez que Crifpian faifoit naiftre
tous les iours au moyen de la chicane pour
empefcher leur mariage. Ils fe refolurent
à vne fuitte, fe promettant que les nopces
eftant faites & le mariage confommé ils
rameneroient enfin Crifpian à la raifon,
& au pys-aller qu'ils compoferoient auecque luy de l'heritage de Marthe. La ieuneffe aueuglée d'amour fe laiffe affez facilement aller aux defirs de fon cœur & fe
promet des Rofes de facilité où les efpines des difficultez fe trouuēt fans nombre.
Ils ne furent pas plutoft efcartez que Crifpian prēd cefte occafion aux cheueux pour
crier au rapt pour faire faire le procez à
Sidoine & reduire fa fœur dans vn Cloiftre comme eftant defhonorée apres auoir
fait declarer le mariage nul cōme fait par
fraude & clandeftinement, & luy fait parler d'accord, on luy offre la carte blanche,
mais fon extréme auarice l'aueuglant il ne
voulut iamais fe relafcher de riē, fon beau
pere mena l'affaire fi dextrement qu'il
fait declarer le mariage de nul effat & con-

damner Sidoine comme rauiffeur à perdre
fa tefte, ce qui ne fut exécuté qu'en effigie,
& pour Spinelle qu'elle feroit ictée dans
vn Monaftere comme ayant confenty à
fon enleuement au prejudice des deffences
qui luy auoient efté faites d'efpoufer Sidoine. Que pouuoit defirer d'auantage
Crifpian, mais fouuent la fortune efleuée
au plus haut ceux qu'elle veut precipiterau
plus bas de fa roue. Il ne fe côtente pas d'a-
uoir obtenu ce qu'il fouhaitte fon auarice
paffe dans la cruauté, il eft bien aife que fa
fœur demeure en vn perpetuel exil pour
efpargner ce qui luy couteroit a l'entretenir dans vn Cloiftre, il va plus outre &
veut que l'infamie de Sidoine dure long-
temps, eftant marry que les parens & les
amis de ce Gentil-homme euffent durant
la nuict ofté le tableau de fon fupplice
du lieu public où il auoit efté attaché, il y
en fait mettre vn autre & il entretient des
gardes durant la nuict pour empefcher
qu'on ne l'enleue. Les parens du condamné s'en offencent, & apres auoir fait prier
Crifpian d'accoifer fa colere & de moderer fa rigueur, fans auoir rien auancé fur ce
farouche courage ils deliberent de s'affem-
bler de donner la fuitte aux gardes & d'ar-

...cher cét infame portraict qui, deshóno-
roit toute leur race & exposoit leur nom à
l'approbre. Ce qu'ils entreprennent ils l'e-
xecutent, mais le mal-heur voulut que les
Archers qui estoiét en garde se mirent en
deffence, & vn ieune Gentil-homme appelé Eleazar cousin de Sidoine en coucha vn
sur le carreau. Crispian fait aussi tost in-
former & à l'aide de son beau pere fait vne
si chaude poursuite contre Eleazar qu'il le
fait condamner à la mesme peine que Sidoine il l'euita par sa suitte, & son effigie
fut mise en vne mesme potence aupres de
celle de Sidoine. Eleazar ayant appris cét
affront se resolut de s'en vanger à quelque
prix que ce fust, il fait appeler Crispian qui
faisant semblant d'aller au lieu de l'assigna-
tion y fait mettre des Archers en embuscade pour prendre Eleazar, lascheté indigne d'vn homme de sa naissance. Comme
ils sont en presence ceux qui estoient aux
embusches paroissent, alors Eleazar se
voyant trahy & sans moyen d'euader vn
peril si manifeste, & en suitte vne mort
infame entre de fureur sur Crispian &
l'appelant traistre & perfide luy donne vn
coup de desesperé, luy passant l'espée au
trauers du corps & s'enferrant soy-mesme

dans celle de son ennemy, Crispian mourut à l'instant & Eleazar fut pris blecé à
mort, & mené dans la prison en ce sanglant equipage, son procez estoit tout fait,
son crime redoublé par ce duel, le beau-
pere de Crispian picqué de la perte de son
beau fils sit vne si chaude poursuitte que le
l'endemain, Eleazar perdit la teste sur vn
eschafaut. Crispian laissa vn fils & sa femme enceinte, qui à la nouuelle de la mort
de son mary, tombant de sa hauteur toute
esuanoüie se blessa de telle sorte que dix
jours apres elle acoucha auant terme d'vn
enfant mort qui la traina incötinēt apres
au sepulchre, le beau-pere prit le soin & la
tutelle de celuy qui restoit, mais elle fut
de peu de durée. Pendant ce têps-là Sidoine & Spinelle tascherent de s'accommo-
der auec ce tuteur pour mettre fin à la
misere de leur exil, mais soit qu'il fust outré de la mort de son gendre & de sa fille,
soit que l'ardeur de posseder tant de biens
luy eust donné la mesme passion qu'auoit
euë Crispian, il ne voulut iamais oüir parler d'accord. Cependant Sidoine s'estoit
sauué auecque Spinelle dans les Pyrenées,
& de là dans la Nauarre ou ayant pratiqué
quelques intelligences pour le seruice du

grand Henry (car ce fut sous son regne
qu'arriua ceste Occurrence Tragicque) il
obtint pour ses seruices & par la faueur de
ses amis sa grace de ce Monarque tres-cle-
ment, grace qui le remit en son honneur
& Spinelle sa femme en ses biens. A peine
furent-ils de retour au pays pour recueillir le fruict de ceste grace, que le fils qu'a-
uoit laissé Crispiã mourut entre les bras de
son grand pere qui fut contrainct malgré
toutes ses chicaneries de lascher cette
grande succession qu'il deuoroit en pensée, & de la voir venir à celle qui y estoit
appelée par les Loix & la nature. Ce n'est
pas à nous d'entrer dans les secrets de la
Prouidence : mais s'il est permis de faire
des coniectures raisonnables sur les euenemens il me semble que l'auarice de Crispian est le suiet fondamental de toutes ces
infortunes, & que Dieu qui punit l'iniquité des peres sur les enfans a fait sentir sa
Iustice à sa posterité. Cét impitoyable frere ne meritoit pas vn moindre chastiment
pour auoir esté si cruel à ses sœurs qui
estoient sa chair & son sang propre. La
trahison aussi qu'il auoit brassée contre
Eleazar ne meritoit pas vn moindre chastiment, puis que Dieu a en abomination les

hommes trompeurs & fanguinaires. O
combien il eſt vray que toutes les voyes de
Dieu ſont Miſericorde & Iuſtice. Voyez-
vous celle-là ſur Spinelle, & celle-cy ſur
Criſpian. Les yeux du Seigneur ſont ſur
les iuſtes pour les tirer de tribulation, &
ſon viſage ſur ceux qui font mal pour effacer leur memoire de la terre.

L'Infidele Chaſtié.

HISTOIRE II.

Egnoit en ceſte Monarchie
ce rare & vertueux Prince,
que ces merites auoient fait
eſlire & eſleuer ſur le trône de
la Palogne auant qu'vne legi-
time ſucceſſion l'appellaſt ſur celuy de la
France lors que le Formoſe Cheualier
principal & qui auoit de belles charges en
la Cour de Charles neufieſme y fut continué ſous le regne de Henry troiſieſme ſon
ſucceſſeur. Il eſtoit de ces Mars qui ont
touſiours quelques Venus dans la fantaſie.
Mais enfin ceſte volage humeur qui luy

auoit fait bruſler les aiſles de ſes deſirs à
tant de diuers flambeaux qui brilloient à
la Cour, eſtant aucunement paſſée il ar-
reſta ſes vœux ſur Mandalis l'vne des belles filles de ſon temps, & qui euſt eſté vne
perle ineſtimable ſi elle euſt pû conſeruer
l'honneur auec la beauté. Sa vertu au commencement la rendit de difficile accez à
Formoſe, mais s'il n'eſt point de ſi farouche animal qui ne s'appriuoiſe à la fin par
vn doux traittement beaucoup plus facilement ſe pourra vaincre, le courage d'vn
ſexe qui eſt né pour la douceur & nourry
dans la minardiſe & la delicateſſe. L'eau
qui eſt ſi molle caue la pierre qui eſt ſi dure, non par la force, mais par vne cheute
continuée, l'aſſiduité des ſeruices de Formoſe amollit en fin le cœur de Mandalis
qui perdit peu à peu ceſte iuſte rigueur qui
ſert de bouclier à vn chaſte ouurage. Ce
Cheualier eſtoit vn party ſi auantageux
pour elle que pour faire vne telle conqueſte elle eſtima qu'elle deuoit meſler ſes attraicts auecque toute ſorte d'honneſte
condeſcendance de peur d'effaroucher
& de chaſſer cét oyſeau qui venoit donner de luy-meſme dans ſes filets, heureuſe ſi elle en fuſt demeurée à ces termes,

mais enle voulant prendre elle fut priſe, &
le voulant ſurprendre auec artifice, elle ſe
laiſſa tromper tout naïfuement. Formoſe
eſtoit de ces galands de la Cour qui chaſ-
ſent de haut vent, & qui ne prenans alliance que par ambition & pour appuyer leur
fortune ne ſe laiſſent pas ordinairement
attraper par les yeux. Ce ruſé ayant remarqué aux regards, aux geſtes & aux parolles de Mandalie qu'il eſtoit bien
auant dans ſon ame & qu'elle le deſiroit paſſionnement pour mary, commença à tendre ſes rets pour la poſſeder
comme amy ne manquant pas d'accortiſe
& de ſoupplſſe pour arriuer à ce deſſein.
Apres auoir donc fait autant prendre de
ce doux poiſon que l'on appelle aimer à
cette fille, qu'auparauant pour elle il en
auoit humé par les yeux, il luy fut aiſé de
faire paſſer en ſa creceàſes fauſſes promeſ-
ſespour de veritables oracles; car qu'eſt-ce
que la folie d'aymer ne perſuade à vn cerueau qui en eſt ataint, elle luy parle, elle l'é-
coute elle reçoit de ſes lettres & lui fait des
reſpōces; elle conſent qu'il luy parle à ſecret, à l'eſcart, à des heures tenebreuſes,
elle luy permet au commencement toutes
les libertez qu'il euſt pû deſirer ſon hon-

neur estant conserué, mais qui n'en presa-
geroit la ruine parmy tant de priuautez;
qu'est-ce que la nuict, la ieunesse, & la passion peuuent auoir de moderé, si d'vn costé Formose le presse de luy accorder ce
que les amans souhaittent auecque plus
d'ardeur, elle luy oppose son honnesté &
le coniure s'il veut cueillir cette fleur que
ce soit dans le parterre du mariage, Formose luy iure & luy proteste par mille sermens qui ne valent pas vn bon ouy, qu'il
n'a point d'autre intention mais que ses affaires sont pour lors en tel estat qu'il ne
peut l'executer si promptement, & d'autre
part sa passion si vehemente que s'il ne la
guerit par le violent & dangereux remede
de la possession il ne peut plus viure, la sotte Mandalis trop credule se laisse piper
aux parolles de cét infidelle, & se contentant d'vne promesse de mariage auec
vn terme assez court, elle perd sa fortune par le mesme moyen que son
inconsideration luy dicta, quelle deuoit employer pour l'establir. Vous en-
tédez bien ce que ie ne puis voiler auec assez de pudeur, de maistresse elle deuint
esclaue, de desirée mesprisée, & comme
ce qui est violent dure peu, cette excessiue

a... que luy tefmoignoit, ...
...angea dans peu de temps en glace ...
qu'il euft affouuy fes defirs ... ...
Troyens dit l'ancien prouerbe, fe re...
tent, mais trop tard. Mandalile ... au
rang des belles mal-heureufes, ...
parauant triomphoit de ce cœur ... ...
dont elle eftoit alorce comme ... ...
fe. Et voyez la mifere de cette in... ...
fi elle euft perfeueré encore quelque peu
en fon honnefteté, Formofe ... fut le
point de l'efpoufer ne pouuant plus refifter
à la violence de fon appetit. Mais depuis
il paya d'vn ingrat mefpris celle qu'il auoit
lafchement feduitte par vne promeffe fo-
lemnelle & qui fans cela ne fe fuft iamais
mife en fa puiffance, elle euft beau fe v'ranger fur fes yeux qu'elle penfa noyer de larmes de fa trop lafche facilité, fi ne put elle
effacer cette belle forme de Formofe que
l'amour auoit grauée fur fon cœur. Encore qu'il euitaft fa rencontre auecque les
mefmes foins dont il auoit auparauant recherché de la voir, fi eft-ce que le malicieux fçauoit deftremper l'amertume de
fon rebut en de feintes douceurs qui char-
moient cette pauure fille & qui la nour-
riffoient de vaines efperances de voir l'effect

fect de ses promesses. Tandis qu'il l'amu-
soit ou plustost qu'il l'abusoit de la sorte,
Il auint qu'vn grand de cét Estat ayant receu quelque mescontentement à la Cour
se retira d'aupres du Roy & s'en alla en
son gouuernement en intention de s'en
ressentir & de faire des monopoles. Et
parce qu'il sçauoit que Formose estoit vn
esprit de faction & vn homme de main, il
tascha de le gaigner & de l'attirer à son
seruice, il le caiolle, il fait briller deuant
son humeur naturellement ambitieuse des
grandeurs imaginaires qu'il pourroit acquerir dans vn remumeent, & pour se l'attacher auecque de plus forts liens, il luy
propose de luy donner pour femme vne
de ses niepces, party auantageux & il-
lustre pour nostre courtisan. Formose suit
cét ardant infortuné qui le conduira en
des precipicies. Il quitte la Cour & Mandalis qui laissa sa mere & qui acoucha d'vn
fils de là à quelque temps. Il ne fut pas
plustost arriué en la Prouince ou le mena
ce grand que nous appellerons Almansor
que le voila dans les nouuelles amours de
Triphile, c'est le nom de la Niepce du
Gouuerneur, elle estoit belle, elle estoit
riche, elle estoit de bonne maison ; son

Oncle luy faict esperer des merueilles,
tout cela satisfaict son ambition. S'il
presse ce mariage Almansor y consent
& il fut conduit si promptement que
Mandalis en sçeut presque aussi-tost
la consommation que la nouuelle. C'est
icy ou vne plume de loisir represente-
roit le creue-cœur, & les regrets de la
deplorable Mandalis. Si le ciel n'eust
eust soin de sa conseruation combien de
fois le desespoir luy proposa-t'il le fer
& les precipices. Mais elle est reseruée
pour vn spectacle de bonté & de loyauté qui esclatera, opposé à l'infidelité de
Formose qui noyé dans les plaisirs de sa
nouuelle alliance là tout a fait ostée de son
ame pour y loger les perfections de Triphile. Ces contentemens passerent comme l'ombre & ne durerent qu'vn an, les
menées d'Almansor ne purent estre si secrettes que le Roy qui a les yeux aussi
ouuerts que les mains longues ne les
descouurist. Pour éuiter que ce petit
feu par le progrez ne deuint vn grand
embrasement on enuoya pour l'esteih-
dre, la faction estoit encore si foible
qu'Almansor, iugeant qu'il ne pourroit
faire grande resistance se sauua auptes,

du grand Henry qui n'estoit encore lors
que Roy de Nauarre & Prince de Bearn.
Il auoit confié vne place assez bonne &
forte à Formose qui estoit deuenu son
nepueu par le mariage que nous auons
dit, en voulant tesmoigner son courage
& sa foy à celuy qui luy en auoit donné
la garde, il ne s'auisa pas qu'il se reuol-
toit contre son Roy qui estoit le souuerain & le Maistre de son Maistre. Il se
laissa assieger iusques à voir pointer le
canon, alors tous les Capitaines & les
soldats conclurent, à vne composition
qui donna la vie aux gens de guerre,
mais les Chefs furent contraincts de se
remettre à la misericorde du Roy, dont
on leur promettoit vn traittement fauorable. Formose fut ainsi amené pri-
sonnier auec quelques autres. La reuolte est vne chose si odieuse qu'il trouua peu d'amis qui voulussent parler pour
luy, ses parens mesme luy estoient peu
officieux, craignant de desplaire à sa Majesté à qui ils estoient redeuables de beaucoup de bien-faicts: Ouystes vous iamais
parler d'vne generosité semblable, l'a-
mour de Mandalis qui deuoit estre con-
uertie en vne haine mortelle luy fit

B ij

entreprendre la cauſe de celuy qui l'a-
uoit ſi laſchement trahie & plongée dans
le deshonneur , elle auoit eſté quelque
temps auprés d'vne Princeſſe qui auoit vn
trés-grand credit auprés du Roy , elle
la coniure de demander la grace de Formoſe. Cette Princeſſe qui ſçauoit le
mal-heur de cette Damoiſelle rauie de
ſon incomparable bonté , luy promet
d'en parler au Roy à qui elle repre-
ſenta naïfuement par quel mouuement
elle eſtoit pouſſée à luy demander cette
faueur , luy racontant ſommairement
l'hiſtoire de la grace de Mandalis & de
la legereté de Formoſe. Le Roy qui
auoit quelquefois veu Mandalis à la Cour
à la ſuitte de la Princeſſe admira cette
prodigieuſe courtoiſie , & deſira parler
à cette Damoiſelle pour ſçauoir plus
particulierement d'elle quel eſtoit le reſ-
ſentiment de ſon cœur, il reconnuſt à ſes
diſcours & à ſes larmes que la veritable
amour qu'elle auoit touſiours portée à cét
ingrat Gentil-homme n'auoit pû s'eſteindre parmy les eaux de tant d'outrages,
& qu'elle demandoit ſa vie auec autant
d'inſtance que ſi elle en euſt touſiours
eſté bien traictée, le Roy qui eſtoit d'vn

naturel fort humain fut touché de pitié
& dit à cette infortunée Damoiſelle
qu'il donnoit la vie de Formoſe à ſon
amour, & qu'il vouloit que ce Gentil-
homme luy en fut redeuable, & ordon-
na qu'il fit autant de part de ſes biens à
l'enfant qu'il auoit eu d'elle qu'à aucun
de ceux qui naiſtroient de Triphile, puis
qu'il auoit eſté conçeu ſous vne promeſſe qui deuoit eſtre inuiolable. Repre-
ſentez vous l'eſtonnement de Formoſe
quand il ſe vid ſecouru & ſauué par
celle qu'il auoit ruinée d'honneur &
qu'il tenoit deuoir eſtre ſa plus mortelle
ennemie. Que ſa malice luy parut noire
aupres de ſa candeur de Mandalis, que de
regrets deuorerent ſon cœur, par combien de pleurs & de ſouſpirs teſmoigna-t'il
le deſplaiſir de ſon ingratitude, combien
volontiers ſe fuſt-il attaché à elle s'il
n'euſt point eſté lié autre-part, il faudroit
trop de parolles pour exprimer l'eſtat de
ſon eſprit en cette rencontre. Il fut mené ſur les lieux pour faire entheriner ſa
grace par le Parlement ou s'eſtoit faicte
la rebellion. Mais la Iuſtice ſans auoir eſgard à cette grace tirée de la clemence
du Roy par les pleurs d'vne fille qui l'a-

ſoient attendry, & conſiderant combien cette reuolte euſt cauſé de feux, de
ſang & de carnage dans la Prouince ſi la
trame n'euſt eſté deſcouuerte, declara
Formoſe & deux de ſes compliſes attaints
& conuaincus de crime de leze Majeſté
au premier Chef, & ſans auoir eſgard à
leurs graces leur fit à tous trois trancher
la teſte. Quand cét Arreſt fut prononcé
à Formoſe il recogneuſt alors la main de
Dieu ſur luy, ſes yeux furent ouuers ſur
ſon infidelité & fermez à toutes les pre-
tenſions du monde, il ſe rangea à la penitence & ſe conuertit à Dieu de tout
ſon cœur faiſant vne fin tres-Chreſtien-
né, il proteſta hautement meſme ſur l'eſ-
chafaut que l'ambition l'auoit aueuglé,
qu'il meritoit la mort pour s'eſtre reuol-
té contre ſon Prince, remerciant meſme les Iuges qui l'auoient condamné,
loüant leur équité & beniſſant Dieu qui
le preparoit à receuoir des effeéts de ſa
miſericorde par les rigueurs de ſa Iuſtice,
il recognuſt que quand il n'y auroit autre
ſubjeét de le faire mourir que l'infidelité qu'il auoit commiſe enuers Mandalis il eſtoit aſſez ſuffiſant, demandant mille pardons à cette Damoiſelle, à

qui fous le bon plaifir du Roy il dõna tous
fes biens à l'enfant qu'elle auoit de luy
(car de Triphile il n'en euft point) & iufques aux derniers traicts de la mort, il euft
fon nom dans la bouche. En montant mefme fur l'efchafaut où il alloit facrifier fa
vie pour l'expiation de fes fautes il s'efcria
ha! Mandalis, Mandalis. Et puis ayant
demandé pardon à Dieu, au Roy, à la
Iuftice & à cette Damoifelle, il donna
courageufement fa tefte à l'executeur qui
l'enleua de deffus fes efpaules. Le Roy
fçachant cette execution fut marry que fa
clemence n'euft trouué plus de douceur
parmy ceux qui exerçoient fa Iuftice, &
remettãt la confifcation des biens de Formofe en faueur de Mandalis & de fon enfant, il reftitua cette pauure efplorée en
fon honneur, & voulut que fon fils fucce-
daft au nom, aux armes, à la qualité & aux
biens de fon pere comme legime. Depuis
Almanfor fit fa paix à loifir par le moyen
du Roy de Nauarre. Les grands ont des
refources qui manquent aux petits, & ils fe
fauuent où les autres periffent, ceux-là
font mal confeillez qui fe fient à eux puis
qu'ils fe feruent des hommes comme
de pelotes pour s'en ioüer. Leur gran-

qui deuroit aggrandir leurs fautes les rend moindres, & ce qui ne leur est que ieu est vn grand crime à ceux qui sont dans vne fortune plus basse. C'est s'appuyer sur des bastons de roseau que de se reposer sur eux, ils laissent ordinairement au besoin ceux qui se sont embarquez dans leurs menées, & quand le vaisseau de leur dessein vient à faire naufrage ils ont tousiours quelque esquif pour se sauuer, & laissent noyer les autres deuant leurs yeux. Sage celuy qui a pour maxime ce mot du Roy Prophete, ne vous confiez point aux Princes, car il n'y a point de seureté, ny de salut en eux.

La sanglante Chasteté.

HISTOIRE III.

E fut la vanité qui porta Caton d'Vtique & encore cette belle Reine d'Egypte à se tuer plustost que de tomber en vie entre les mains de leurs ennemis. Ce fut le regret de sa pudeur violée qui rendit Leucrece meurtriere d'elle mesme. Mais ce fut l'amour de la Chasteté, qui par vn estrange accident causa la mort d'vn des vertueux adolescens, que le Soleil éclairast du temps de nos peres. Il me déplaist que cét euenement ne soit François & que nostre nation ne l'ait produit, elle qui est en effect incomparablement plus chaste que la Sicilienne. Ce fut en cette belle Isle, la gloire de la Mediteranée & dont la fercilité nourrit la meilleure part de l'Italie, que nasquit Cadrat, miracle de coninen-

ge en vne region diffamée du vice contraire. Et ce qui est de plus admirable c'est
qu'il estoit fils d'vn pere qui toute sa vie
auoit tousiours esté dans le desordre & la
desbauche, comme s'il n'eust point esté
Chrestien : mais esleué parmy les Orien-
taux où la Poligamie est en regne. Il ne se
contenta pas durant son mariage de sa seule femme mais cõme si elle ne luy eust feruy que pour irriter son desir effrené, il
couroit apres les autres comme vn esta-
lon, & dissipoit la meilleure partie de son
bien à l'entretien des femmes de mauuaise vie. Sa femme estant morte de qui il
auoit eu Cadrat & quelques filles, il ne remit plus son col sous le joug d'Hymen,
qui sembloit trop dur à son esprit libert-
tin & amoureux du change ; mais laschant
la bride à son incontinence & imitant ces
vieillards poursuiuans de Susanne abbais-
sant les yeux pour ne voir pas le Ciel, ban-
nissans de son cœur & la crainte de Dieu
& la pudeur humaine, il attira chez luy
plusieurs femmes perduës auec qui il menoit vne vie nõ moins scãdaleuse que des-
bordés. Pour ne donner point vn si mauuais exemple aux yeux de ses filles il les fit

esseuer, (selon la mode d'Italie) en
des Monasteres. Quant à son fils tant s'en
faut qu'il craignist de luy donner de
mauuaises impressions, qu'au contraire
il se faschoit de le voir si continent & si
sage, attribuant à sottise & à stipudité ce
qui procedoit d'vne eminente vertu, plus
forte que la nourriture vicieuse. Car vous
deuez sçauoir que ce ieune garçon auoit eu
dés son enfance vne si forte inclination
à la pieté & à l'honnesteté, qu'en despit de
tant de mauuais objects qui donnoient
tous les iours dans ses yeux, il ne laissoit
de pratiquer tous les exercices de deuotion les plus recommandables, viuant
dans vne maison desbordée ainsi que le bõ
Loth dans vne ville abominable. C'estoit
vne mere perle qui conseruoit sa beauté,
son integrité sa neteté au milieu de la mer,
& par la lumiere & la bõne odeur de sa vie,
vous eussiez dit qu'il auoit pris à tasche de
reparer tout le scãde dont le mauuais exẽ-
ple de son pere emplissoit le voisinage,
c'estoit en somme vn sainct enfant d'vn
pere desbanché. Que le monde est iniuste
n'aymant que ceux qui le suiuent en
ses mauuaises actions & qui imitent ses

œuures de tenebres, A cela ie cognoi-
stray, dit le Saulleur à ses Disciples, si
vous estes des miens, quand le monde
vous haïra, parce qu'il m'a eu premiere-
ment en haine. Si vous estiez ses suiuans
il vous cheriroit, mais parce que vous
detestez ses voyes vous luy serez en abomination. Tant s'en faut donc que ce
miserable fit reflection sur la vertu de son
fils, qu'au rebours il luy estoit mauuais
pource qu'il estoit bon, & non content de courir à sa perte il vouloit encore entrainer apres soy cét adolescent au
precipice du vice, mais Dieu qui estoit
de son costé empeschoit ses mal-heureux
desseins. Il inspira à Cadrat le desir de
donner du pied au monde & de se faire
Religieux, frequentant sur cette pensée diuers Monasteres, pour faire election de l'ordre où il se rangeroit, le
pere qui auoit pour luy des sentimens
de chair & de sang, & qui n'ayant que ce
fils le destinoit au mariage pour pousser
par luy son nom & ses armes dans la memoire de la posterité, descouurit aussi-tost que ses conuersations ordinaires
estoient dans les Cloistres, & qu'il mist

nuitoit sa retraitte dans quelqu'vn. Le
voila aux alarmes, comme s'il eust redouté
de perdre par ceste voye celuy qui desiroit
par ce sainct moyen asseurer son salut, sans
considerer qu'en le conseruant en la maniere qu'il eust voulu, il l'eust poulsé dans
la perte eternelle. Il luy parle, & luy fait
entendre que ses entretiens ordinaires
auecque les Religieux luy sont suspects,
& qu'il craint qu'à la fin les Moines par
leurs douces parolles ne gaignent son esprit & ne l'attirent à leur genre de vie. Le
sainct adolescent sans rougir de Dieu,
deuant les hommes, & sans faire aucun
d'estour de parolles confessa franchement
à son pere, que Dieu luy auoit donné le
desir de cette vocation, & qu'il n'en estoit
que sur l'election du genre de vie plus con-
forme à sa nature & à son esprit, parlant
en suitte du mespris du monde & de l'ex-
cellence de l'estat Religieux auec tant de
zele & de feruer que si son pere eust eu
des oreilles pour comprendre son discours
il eust sans doute esté porté à quelque
amendement de vie, mais estant enuielly
en ses mauuais iours sa malice le rendoit
sourd & aueugle, & luy ostoit toutes les
dispositions necessaires pour tirer du pro-

fit de si sainctes remonstrances, n'ayant
donc que des raisons humaines à opposer
aux mouuemens diuins qui sortoient de
la bouche de Cadrat comme des éclairs
& des carreaux de foudre, voyant qu'il ne
pouuoit resister à la force de l'esprit de
Dieu qui parloit par la langue de ce ieune
homme, il se mit à tempester, à crier, à
iurer, à menacer, à faire sonner son authorité paternelle pour faire peur à son
fils, qui ne craignant que Dieu se moc-
quoit en son ame de toutes les apprehen-
sions humaines. Imitant donc ces grands
arbres qui fortifient leurs racines, plus
ils sont battus des vents & des orages, plus
il estoit contrarié par son pere en son pi-
eux dessein, plus sa resolution se rendoit
ferme, desia son eslection l'auoit porté
vers l'ordre de sainct Romuald appelé de
Camaldoly, où l'on mene vne vie presque semblable à celle des Chartreux, il en
faisoit la poursuitte assez ouuertement,
& les Peres voyans sa feruenr & sa perseuerance commençoient à incliner à sa reception, lors que Siluestre (nous appellerons ainsi son pere) redoublant ses crie-
ries & ses violences, & voyant que cela
n'esmouuoit non plus l'esprit de son fils

que les vents & les vagues esbranlent vn
rocher qui esleue sa pointe au milieu de la
mer, estima que pour l'empescher d'executer son entreprise il n'y auoit point de
plus asseuré moyen que de se saisir de sa
personne & le mettre dans vne chambre
qui luy seruiroit de prison iusques à ce
qu'il eust passé cette fantaisie, ainsi ap-
peloit-il la vocation diuine. Ce qu'il pen-
sa il l'executa auecque facilité; Cadrat faisant aussi peu de resistance à cette force
qu'vn doux agneau que l'on meine à la
boucherie Estant enfermé encore que son
pere eust soin de luy faire presenter de
bonne viandes, le bon enfant ne se repais-
soit neantmoins que du pain de douleur
& de l'eau des larmes il, passoit le iour en
prieres & vne grande partie de la nuict,
affligeant son corps de ieusnes & autres
austeritez pour le tenir tousiours subiect à
l'esprit & imitant les trois enfans compagnons de Daniel qui ne viuoient que de
legumes au lieu des viandes Royales qui
leur estoient presentées. Siluestre faisoit à dessein presenter des mets deli-
cats & friands à cét enfermé, sçachant
que la chair bien repeuë se reuolte aisement contre la raison, & que B

chus & Ceres font les fourriers de Venus.
Mais l'adolefcent confeillé par vn efprit
auffi bon que celuy de fon pere eftoit mauuais recognoiffant le hameçon couuert de
cette amorce n'y prenoit pas, mais cha-
ftiant fon chafte corps pour le reduire en
feruitude il prenoit fes rebellions par
vn fobre traittement. Syluestre voyant
qu'il n'auançoit rien de ce cofté là s'auife
d'vne autre batterie auffi forte qu'elle eft
infame, & dont la violence confiftoit en
l'excés de fa douceur. Il luy fut aifé de per-
der fon intention à vne femme perduë,
car ces mal-heureufes louues font toufiours preftes à la curée, & fouffrent vne
faim canine de la chair humaine. Quand
il ne luy euft point propofé d'autre re-
compenfe, le brutal aiguillon de la volup-
té eftoit affez puiffant pour la potter à la
recherche de la iouiffance de Cadrat, dont
la ieuneffe & la beauté eftoient vn morceau friand pour vn femblable gouffre.
Elle entreprend donc auecque grande ioye
de corrompre l'honnefteté de cét adolefcent, & à ce deffein eftant durant les tenebres d'vne nuict introduitte toute nuë dans
fa chambre lors qu'il s'eftoit mis dans le
lict pour prendre fon repos, elle fe coula
                                                    à fes

à ses costez & l'embrassant où plustost
l'embrassant auecque des ardeurs impudiques , representez-vous en quel peril
estoit le champion de la Chasteté. Il tasche de se tirer d'entre ces bras lascifs,
comme d'entre les replis de quelque serpent execrable. Mais cette mal-heureuse
qui par beaucoup d'experiences auoit appris l'art de plaire aux hommes & de les
charmer par ses attraicts , ne laschant
point sa prise estoit preste d'emporter la
victoire & de faire succomber à sa puissance le partisan de la pureté , lors que
comme vne Anthée prenant vigueur de
son terrassement & recueillant les forces
de son corps & beaucoup plus celles de
son esprit, il se desueloppa par vne rude
secousse de ces funestes liens , & sautant
hors du lict court çà & là par la chambre
resolu de se ietter par la fenestre si elle
n'eust esté fermée auecque des barres de
fer , la porte estant aussi serrée , & l'im-
pudente creature poursuiuant comme
vne femme de Putifar le pudique adolescent qui ne sçauoit ou se sauuer, ny comme se garantir de ses vilains attouche-
mens , il s'auisa que sur la table il auoit vn
canif parmy ses plumes , il le prend & l'a-

pouuoir voir à cette maudite vipere, à la
sombre lueur qui donnoit parmy les obscu-
ritez, elle qui craignoit la peur deuint
effrayée de la peur qu'elle eust que ce ieune homme n'el'en offençast, dequoy Cadrat s'appareeuant. Ne crain point, luy
dit-il, meschante furie, que ie te blesse,
la charité me le defend, encore que la Iustice me permit de te chastier d'vn traittement bien rude, mais la chasteté que ie
desire conseruer inuiolable & que tu as
pensé perdre en moy me commande d'e-
stre impitoyable à moy-mesme, & de mal
traitter auecque ce fer ce corps qui a pû
plaire à tes yeux. Cela dit plein d'vn zele
extraordinaire il commence à se faire des
incisions sur les bras, les cuisses, les iam-
bes & l'estomac de telle sorte que vous
eussiez dit qu'il découpoit du rafetas ou
du satin, & qu'il estoit insensible à la
cruelle douleur que luy deuoient causer
les taillades qu'il se faisoit. Le sang commença à en ruisseler auec telle abondance
que le plancher de la chambre en furtout
arrosé, & luy aussi-tost se sentant foible
de cette perte tomba esuanouy & nagea
dans son sang. La vilaine femme, de crier
au meurtre & au secours, le peuple qui

estoit au dehors de rire croyant que son
fils l'outrageast , & esperant qu'en fin la
victoire seroit du costé de cette infame ,
mais quand il oüit qu'elle disoit que Cadrat s'estoit tué & qu'il flottoit dans son
sang, Siluestre ouure la porte, entre auecque des lumieres & ses seruiteurs & void
ce sanglant spectacle que nous venons de
despeindre. Ce fut lors que ses ris furent
changez en pleurs & qu'il reconnust, mais
trop tard la sagesse de son fils & sa propre
folie. On court aux remedes, l'on tasche
d'estancher le sang & de bander ces de-
coupures; mais elles estoient si longues, si
profondes , & si enormes qu'elles faisoient horreur à regarder, les Chirurgiens
sont appelez qui y mettent des appareils,
on fait reuenir Cadrat de sa pamoison si
foible & si abbatu qu'il sembloit qu'il al-
last sur le champ rendre l'ame. Tout son
corps n'estoit qu'vne playe, & en tant de
lieux il s'estoit coupé des veines & des
nerfs que les medecins asseuroient qu'il
en seroit estropié toute sa vie. Mais Dieu
qui le vouloit en sa part abregea ses iours,
& la gangrene s'estant mise à vn de ses
bras il le falluft trancher , il endure ce
martyre auec vne extréme constance , a-

C ij

pres s'estre preparé à la mort par tous les
deuoirs d'vn vray Chrestien, mais ce peu
qui luy restoit de sang estant accouru à
cette grande playe & s'estant escoulé il
luy en resta si peu pour soustenir son corps
que son ame s'en separa peu de temps
apres l'operation. Plusieurs iugemens
se firent sur cette action, les vns le blas-
mans d'vn zele indiscret, les autres de
cruauté, & l'accusans comme meurtrier
de luy mesme, d'autres l'esleuoient iusques au Ciel & croyoient qu'il fust mort
dans vne espece de martyre. Sa recognois-
sance & son repentir adoucissoit l'accusation des premiers, mais sa parfaitte Chasteté enfloit les est ges des seconds auecque des excez merueilleux. Pour moy qui
incline plustost à la louange qu'au blasme
ie donne mon suffrage à ceux-cy, & confesse que ie voy en cette action vne Chasteté sans exemple, & que le iugement
contraire & sinistre ne peut estre sans
quelque sorte de temerité. Que si par l'effect on peut remonter à la cognoissance
de la cause, la conuersation admirable
que cette mort opera en Siluestre me fait
dire que comme l'Eglise attribuë celle de
S. Paul au sang de S. Estienne, aussi la

pureté de ce fils guerit l'impureté de ce
Pere. De qui ie couure les regrets & les
déplaisirs du voile de Timanthe, & n'en
dis rien pour n'en pouuoir assez dire. Ie
remarqueray seulement que sa douleur
fut si viue sur la perte de ce fils vnique &
par sa faute, que cela fit naistre en luy
vne grande compunction de ses pechez.
Il renonça donc à toutes les mauuaises
pratiques & tous les infames commerces
qu'il auoit tousiours recherchez auec vne
ardeur immoderée, allant presque tous les
iours sur le tombeau de son fils où il ver-
soit autant de pleurs que de fleurs, sous-
pirer sa perte & repenser auec amertume aux erreurs de sa vie passée. Vn
Cheualier de Malte de qui ie tiens cette
Histoire & qui l'auoit apprise en Sicile
passant à Messine adioustoit que pour la
conuersion des mœurs de Siluestre elle
estoit fort asseurée, mais que le bruit
estoit que mesme il auoit renoncé au mõ-
de & s'estoit fait Religieux, non seulement pour faire vne plus rude penitence,
mais pour rendre à Dieu en sa personne ce qu'il luy auoit esté en la personne
de son fils l'empeschant de se ietter
dans vn Monastere. Ainsi le sang du

pere ayant fait naistre le fils en la terre, celuy du fils a faict renaistre le pere à la grace & la peut estre esleué dans le ciel, O Dieu il n'appartient qu'à vostre puissance adorable de faire sortir la lumiere du milieu des tenebres, & de tirer le bien du mal.

Les iniustes Parens.

HISTOIRE IV.

Ontinuons à voir les malheureux succez de ceux qui empeschent leurs enfans de se consacrer à Dieu en la vie Religieuse. C'est vne des plus communes iniustices du siecle, & que ceux qui la commettent colerent de tant de pretexte specieux & de raisons apparentes qu'à des esprits grossiers &peu entendus aux maximes de pieté elles passent pour des veritez infaillibles. Ils alleguent la loy de Dieu commande l'honneur & l'obeissance aux parens ils produisent les loix humaines qui esleuent l'authorité paternelle à vn point excessif,

& tout cela c'eft ietter des pierres contre
le ciel qui retombent fur les teftes de ceux
qui les lancent. La premiere oppofition
met Dieu contre Dieu mefme, & la feconde eft fi foible contre Dieu que c'eft de la
nege deuant le Soleil. Mais cét ouurage
n'eftant pas tant deftiné aux authoritez
comme aux exemples & aux exemples fin-
guliers, ie m'en vay vous en reprefenter
vn qui vous fera cognoiftre côbien il fait
dangereux de fe iouër à Dieu, foit en
effect, foit en parolle, & qu'il n'y a point
de confeil humain comme nous apprennent les faintes pages qui puiffe fouftenir
la force de la diuine Sageffe. A Milan
l'vne des plus grandes & plus puiffantes
villes d'Italie, l'vn des plus riches & notables Citoyens que nous apelerons Eutrope viuoit en vne fort grande concorde
auecque Honorate fa femme, & euft fait
vn mefnage heureux fi celle-cy euft efté
auffi heureufe à efleuer des enfans comme
elle efto t feconde, mais de plufieurs
qu'il euft d'elle durant fon mariage il ne
pût (encore à grande peine) efleuer que
Theophore qui fut l'enfant des leur
peurs & de leurs pleurs, de leurs allar-
mes & de leurs larmes, de leurs vœux

& de leurs inquietudes. Car il euft de grandes maladies, & fa complection delicate
promettoit fi peu de vie qu'à tout propos
il eftoit aux portes de la mort, & oftoit à
fes triftes parens l'efperance de le conferuer il faut donner cette gloire au Mila-
nois d'eftre fort deuots principalement
depuis que le grand Sainct Charles Boro-
mée à cultiué leurs efprits & y a faict ger-
mer la Pieté Eutrope & Honorate eftoiēt
fignalez pour cette vertu, & s'ils eftoient
ordinairement au pied des Autels pour
obtenir de Dieu la benediction de la lignée, vous pouuez penfer fi pour la con-
feruation de ce petit enfant ils ne faifoiēt
pas des deuotions extraordinaires. A
combien de Sainéts & des Sainéctes fut-
il voüé, combien de fois la mere l'offrit-
elle à Dieu dans les apprehenfions qu'elle
auoit de le perdre, en fomme c'eftoit vn
enfant de prieres & de frayeurs vn Be-
nony pluftoft qu'vn Beniamin. Parmy
tant de craintes & de foucis il paruint à
l'aage de feize à dix-fept ans toufiours
mince & delicat & d'vne fanté debile encore que l'accroiffement luy apportaft
vn peu plus de force. Ayant efté efleué
parmy tant de bon exemple qu'il voyoit

en ceux qui l'auoient mis au monde , il
graua ſur ſon cœur déſſõ ieune aage plus
tendre vne ſi profonde Pieté que le monde auecque tous ſes attraicts, ſes richeſſes
& ſes pompes n'euſt iamais aſſez de force
pour auoir priſe ſur ſon eſprit. Le S. Eſprit l'ayant preuenu de beaucoup de benedictions de douceur le preſerua de toute ſoüilleure du ſiecle. Eſtãt petit il eſtoit
deuot comme les petits & ſa deuotion
croiſſoit auecque ſes années. Plus grande-
let il accueillit la vocatiõ Religieuſe qui
luy fut inſpirée de Dieu , & la laiſſa ger-
mer en ſon cœur comme vne celeſte ro-
ſée. Il ſe mit à frequenter les Monaſte-
res , à ſouſpirer apres ce ſacré genre de
vie , ſequeſtre des malices & des miſeres
du monde , ſe ſentant comme pouſſé par
l'eſprit de Dieu au deſert de la ſolitude &
de la penitence. Ses parens qui n'auoient
que luy & qui en luy fondoient toutes
leurs eſperances terreſtres entrent en ap-
prehenſion de ſa Pieté plus que s'il ſe fuſt
ietté dans les deſbauches, & ſans repenſer
qu'ils tenoient de Dieu , & ſa naiſſance , & ſa conſeruation , & qu'il pouuoit
retirer d'eux quand & de quelle façon il
luy plairoit ce qu'il ne leur auoit que pre-

ſe, ils ſe voulurent rendre de depoſitai-
res, proprietaires, & fruſtrer la Majeſté
du tres-haut de la patt qu'elle pretendoit
en cét enfant. Ils le veillent, ils ſutueil-
lent à ſes actions, ils deſcouurent ce qu'ils
ne deſiroient pas, & que les inclinations
de leur fils panchoient du coſté du cloiſtre
& vers l'ordre des Theatins, qui ſont des
Religieux de grande perfection & mer-
ueilleuſement abandonnez à la prouidence diuine. Auſſi toſt voila frayeurs, aux
larmes, aux remonſtrances, aux artifices
pour le diuertir de ce ſacré deſſein. La
chaſt & le ſang ne manque pas de pretextes pour luy perſuader de demeurer au
monde, on taſche de luy faire croire que
meſme il eſt obligé en conſcience de s'y
tenir de peur d'eſtre meurtrier de ſes parens qui mouroient de douleur s'il s'en retiroit. Mais le deuot adoleſcent reſolu de
voler à l'eſtendrat de la Croix ſans auoir
eſgard à pere, ny à mere, ſçachant que
pour la Croix cette eſpouſe de ſang il faut
meſpriſer tous les liens du ſang, bouchant
l'oreille comme vn Aſpic à ces chants pi-
peurs alloit ſon grand chemin en ſa pour-
ſuite ſãs ſe ſoucier, ny des menaces pater-
nelles, ny des tendreſſes maternelles. A la

fin. Eutrope luy ayant remonstré qu'estāt
vnique & esleué auecque tant de soings il
le mettroit au desespoir, & sǎ mere aussi,
s'il les quittoit de la sorte en leur vieilles-
se & sans esperance d'aucun heritier. Le
sainct enfāt luy repartit que Dieu y pour-
uoiroit, & que celuy qui pouuoit auecque des prieres susciter des enfans à A-
braham n'estoit pas diminüé en puissance.
Eutrope se mocqua de cette repartie parce qu'estant s'exagenaire & y ayant plus
de quatorze ans que sa femme n'auoit eu
d'enfant, il n'y auoit plus d'apparence selon le cours de la nature qu'il en pust tirer
de la lignée. Alors Theophore comme
inspiré d'en-haut luy repliqua, & si Dieu
vous donne vn enfāt me laisserez vous en
la liberté de mon choix. Eutrope croyant
l'arrester par sa parolle & ne se souuenant
pas que rien n'est impossible à Dieu, luy
promit qu'il ne l'empescheroit point d'e-
stre Religieux pourueu que l'enfant fust
masle. Teophore plein de confiance en
Dieu accepta cette condition & protesta
de ne sortir point du siecle que cela ne
fust accomply, mais gardez bien, dit-il,
à son pere de manquer de promesse à
Dieu, car il est seuere vangeur de ceux qui

fauffent la parole, on ne se rit pas
impunement d'vne si souueraine puissance. Il fit promettre le semblable à sa mere, qui disoit en elle mesme comme la
bonne Sara, mon mary est vieil & moy
hors du temps de conceuoir, il y a bien de
l'apparence que cette promesse doiue
reüssir. Apres cela Theophore se met en
prieres, en ieusnes, & en des deuotions
extraordinaires pour obtenir de Dieu par
la naissance d'vn frere sa deliurance du
siecle. Il recommande cette affaire à plusieurs saincts personnages, fait prier parmy les Monasteres selon son intention,
que ne peut la priere continuelle des iustes, sa puissance surmonte le tout-puis-
sant, & obtient de luy ce qui semble impossible à la nature. De là à quelque temps
Honorate se sentit grosse, elle ne fut iamais moins incommodée en aucune grossesse elle n'accoucha iamais auecque
moins de douleur, ce fut vn fils qui porta le nom de Saluateur, tout le monde
en estoit en admiration, & Theophore
en vne extréme resioüissance. Il fait souuenir ses parens de leur promesse, mais les
excuses ne manquent point à ceux qui ne
veulent pas tenir. Ils representent l'imbe-

cillité du nouuel enfant qui plus fort que
aucun de ceux quelle auoit eüs auparauāt
tefmoignoit vne fanté vitale. Theophore leur reprefente la colere de Dieu tar-
diue à la vengeance : mais redoublant la
peine par la tardiueté, ils fe riēt de fes re-
monftrances & temporifent toufiours, ils
ne luy refufent pas directemēt la permiffion de fe retirer du monde, mais ils l'a-
mufent & tafchent de le diuertir de ce
deffein ; ils coulent ainfi vn an ou deux
tandis que Saluateur croift & prēd force.
Il s'auiferent de faire voyager Theophore & parce que les Italiens ont vne fi bonne opinion de leur nation & de leur pays
qu'ils tiennent toutes les autres contrées
pour des demeures de barbares, ils l'en-
uoyent par l'Italie, à Venife, à Rome, à
Naples, luy donnent vn gouuerneur fait
à leur main qui a charge de deftourner
Theophore de l'heumeur clauftrale par
tous les diuertiffemens & toutes les rufes
dont il fe pourra auifer. Mais il eft mal-aifé de faire perdre à vn vaiffeau le gouft de
la premiere liqueur dōt il aura efté imbu.
Le traict fut fi puiffant & l'attraict fi fort
qui toucha le cœur de Theophore qu'il
ne perdit iamais le defir de cette vocá-

on. Tous les obiects du mode luy estoiẽt
à côtre-cœur, & son cœur touché de l'aiman de la retraitte se tournoit tousiours
vers le Cloistre comme vers son Nort.
Toutes les lettres qu'il escriuoit à ses parens tesmoignoiẽt assez que pour changer
de terre & de lieux il ne changeoit point
de volonté, & qu'il n'attendoit que la benediction paternelle pour sortir de l'Æ-
gypte du monde. Les parens ne manquoient point d'inuentions pour forger
des delais. Le ieune hôme pour trancher
ces remises auertit son pere par inspiratiõ
diuine qu'il prit garde à luy, & que s'il ne
tenoit parolle à Dieu vn grand mal-heur
tõberoit sur sa teste. Il ne fut que trop veritable Prophete, Eutrope allant à Berga-
me en catrosse versa si rudemẽt que s'estãt
fait vne grande playe à la teste il mourut
dix heures apres de cette cheute, se resou-
uenant, mais trop tard de la prediction de
son fils, & se repentãt de ne l'auoit creu, il
luy souhaitta toute benediction & le laiss-
sa en la liberté de se donner à Dieu, faisant auertir sa femme qu'elle n'y mit
point d'empeschement si elle ne vouloit
ressentir des effects de la malediction du
ciel sur ceuy qui s'opposent à de saintes

entreprises. Theophore fut auffi-toft
mandé à qui fa mere teut la derniere volonté de fon pere, eftant fi fort attachée à
ce fils qu'elle apeloit le bafton de fa vieil-
leffe, qu'elle ne pouuoit fe refoudre de le
lafcher. Ce fils luy reprefente le malheur
arriué à fon pere, l'exhorte à deftourner la
pointe de l'efpée du Seigneur des vengeances qui pendoit fur fa tefte fi elle ne fe
difpofoit à luy tenir parolle, cette feconde Agrippine paffionnée pour cét enfant
refpondi qu'elle ne fe foucioit pas de mourir pourueu qu'elle le laiffaft dans le monde, voici iufques à quel point va l'affection
de la chair & du fang. Certes elle fut prife
au mot, & quelques prieres que fit Theophore pour implorer fur elle les effects de
la mifericorde & empefcher ceux de la Iuftice diuine, à peu de temps de là elle tomba dans vne fiebure chaude qui l'emporta
parmy des refueries eftrãges, des frayeurs
efpouuantables, & des vifions horribles,
la main de Dieu paroiffant vifiblement
en cette punition. Auffi-toft qu'elle
euft rendu au cercueil le tribut que tous
les corps luy doiuent, Theophore ayãt
à fes obfeques contribué les derniers
deuoirs, alla facrifier à Dieu des facrifi-

ces de loüange de ce qu'il auoit brifé fes
liens, & entrant parmy les Theatres laiffa
tout l'heritage de fes parens à fon cadet, &
prit pour fa portion l'admirable pauureté
de ces Religieux qui ne poffedent, ny
meubles, ny immeubles, ny fonds, ny ren-
tes, & qui mefmes ne font pas proprietaires des maifons où ils demeurent, & qui
outre cela ne queftent ny ne demandent
chofe aucune, ny directement, ny indire-
ctement, ny par eux-mefmes, ny par des
perfonnes tierces, & s'il n'eft mort depuis
peu d'années il vit encore parmi ces faints
perfonnages auecque beaucoup de perfection. Cette Hiftoire nous apprend que
celuy-là eft heureux que Dieu choifit de
bon heure pour le ranger à fon feruice, &
le faire demeurer en des maifons & parmy
des perfonnes qui luy font confacrées.
Que c'eft vne follie de vouloir s'oppofer
aux decrets de fa volonté parce qu'il fait
tout ce qui luy plaift, & au Ciel, & en la
terre, & mefme dans les plus profonds
abyfmes. Qu'il eft fuere vangeur de ceux
qui luy promettent & qui fe mocquent de
ce qu'ils luy ont promis. Qu'il n'y a rien
qui efchauffe tant la colere de ce Dieu ialoux que quand on luy veut rauir des ames
                                    qu'il

qu'il a deftinée pour eftre fes efpoufes.
Qu'il en prend pour l'ordinaire de rigou-
reufes vengeances. Et que ces parens-
là font iniuftes iufques au dernier point,
qui n'ayans droict que fur les corps de
leurs enfans formez de leur fang & de
leur chair veulent que leurs ames infu-
fes & créés de Dieu pour commander à
ces corps, & dont les volontez font libres s'affuiettiffent aux raifons de la terre pluftoft que d'obeir au Pere celefte
qui les appelle à fa fuitte en vne vie par-
faicte. Cette occurrence leur pourra feruir de miroir pour les ramener à la raifon, & leur ofter de l'efprit cette notable
iniuftice.

D

La fin Miserable.

HISTOIRE V.

V i est debout auisé a ne tomber pas. Les chasseurs ne cognoissent les bestes que par le pied, & la vie ne se recognoist que par la fin. Les belles matinées ne font pas touhours les beaux soirs, au monde comme en la mer les iours les plus serains sont sujects aux orages. Vous allez voir la fin miserable d'vn fort heureux commencement, & vous remarquerez en ce sanglant succez en quels desordres porte l'incontinence. Parmenon enfant de bas lieu, mais de bon esprit, auoit fait ses estudes, partie aydé par ses parés, partie par ses seruices, auecque tant de bon-heur qu'il auoit touhours esté tenu pour des plus auancez parmy ses condisciples. Apres auoir fait des merueilles en la Philosophie il commençoit a frequenter l'Escole de Medecine, lors que sa bonne fortune le fit estre

Precepteur d'vn des enfans d'vn grand
Seigneur de ce Royaume , Gouuerneur
d'vne Prouince assez infectée d'heresie.
Ce ieune fils estoit destiné à l'Eglise selon la coustume des grands qui choisissent
vn de leurs enfans pour charger sur son
dos tous les benefices de leur maison , cestuy-cy qui n'auoit pas douze ans en auoit
pour trente mille liures de rente. Il fut
mis au College à Paris, & Parmenon luy
fut donné pour Precepteur. Il se porta si
dignement en l'instruction de ce ieune
Seigneur qui estoit d'vn bel esprit, & d'vn
naturel fort docile qu'il en acquit l'a-
mitié des parens dont il receust beaucoup de biens. Il vacqua par bon-heur
pour luy des prieurez de la collocation
des Abbayes de son disciple dont il fut
pourueu, aussi-tost il quitta la Medecine
pour estudier en Theologie & se fit Prestre, viuant en cette condition auec toute l'honnesteté & probité qu'on pouuoit
souhaitter d'vn Ecclesiastique. Il estoit
fort versé aux lettres humaines & en la
Philosophie , & il se rendit en peu de
temps fort versé aux lettres sainctes , de
sorte que si par ses bonnes mœurs il eust
soustenu sa suffisance il eust acquis vne

reputation aussi glorieuse, que son detra-
quement luy apporta de mal-heur & d'infamie. Ce ieune Seigneur qu'il auoit en
charge ayant acheué ses estudes Parmenon se retira de sa conduitte ayant amas-
sé aupres de luy quatre mil liures de rente
en benefices, c'estoit vn beau reuenu pour
vn petit compagnon. Mais comme
les debiles cerueaux ne peuuent pas
porter beaucoup de vin, aussi les esprits legers soustiennent mal-aisement
auec que prudence vne bonne fortune.
Il ne fut pas plustost en sa puissance &
hors de suiection que son iniquité sortit
de sa graisse, & comme en la mal-heureuse Pentapolis son peché prouint de son
abondance, il perdit la souuenance de sa
premiere pauureté, & perdant la connoissance de soy-mesme & de la bassesse de sa
naissance les richesses enflerent sa vanité,
les lettres lui donnerēt de la presomption
& les commoditez superfluës à vn homme de sa condition le porterent dans la
desbauche, mais quelle desbauche celle
qui ruine tous les hommes & principalement les Ecclesiastiques, d'honneur, de
biens, & de reputation. La bonne chere
seruit d'huile au feu de sa concupiscence,

dont il fut tellement embrasé que se portant scandaleusement & sans honte à des
affections desreglées, sa renommée en
fut aussi reduitte en cendre. Et le pis fut
qu'il estoit en vne petite ville où estoit le
meilleur de ses benefices à la veuë de plusieurs Huguenots qui en composoient la
plus grande partie & qui en estoient comme les Maistres, & ie vous laisse à penser
si ces Heretiques faisoient leurs contes
de ce mauuais exemple que leur donnoit
Monsieur le Prieur. Rien ne pare tant
vne Eglise que le clocher, mais quand il
est de bout; car quand il vient à tomber
elle en est accablée. Quand le sel est cor-
rompu auec quoy salera-t'on, & quand
ceux qui doiuent estre la lumiere du
monde sont dans les tenebres du vice,
auec quoy les peuples seront-ils éclairez.
On ne sçauroit exprimer le dégast que
fit en la vigne du Seigneur ce sanglier
farouche par sa vie licentieuse, mais le
temps viendra que les renards qui demo-
lissent cette vigne auront la chasse & se-
ront surpris en leurs tasnieres. Dieu a
trop de soin de son Eglise pour souffrir
que les portes d'enfer, les heresies & les
desreglemens preualent contr'elle. Ce

mauuais homme non content de propha-
ner par ses desbordemens ce ministere
qu'il deuoit magnifier par sa doctrine &
par des vertus exemplaires, se met à
hurler auecque les loups, & à frequenter
auecque les Heretiques, viuant auec eux
auecque tant de fraternité & de familiarité qu'on l'eust prit pour vn d'entr'eux si
on eust ignoré sa condition, d'habit Ecclesiastique il n'en portoit que rarement,
de tonsure clericale point du tout, il n'a-
uoit de Prestre que le caractere, & le ti-
tre, nullement les moeurs ny les deportemens. En vn mot le feu de la concupiscence estant tombé sur luy il perdit de
veuë le Soleil de Iustice. Certes ce n'est
pas sans raison qu'on met l'aueuglement
entre les filles où parmy les effects de
l'impudicité. Vous en allez voir de pro-
digieuses marques en ce miserable, qui
non content d'entretenir des femmes &
des filles sans front & sans pudeur à la
veuë d'vn chacun, & de pecher impunement, vouloit encore tirer de la gloire de
sa confusion, & cherchant des excuses à
ses fautes les rendre non seulement
supportables, mais loüables, ce qui me fait
souuenir de ceux dont le Sage parle qui

reſioüiſſet en leur iniquité, & ſont vanité de mal faire. A cela contribuoit l'ap-
plaudiſſement de l'hereſie qui loüoit ce
deſhonneſte aux deſirs de ſon cœur & le
beniſſoit en ſon deſordre, prenant occaſion de là declamer contre la ſaincteté
de la continence, & contre le celibat des
Preſtres, eſtant ſa couſtume de voiler du
beau nom de mariage la ſacrilege incontinence de nos Apoſtats. Parmenon
ayant contracté des amitiez auecque ces
enfans de Moab il ne ſe faut pas eſtonner
s'il fut trompé par leurs filles. Parmy celles qu'il caiolla, il fut fortement arreſté
par vne fille d'aſſez bon lieu, mais pauure, appelee Sara (c'eſt ſon nom veritable) celle-cy garrota ſon cœur ſi ſerré
qu'elle rangea ſous ſa loy toutes les affections de ce miſerable Eccleſiaſtique.
Et comme les enfans de tenebres ſont
prudens en leur generation, cette ruſee
ſceut auecque tant d'artifices conquerir
ſon eſprit qu'il ne reſpiroit que pour elle.
Que ſi elle ſçauoit allumer ſes deſirs auec
vne vehemence incroyable, elle ſçauoit
par vne feinte froideur eſteindre ſes eſperances & luy donner par ces contraires
paſſions des geſnes nompareilles. Elle

tait par ses industries l'attirer à sa
Religion, & l'espouser; car quoy quelle
fist semblant d'estre de glace elle estoit
pour luy toute de flamme. D'autre costé
Parmenon taschoit d'obtenir d'elle par
ruse ce qu'il desiroit, sçachant bien qu'e-
stant Prestre & Catholique il ne pouuoit
pretendre de l'espouser sans faire ban-
queroute à sa foy, & sans perdre ses benefices, dont il viuoit si grassement. Voila
donc vne double amour qui se conduit
par duplicité, puisque chacun ioüe à qui
sera trompé. A la fin soit que la fille fust
suruueillée par ses parens, soit qu'elle ay-
mast sa reputation, Parmenon vid bien
qu'il ne pouuoit rien attendre d'elle que
sous le manteau des nopces. Il l'entretient donc & se seruant en mal de la science qu'il auoit, il luy fait entendre qu'il
estoit en volonté, & mesme en puissance
de l'espouser, que le Celibat parmy les
Ecclesiastiques n'estoit que de droict
humain, qu'il n'estoit point obserué par
les Prestres Grecqs, qu'il pouuoit secrettement se marier auec elle du consentement de ses parens, qu'il y auoit plusieurs
Ecclesiastiques mariez de cette sorte
clandestinement, mais qui ne manife-

ſorent point leurs mariages de peur de
faire murmurer le monde & de perdre
leurs benefices, & mille autres ſottiſes,
que la ſimplicité de cette amoureuſe
qui n'auoit iamais ouy parler d'autre Religion que de la pretenduë où elle eſtoit
née receut pour des veritez. Elle n'auoit
plus que ſa mere & quelques freres, elle
auertit celle-cy de ce qu'elle auoit appris
de Parmenon, cette femme y preſte l'o-
reille, & s'eſtant laiſſee perſuader aux
belles parolles de Parmenon & aux deſirs
de ſa fille qui ſe promettoit de iouïr legitimement de cette façon, des biens, &
de la perſonne qu'elle aymoit, elle donna
ſon conſentement à cette alliance & y
porta ſes enfans. Parmenon promet dans
quelque temps, lors qu'il aura pû tirer
vne bonne ſomme d'argent de ſes benefices, & eſtably vne fortune ſeculiere de ſe
faire de la Religion pertenduë & d'eſpouſer publiquement Sara, en attendant il
fait eſtat de la prendre pour femme par
parolle de preſent, deuant ſa mere & ſes
freres, & de paſſer vn contract de maraige
deuant vn Notaire Huguenot qui ſeroit
ſecret. Il fut fait ainſi qu'il fut propoſé &
ces nopces infortunées ſe contracterent

ceſte façon, Sara n'ayant apporté
autre dote à Parmenon, qu'vn peu de
beauté qu'il achetera bien cherement. Il
n'y a rien de ſi caché qui ne vienne en euidence. La Verité fille du Temps ſe manifeſte à la longue, & fuſt elle au fonds
d'vn puis comme l'imaginoit le reſueur
Democrite, elle en ſort toſt ou tard. La
frequentation ordinaire de Parmenon
chez Sara, leur priuauté & familiarité firent coniecturer leur accointance, le bruit
en eſtoit tout commun, & on en parloit
par les ruës & les places publiques. Les
fruicts meſme de Lucine firent cognoiſtre l'arbre, & Sara qui ne pouuoit cacher
la tumeur de ſon ventre & qui ne cro-
voit pas qu'vne enfleure qu'elle eſtimoit
legitime luy deuſt eſtre honteuſe, ne fait
point de difficulté de dire à celles de ſa cognoiſſance qu'elle eſt groſſe de Parmenon
& qu'il eſt ſon mary. Les Huguenots ſe
mocquent d'elle d'auoir eſté ſi credule de
ſe perſuader qu'vn Preſtre demeurãt Pa-
piſte là puſt eſpouſer, elle s'en voulut eſclaircir vers quelques femes Catholiques
de ſon voiſinage qui ſe rient de ſa ſottiſe
& en font leurs contes, toute troublée elle en fait le rapport à la mere, & enſem-

& elles consultent des hommes Catholiques, & mesme des Prestres & Religieux qui luy descouurent les impostures dont Parmenon auoit circonuenu sa simplicité & detestent l'action de ce sacrilege. Cela vient aux oreilles d'vn Magistrat, habile homme & entendu aux affaires qui rendu certain de cette pratique, obtient vn deuolu sur les benefices de Parmenon sous le nom d'vn de ses enfans. Obtenu on le met en instance, on plaide, voyez comme l'impudence & l'imprudence accompagnent l'impudicité, ne pouuant nier le fait aueré par la grossesse & la deposition de la fille par le tesmoignage des Parens, par la promesse escritte & le contract de mariage, faisant force de cette extremité il voulut soustenir qu'il pouuoit estre Prestre & marié, & tenir ses benefices, & cela par des raisons si sottes qu'il estoit aisé à iuger que l'esprit d'aueuglement luy auoit fait perdre en cette occasiõ toute la capacité qu'il auoit autrefois acquise dans l'estude. Les iuges offencez de la temerité de ces friuoles allegations adiugerent sur le champ ses benefices au deuolutaire, & pour luy donner loisir de penser à sa con-

ſcience & de declarer de quelle religion
il eſtoit l'enuoyerent dans vn cachot. Là
ſe voyant dans l'abyſme de la miſere &
dans le ſepulchre des viuans, ſans eſperance d'en ſortir qu'en quittant la Religion Catolique, ſe voyant de plus deſ-
poüillé de ſon reuenu il ſe declara Huguenot, & eſtant ſorty il eſpouſa cette
belle & groſſe Sara par les mains d'vn
Miniſtre, mettant ſur ſa teſte les ordures que luy-meſme auoit cueillies. Seuré
de ſes benefices ſa marmite fut bien toſt
renuerſée, la faim & les incommoditez
de la pauureté l'accueillirent, les enfans
l'accablerent de leur charge, il ne ſçauoit pas trauailler, il auoit honte de man-
dier, il auoit vn meſnage à nourrir, il
entre en des chagrins & en des deſplaiſirs inconſolables, la melancolie l'a-
cueillant il deuint inſuportable à ſoy-
meſme, & ſe ſouuenant que la langue de
ſa femme auoit eſté cauſe de ſa ruine il
commence à la hair autant qu'il l'a-
uoit aymée, de-là il paſſe aux iniures
& aux mauuais traittemens, il l'outrage en effect, & s'il luy parle c'eſt à baſtons rompus, mais rompus ſur ſes eſpaules. Elle qui ne penſoit pas que le

ioug du mariage fuſt ſi dur & ſi pe-
ſant, ſe plaint à ſes freres (ſa mere eſtant
lors decedée,) de la cruauté de ſon mary,
ils luy en font des remonſtrances, mais
elles aigriſſent d'auantage la mauuaiſe
humeur de Parmenon , continuë ſes
exercices manuels, & touſiours aux deſ-
pens de ſa bonne partie, vous euſſiez dit
qu'il luy vouloit faire part de ſon miniſtere par l'impoſition de ſes mains, à la
fin les excéz de cette fureur allerent ſi
auant qu'ils la firent accoucher auant
terme dont elle penſa mourir. Vn de ſes
freres appelle Portian qui faiſoit profeſſion de potrer vne eſpée menaça Parmenon de luy rendre la pareille s'il luy arriuoit de battre ſa ſœur, cela mit en vne
telle colere noſtre melancolique qu'il
commença de nouueau ſes tempeſtes &
ſes violences contre ſa femme, Portian
ne luy manqua pas de parolle, & l'ayant
rencontré à diuerſes fois il le chargea
de bois ſi rudement que les marques
en demeurent aſſez long-temps ſur la
peau de Parmenon , cét outrage entra
encore plus auant en ſon eſprit qu'il
ne fit d'impreſſion ſur ſon corps , &
luy fit ruminer vne ſi haute vengean-

ce qu'elle ne se terminera que par la vie
de l'vn & de l'autre. La rage de cét appetit le porta iusques à ce point de surprendre son beau frere en plaine ruë de
luy descharger vn pistolet dans la teste, &
de l'estendre roide mort faisant voler sa
ceruelle sur le paué, & tant s'en faut qu'il
eust pourueu à sa retraitte, que pensant
auoir fait vn acte heroïque il se laissa
prendre sans peur & sans difficulté, ne se
souciant plus de viure apres auoir laué
l'offence qu'il auoit receuë dans le sang
de son ennemy. Son procez fut incontinent en estat, car outre qu'il auoit commis l'homicide à la veuë de plusieurs tes-
moings, il confessoit son coup sans contradiction, il fut donc condamné à mourir ignominieusement en vne potence, &
dans les tenebres du cachot la lumiere
celeste ayât rayonné en son ame il se conuertit entierement à Dieu, & il receut sa
condamnation si ioyeusement qu'il ne
voulut iamais en appeler encore qu'on
luy conseillast d'allonger au moins sa vie
de cét interualle. Ses yeux estans dessil-
lez & les escailles tombées de dessus ses
prunelles il detesta toutes les erreurs de
sa vie passée, & recognust que son fleuä-

tiõ auoit esté sa ruine, que les richesses l'a-
uoient porté dans l'incontinence, l'incontinence dans l'heresie, l'heresie dans
la haine du prochain, la haine dans le desespoir, le desespoir dans la rage, la rage
dans la vengeance, & la vengeance aueugle dans l'ignominie d'vne mort infame,
il abiura donc l'heresie, dont il protesta
n'auoir iamais crû aucun article, mais
d'y auoir esté porté par l'ardeur de la sen-
sualité, & la douleur de se voir iustement
despoüillé de ses benefices. Et s'estant remis dans le sein de l'Eglise Catholique
par vne nouuelle protestation, il se dis-
posa par vne bône penitence à vne mort
si Chrestienne qu'il donna de l'edification par ses souffrances à ceux qu'il auoit
scandalisez durant sa vie. Il harangua
ceux qui assisterent à son supplice auecque tant d'efficace que vous eussiez dit
que tout ce qu'il auoit autrefois apris de
meilleur s'estoit recueillir dans sa memoire & respandu sur ses léures, de sorte
qu'il rauit tous ses auditeurs, & tira des
larmes des yeux les plus secs. Ainsi finit
miserablement certes selon le monde celuy qui auoit si mal-heureusement scan-
dalisé l'Eglise pour ses deportemés, mais

peut estre heureusement si nous regardons le dessein de la prouidence sur cette ame pecheresse, qui passa, comme nous pouuons pieusement coniecturer, de la iustice humaine dans la misericorde diuine, & par la rigueur de la peine pour arriuer à la grace.

L'Innocente Egyptienne.

HISTIOIRE VI.

'EST vne chose aussi rare de trouuer de l'innocence parmy la malice de ces coureurs qui vont par le monde sous le nom d'Egyptiens que de rencontrer vn Cigne noir, où vn Corbeau blanc. Ils sont tellement nez & nourris dans la magie & le larcin, qu'aussi tost qu'on les void chacun pense à conseruer ce qu'il a, & à euiter les traicts de leurs mains souples & rauissantes. Mais comme on dit qu'auprès des Isles Chelidoines il se trouue au milieu de la mer amere des sources d'eau douce,

aussi

auſſi quelquefois par merueille parmy ces
compagnies deſbauchées il ſe conſerue
quelque ame dans ſon innocence, à l'e-
xemple de Loth qui fut ſi ſainɛ̃ dans vne
ville execrable. L'Hiſtoire qui va ſuiure
deſcouurira cette verité, & fera voir
que la plus innocente vie perd ſon luſtre
dans vne mauuaiſe; compagnie. Il n'y
a pas long-temps que par vn village de
Champagne paſſa vne trouppe de ces
Bohemiens. Comme les Nomades, ce
ſont des eſcouades qui portent auec elles
tout leur vaillant & tout leur meſnage, toute terre eſt leur païs, & tout
logement eſt leur maiſon. Ayans eu
permiſſion de la Dame du lieu qui eſtoit
vne veſue fort honorable de ſeiourner
quelque peu dãs ſa Seigneurie: Vne Egyptienne qui auoit peu de iours auparauant
perdu celuy qui luy tenoit lieu de mary,
ou qui eſtoit ſon mary veritable, (car ce
ſont pour l'ordinaire autant de Samari-
taines) ſoit qu'elle fuſt affligée de cette
perte, ſoit que la fatigue du chemin
l'euſt abbatuë, accoucha auant terme
auecque tant de douleur & de perte de
ſang qu'elle fut cõtrainte de quitter cette
vie. Le temps qu'elle euſt pour ſe diſpo-

sera à la mort qui fut de cinq ou six iours
fut employé par elle si vtilement pour
pourmoir au salut de son ame, que la Dame du lieu auertie par le Curé des marques de penitence quelle faisoit paroistre
la visita en sa maladie. La conpagnie cependant deslogea & ne demeura aupres
de Tamiris qu'vne vieille qu'elle apeloit
sa tante, & sa fille Oliue, qui pouuoit
estre de l'aage de dix-sept à dix-huict ans.
Auoye Dame du lieu & femme riche &
de qualité prit tant de compassion de cette penitente qui luy representoit au naif
S. Marie Egyptienne, quelle la fit porter
en sa maison & la fit penser soigneusement, mais tous les soins & les bons
traittemens qu'elle luy fit n'empesche-
rent point les aproches de la mort qui se
saisit de cette miserable parmy les pleurs
de sa tante & les cris de sa fille qui se de-
sesperoit. Vn peu auant que de rendre
l'ame elle parla à Auoye d'vn esprit fort
rassis, & d'vne façon fort tranquille &
asseurée, & apres l'auoir fort ciuilement
remerciée de tant de charité quelle auoit
exercée en son endroit, & priée de faire
donner la terre à son corps, elle luy dit
en peu de parolles le cours de sa vie. La

sœur de cette vieille que vous voyez, dit
elle, m'enleua petite enfant du sein de mes
parens sur les costes de Bretagne, ie n'ay
pû sçauoir d'elle si i'estois sortie de haut
où de bas lieu, parce que m'ayant trouuée
à l'escart & assez bien vestuë elle n'eust
pas le loisir de s'en enquerir, elle s'embar-
que auec-que moy & le reste de la compagnie, & de là nous cinglasmes à ce qu'elle
m'a raconté du costé de l'Espagne où elle
mourut, & me laissa en la garde de cette
femme qui estoit sa sœur. Quelques Espagnols se ioignirent à nostre bande, entr'autres vn ieune homme banny de l'Al-
garbe petit Royaume ioint au Portugal
pour s'estre trouué en vne querelle ou
quelqu'vn auoit esté tué. Il auoit ie ne
sçay quoy de grand & de genereux sur
le front, & il estoit aisé à voir que le
seul desespoir l'auoit porté à ce genre de
vie que nous menons. Encore que nous
ne viuions que de proye & de larcin il en
haïssoit l'exercice, mais il estoit industri-
eux à manier les armes, à danser, à dresser
des cheuaux, il chantoit tres-bien, & touchoit parfaittement vne guiterne, c'e-
stoit le plus excellent balladin & faiseur
de romances qui fust entre nous, ce qui

luy acqueroit autant de profit que la vo-
lerie aux autres, communement on l'appelloit l'amoureux. Il le deuint de moy
& se picqua de mon humeur reseruée &
retenüe plus que de ma beauté. Matate lui
disant que i'auois esté enleuée luy fit imaginer, que i'estois quelque fille de bon
lieu, puis qu'vne si mauuaise nourriture
n'alteroit point mon naturel enclin à la
pudeur & à l'honnesteté. Il me declara
franchement son affection, & à n'en
mentir point mon inclination ne se trouua pas moins portée vers luy, de sorte
que sans vne longue recherche nous nous
trouuasmes liez par le mariage, où nous
auons vescu auecque toute la loyauté &
tout le contentement qui se peut desirer
en ce chaste ioug. I'ay eu de luy quelques
enfãs, mais il ne m'est demeuré que cette
fille que pour marque de nostre paix, & de
nostre concorde nous nommasmes Oliue,
tous les autres estans morts petits. Il y a
quelque quatre mois que la mort me la
rauy, me laissant grosse & auecque des
tristesses inconsolables & qui sont comme ie croy cause de ma mort. Ie suis
bien aise de le suiure puis qu'aussi bien
ne l'ayant plus ie ne trainois la vie qu'à

regret, & fi i'y laiſſe quelque choſe auecque deſplaiſir, c'eſt cette fille que i'ay iuſ-
qu'à preſent conſeruée entiere & ſans tache, auecques tous les ſoins dont ie me
ſuis pû auiſer, n'ayant plus les yeux d'v-
ne mere pour veiller ſur ſes actions, ie
crains ſa ruine parmy tant d'embuſches
que l'on dreſſera à ſa chaſteté dans vne
conuerſation ſi libre & ſi perilleuſe que
celle de ces perſonnes ramaſſées qui ro-
dent par le pays ſous le tiltre d'Egyptiens. Si ie pouuois eſperer de voſtre
bonté, Madame, que vous la logeaſ-
ſiez, non pas chez vous (elle ne le merite
pas) mais en quelque maiſon où ſon
honneur puſt eſtre conſerué, ie mourrois
la plus contente creature du monde.
I'ay quelque choſe dequoy la pouruoir
& marier honneſtement, quoy que pe-
titement, lors qu'on aura cogneu ſes
bonnes mœurs, & qu'il ſe preſentera
quelque party raiſonnable. Ce que i'ay
n'eſt point mal acquis, car mon mary &
moy l'auons amaſſé, non de larcins &
de brigandages, mais ou de noſtre trauail
ou de noſtre trafic & induſtrie, nous
n'eſtions qu'en la compagnie des Egyptiens, mais nos actions eſtoient

fort esloignées de leurs, nous detestions
leurs tous de soupplesse, leurs larcins,
leurs diuinations, leurs desbauches, &
cent fois nous fusmes en termes de nous
separer d'vne si miserable conuersation,
mais nous y estions retenus par ie ne sçay
quels charmes qui nous faisoient suiure
de corps ceux que nos esprits auoient en
horreur. Mon mary en mourant me laissa cent pistoles dans vne bource que ie
vous remettray, Madame, s'il vous plaist
de ranger cette pauure fille en quelque
honneste maison parmy vos subjects, elle est fort adroitte & elle pourra seruir
vtilement, elle sçait trauailler à l'aiguil-
le assez proprement, & ie m'asseure que
le temps qui descouure tout fera cognoistre sa vertu à ceux qui la frequen-
teront. Que ce visage bazanné n'eston-
ne personne, cette couleur ne luy est pas
naturelle, mais artificielle, & bien que
le hasle du Soleil où nous sommes ordinairement exposées contribue quelque
chose à nous gaster le taint, ce n'est rien
pourtant à comparaison du suc d'vne
certaine herbe qui nous brunit de la
sorte, & nous sçauons le secret de
certaine lexiue pour leuer cette noir-

cœur, vous en verrez l'experience quand
il vous plaira, & ie m'asseure que ce visage d'Oliue maintenant Oliuastre vous
paroistra assez blanc & vermeil, & que
les traicts n'en estant point mal-formez,
il aura sinon assez de beauté pour estre
fort agreable, au moins assez de grace
pour ne desplaire point. Auoye escouta
tout ce discours auec non moins d'estonnement de l'esprit de cette Egyptienne
que de compassion de sa fille, luy promettant toute l'assistance qu'elle desiroit d'elle, de la retirer en sa maison, de
s'en seruir pouruen qu'elle ne fust, ny
sorciere, ny larronnesse, ny vicieuse, &
mesme de luy faire du bien & d'adiouster
quelque chose en la mariant au depost
qui luy seroit remis. Tamiris la pria de
luy tendre la main, & apres l'auoir chau-
dement baisée & arrosée de ses larmes
elle mit dedans vne bourse ou estoient
les cent pistoles, recommandant cette
orfeline a sa garde, & à sa charité, &
laissant à sa tante encore quelque somme
& vne partie de ses hardes, cette vieille ne
voulant pas quitter la compagnie où elle
auoit d'autres parens, & estāt bien affligée
de se voir frustrée, de la bource & de la

d'vne Oliue. Cette malade ayant rendu
l'ame auecque de grands tefmoignages
de repentance & de pieté, Auoye la fit
enterrer honorablement, la vieille s'en
alla, & la fille demeura au feruice de cette Dame. C'eſt grand cas que la deffiance,
& combien il eſt difficile de l'arracher
d'vn efprit où elle a vne fois pris racine.
Encore qu'Oliue fe comportaſt auecque
tant de fidelité, d'humilité, & de modeſtie quelle fuſt irreprehenfible, & que fa
Maiſtreſſe l'aimaſt bien, elle eſtoit touf-
jours en ombrage, & craignoit fans ceſſe
quelle ne fuſt forciere ou larronneſſe.
Les autres feruantes enuieufes de fa gentilleſſe & de fon addreſſe luy dreſſoient
tous les iours des pieges pour augmenter
le foupçon d'Auoye, & s'il fe perdoit
quelque chofe parla maifon c'eſtoit touf-
jours cette Egyptienne qui l'auoit pris.
Si quelqu'vn y eſtoit malade ou par le village c'eſtoit elle qui l'auoit enforcelé, la
greſle, la gelée, la mort de quelque be-
ſtail eſtoient de fes effects, bref elle eſtoit
l'innocente caufe de tous les mal-heurs
qui arriuoiēt. Si Auoye la fauorifoit parmy toutes ces contradictions c'eſtoit par
quelque charme. La malice en vint

iufques à ce point de mefler parmy fes
hardes des parchemins , des caracteres,
des billets, des poudres, des peaux de fer-
pent, des pattes de crapaut , des graiffes,
afin que cela venant en euidence on la
prit pour vne Magicienne. Si elle prioit
Dieu , fi elle frequentoit l'Eglife & les
Sacremens c'eftoit par hypocrifie, fi elle
eftoit retirée c'eftoit pour s'entretenir auecque les demons , & vacquer
à fes fortileges , fi quelqu'vn deuenoit
amoureux d'elle auffi toft elle luy auoit
donné quelque breuuage, ou foufflent la
face, ou fait quelque charme pour acquerir fon amour. Toutes ces impoftures fe
faifoient auecque tans d'art qu'Auoye
eftoit fort tentee d'y preftrer fa creance,
les villageois aifez à perfuader tenoient
tout cela pour certain. Mais lors que
d'autre cofté fa Maiftreffe confideroit fes
deportemens , fa diligence, fa modeftie,
fon honneftete , fa pieté, elle tenoit tout
cela pour des calomnies & la conferuoit
en fon amitié & en fa protection. Il
en auitn fin par le malheur de cette
chetiue creature que Leon fils d'Auoye
ieune Gentilhomme de vingt ans trouua quelque chofe en Oliue qui luy plut,
& croyant cefte ville facille à cognoi-

que il commença à l'assieger & à faire ses
approches, tant à descouuert, qu'Oliue
eust eu trop peu d'esprit pour ne deuiner
pas ses pretensions. Elle ferma les oreilles à ses caiolleries & par des fuittes estu-
diées elle euitoit si soigneusement sa rencontre que si ces difficultez n'eussent
point accreu la flamme de Leon cette
froideur eust esté capable de l'esteindre.
Cette honnesteté le picqua, & cette resistance luy fit appliquer tout son esprit à
vaincre celle qui oposoit tant d'artifices
à ses desirs. Comme il la presse & que des
prieres il vient aux menaces, & des
menaces à la violēce. Oliue ne sçachant
plus comme resister à cette force auertit
Auoye des fureurs de son fils, afin quelle y apportast du remede & luy seruit de
protection. Leon cachoit si peu son ieu
& manifestoit tellement son feu que la
mere s'en estoit assez apperceuë, & comme elle estoit sur le point de luy en faire
des reprimandes, les plaintes d'Oliue l'a-
nimerent d'auantage à la correction. Elle
laue donc la teste à son fils d'vne lexiue si
forte que cela changea en despit l'amour
qu'il auoit pour Oliue, & perdant l'espoir
de la posseder il prit le desir de se vanger

d'elle, mais d'vne solemnelle vengeance
De là à quelques iours il s'auisa de renouueler encore les bruits de l'imaginaire
magie d'Oliue, d'en faire murmurer les
villageois & aussi les domestiques de sa
mere, il suscite des accusateurs, & entre-
autres vne mere qui ayant son enfant
ethique crioit tout haut que l'Egyptienne l'auoit ensorcelé. Leon mesme se
plaignit à sa mere qu'il estoit comme force d'aymer Oliue, & qu'il croyoit quelle
luy eust donné par ses charmes cette
passion, & que pour n'estre plus tourmenté des inquietudes qui le trauailloient la
nuict & le iour auecque ie ne sçay quels
fantosmes qu'il feignoit le troubler, il
protesta qu'il se retireroit si sa mere ne
chassoit cette sorciere, & cependant son
dessein estoit de l'enleuer & mesme de la
violer s'il la voyoit ainsi abandonnée,
comme Auoye à qui les larmes d'Oliue
faisoient pitié marchandoit à la renuoyer, cette fille esperduë ne sçachant au
sortir de là où se mettre à l'abry. Leon
s'auisa d'vne insigne meschanceté, il
sçauoit ou sa mere auoit serré la bource des cent pistoles d'Oliue, il crocheta
le coffre & le referma aussi bien que s'il

n'euſt point eſté ouuert, il prend les cent
piſtoles & met en leur place cent fueilles
de Cheſne, & puis s'en va Paris paſſer ſon
temps tant que cette ſomme dureroit.
Eſtant party par ſa mere qui cruſt qu'il ne
reuiendroit point à la maiſon, qu'Oliue
n'en fut dehors, ſe reſolut de l'en faire
ſortir, & luy ayant trouué vne autre maiſtreſſe, comme elle eut plié ſes hardes.
Auoye luy voulut rendre ſa bourſe & ſes
cent piſtoles, & n'ayant trouué que ces
cent fueilles de Cheſne ce fut lors que
toutes les mauuaiſes opinions qu'elle
auoit iamais conçeuës d'elle ſe repreſen-
terent à ſon eſprit comme des veritez, &
que toutes les calomnies & les murmures
qu'on auoit faits contr'elle luy parürent
autant d'oracles. Elle paſſa en ſa creance
& ſa mere auſſi pour ſorciere, pour larronneſſe, pour hypocrite, pour meſchante, en vn mot pour Egyptienne, elle ſe
repent des bons offices qu'elle luy a rendus, ne parle plus de recompenſer ſes ſeruices, mais de faire punir ſes crimes par
le fer & le feu, elle fait venir les officiers
de ſa Iuſtice pour luy faire ſon procez,
tout le village s'aſſemble, les domeſtiques
auſſi, la bourſe eſt produitte auecque les

cent fueilles de chefne, qu'eſt-il beſoin de
teſmoins ny de torture , elle eſt tenuë
pour attainte & cōuaincuë de ſorcellerie,
on la veut mettre en priſon en attendant
qu'on prepare ſon ſupplice, la pauure Oliue pleure , inuocque Dieu , proteſte de
ſon innocence, le peuple s'anime, le bourg
eſtoit gros , les enuieux & murmurateurs
en grand nombre , les domeſtiques ſouf-
flent le feu dans les cœurs de cette multi-
tude, on en vient aux clameurs , de là aux
forceneries , à la violéce, on l'arrache des
mains de la Iuſtice , on court aux pierres,
aux baſtons, aux eſpées, chacune luy dōne
vn coup, elle eſt aſſommée, accablée, fou-
lée aux pieds , miſe en pieces tant c'eſt vn
torrent impetueux qu'vne emotiō popu-
laire, ainſi l'execution deuāça la condamnation, le corps deſchiré, fut ietté à la voi-
rie, & expoſé aux chiens , voila comme le
iuſte ſouffre, & nul ne fait reflexion ſur ſa
mort, tous ſont arrouſez de ſon ſang &
nul ne croit en eſtre coupable. Au cōtrai-
re il n'y a celui qui n'eſtime auoir fait vne
bōne œuure, & offert vn ſacrifice à Dieu.
De pourſuitte ny de chaſtimēt il n'en faut
point parler , la quantité des criminels
fait qu'on ne ſçait à qui s'en prendre , &

puis les Iuges mefmes trouuent de l'e-
quité en cette punition. La nouuelle
en vint à Leon qui la receut tout d'v-
ne autre façon qu'il ne s'imaginoit,
car il ne croyoit pas qu'on deuft aller
fi promptement en befoigne, ny pro-
ceder fi cruellement & fi criminellement
contre Oliue. Il reuint en la maifon
de fa mere, & par permiffion de Dieu
pour def-abufer le monde & rendre la
bonne renommée à la memoire d'Oliue,
il auoüa qu'il auoit mis les cent fueilles
de chefne dans la bourfe au lieu des cent
piftoles dont il en monftra encore plufieurs de refte; protefta que cette fille eftoit innocente, & que fa vertueufe vie meritoit vn plus fauorable
deftin. Cette verité defcouuert fut vn
coup de couteau dans le fein d'Auoye,
qui rappelant en fa memoire la douceur,
la fidelité, la pieté, & tant d'autres graces du ciel qui eftoient fi vifibles en Oliue, conçeut vn fi violent regret d'auoir
efté caufe de fa mort qu'elle n'euft depuis
vne feule heure de ioye ny de fanté, touf-
jours cette fanglante Image fe prefentoit
à fes yeux, & ce fang iufte comme celuy
d'Abbel luy fembloit demander vengean-

ce au Ciel contr'elle. Vne groſſe fiebure
l'accueillit qui luy donna aſſignation au
tombeau, elle s'y diſpoſa par la penitence, enioignant à ſon fils de donner les
cent piſtoles à l'Egliſe, & elle meſme y
adiouſta vne notable ſomme pour faire
vne fondation affin de prier Dieu pour
Tamiris & Oliue à perpetuité, apres elle
fut ſaiſie de reſueries extrauagantes qui
agiterent ſon eſprit iuſques à ce qu'il fuſt
ſeparé de ſon corps. Apres ſa mort. Leon
negligea d'executer la volonté & le teſtament de ſa mere, & ſe mocqua de la re-
ſtitution des cent piſtoles qu'il auoit con-
ſommées en deſbauches & en deſpences
inutiles, mais il ne porta pas loin la peine
de ſa faute ; car de là à quelque temps il
fut tué en trahiſon par vn mary ialoux de
qui on tenoit qu'il ſollicitoit la femme.
Funeſte auanture de l'innocence, & qui
fait voir la malice & la precipitation, l'enuie & la calomnie, les deffiances & les
ſoupçons en diuers luſtres. Et ce qui eſt
de plus emerueillable c'eſt d'y rencontrer
des diamans dans vn fumier, & des perſonnes vertueuſes parmy des compagnies
de perſonnes ramaſſées qui ſont comme
l'eſgouſt & la ſentine de toutes ſortes de

vices : perſonnes qui ſont comme autant
de meres perles au milieu de la mer. Et
comme des lampes ardantes en des lieux
obſcurs, & ou ne ſe pratiquent que des
œuures de tenebres.

La Confeſſion reuelée.

HISTOIRE VII.

 L n'y a rien qui rende vn
Preſtre plus execrable
que de reueler la confeſ-
ſion, & c'eſt vn des plus
grands & plus puniſſables
crimes qu'vn Eccleſiaſti-
que puiſſe commettre. Auſſi ne voyons
nous point de plus ſeueres ny rigoureux
canons que ceux qui parlent du chaſti-
ment de cette abomination, & ce qui eſt
de remarquable c'eſt que les loix outre les
punitiōs exemplaires de ceux qui la commettent ne permettent pas qu'on adiouſte aucune foy en ingement à ce qui vient
à la cognoiſſance des hommes par cette
voye là, tout cela eſtant remis, comme
des

des cas reseruez à la Iustice diuine; Depuis
peu de iours il en est arriué vne occurence
remarquable qui a fait naistre vn Arrest
signalé qui rendra venerable à la posterité, l'equité & la Iustice du tres-catholique
Parlement de Tolose. Vn Bourgeois de
la ville que nous appelerons Adrian, voulant faire sa prouision de vin s'addressa à
vn cabaretier nommé Nabor qui luy promit de luy en vendre à bon prix, & de tel
qu'il luy falloit pour son mesnage. Il luy
en fit gouster d'vn qu'il eust agreable, &
le marché estant fait Adrian auant que le
faire porter en sa maison s'auisa d'aller vn
soir chez le Tauernier pour voir les pieces sur le chantier & se garder d'estre surpris. Nabor le meine à sa caue où venans
à percer les pieces, Adrian trouua que
ce vin-là ne reuenoit pas au goust de
celuy qu'il auoit essayé, Nabor asseurant que c'estoit de celuy-là mesme
dont il auoit tasté & qu'il luy auoit ven-
du, Adrian le nyant & adioustant à
cette negatiue des iniures & des menac-
ces, Nabor qui estoit homme mal endurant luy repartit auecque des paroles si picquantes, qu'Adrian ne les pouuant supporter haussa la main & luy en

F

de lafcha vn fi bon foufflet qu'il luy fit
voir les Eftoilles dedans cette caue, & le
porta prefque par terre, Nabor luy replique à coups de poing, Adrian repart fi
brufquement , que Nabor voyant que
fans autre ayde que de fes mains la partie n'eftoit pas affez forte de fon cofté fe
faifit d'vn maillet qu'il rencontra, & en
ramena vn tel coup fur la tefte d'Adrian
qu'il l'eftendit roide mort fur la place.
Luy qui ne penfoit à rien moins qu'à le
tuer , & qui ne fongeoit qu'à fe deffendre
& à repouffer l'iniure, demeura fi efton-
né qu'à peine pouuoit-il r'auoir fes efprits.
A la fin recueillant fa raifon que la colé-
re & la frayeur auoient efgarée, il tire le
corps dans vne arriere caue, foüit la terre & le met dedans auecque fes habits &
met des pieces de vin deffus, fermant cette arriere caue & en gardant la clef. Cela
fait il reprend le vifage le plus raffis qu'il
puft former & fe range au train ordinaire
de fon exercice. On à beau attendre
Adrian à fa maifon, il ne reuient point, &
il n'y retourna iamais, fa femme & fes enfans en font en grand peine, on le cherche par tout , & on ne le trouue point, on
l'auoit veu entrer chez Nabor, on luy en

demande des nouuelles, encore que le
cœur luy battiſt, il reſpond d'vne conte-
nance aſſez aſſeurée qu'il ne ſçait où il eſt,
qu'il a bien eſté chez luy, mais qu'il n'eſt
pas reſponſable de ceux qui entrẽt & ſor-
tent de ſa maiſon, ouuerte à tous venans,
vn Cabaret ou chacun beuuoit pour ſon
argent. Les heritiers d'Adrian font toutes les diligences poſſibles pour ſçauoir
qu'eſtoit deuenu leur pere, mais ils n'en
peuuent rien apprendre. De-là à quelques
mois Paſques vient. Nabor trauaillé des
remords de ſon homicide ſe veut bien remettre auecque Dieu, eſperant que ſa miſericorde luy remettroit vne offence qu'il
auoit commiſe inopinément, dont il auoit
vne extreme repentance. Il s'addreſſe à
vn Preſtre ſon Confeſſeur ordinaire, &
ſans aucun deſguiſement luy reuele ſa
cauſe, & luy repreſente le fait ainſi que
nous l'auons raconté, luy teſmoigne ſon
repentir, & s'eſtant en ſuitte accuſé de
toutes ſes autres fautes, il obtient la grace de l'abſolution & s'en retourne en ſa
maiſon en magnifiant Dieu qui auoit
donné vne telle puiſſance aux hommes
que de deſlier les pechez, ouurir le Ciel &
fermer les abyſmes. Le bruit de la perte

Adrian auoit esté si grand dans la ville
qu'il n'y auoit aucun qui le peust ignorer.
Pierle (ainsi appellerons nous ce mal-
heureux Prestre) auoit quelque cognoissance de la vesue d'Adrian & de ses enfans, les voyant donc en peine, les va
voir, & leur dit qu'ils ne deuoient plus
estre en attente d'vn homme qui estoit
mort, & ce qu'ils feroient mieux de faire
prier Dieu pour son ame. La dessus on le
presse de dire ce qu'il en sçait, il s'en excuse au commencement, disant qu'il le
sçauoit sous vn sceau inuiolable & qu'il
n'en pouuoit dire dauantage, on entendit bien qu'il vouloit dire celuy de la
Confession, à raison dequoy sur l'heure
on ne l'en importuna point, mais vn des
enfans sçachant que cet homme estoit
vn auare luy ietta dans les yeux de la poudre d'or, & luy ayant promis vne somme d'argent, auec cette clef il crocheta
le secret, & apprit qu'il trouueroit le
corps de son pere dans vne arriere caue
de la maison de Nabor ou ce Cabaretier
l'auoit enterré apres l'auoir assommé de
la façon que nous auons rapporté.
Celle presente Requeste au Iuge, pour
la deposition de quelques tesmoins qui a

uoient veu entrer Adrian chez Nabor, il
obtient vne visite en cette maison , luy
sçauoit la cachette par la reuelation de
Celse ne manqua pas d'y trouuer le corps
de son pere enuelopé encore de ses habits
qu'est-il besoin de plus ample informa-
tion. Nabor est saisi,& sans aucune gesne
dés le premier interrogatoire il confesse
librement de quelle sorte il auoit tué A-
drian sans y penser & en se deffendant , de
tesmoins de son excuse il n'y en auoit
point , l'aueu d'auoir fait le meurtre le
rendoit assez conuaincu , il se condamne luy mesme à la mort & s'y dispose
franchement , mais il proteste tout haut
& à la face de la Iustice qu'il n'y auoit que
Dieu & son Confesseur qu'il nomma qui
sceussent son crime , nul ne l'ayant veu
commettre , & n'estans entré en l'arriere
caue où il auoit enterré le corps depuis
qu'il auoit fait cét excés. Cette parole
fut remarquée , on demande au fils par
quelle voye il auoit descouuert cét homicide de son pere il refuse au commencement de le dire , menacé de la prison
& de la gesne il declare que par vne somme d'argent il a tiré ce secret de la bouche de Celse,Celse est saisi côme il estoit

sur le point de prendre la fuitte, ce qui fit
coniecturer qu'il se sentoit coulpable, interrogé sur l'accusation du fils, il nie d'ab-
bord d'auoir rien descouuert, pressé il se
couppe, & ayant pris conseil il tascha de
s'excuser par vne espece de crainte, qui
peut esbransler vn homme constant c'est
celle de la mort, & qui est authorisée par
le droict, il confesse que son imprudence
ayant esté telle que de dire à la vefue &
aux enfans d'Adrian qu'ils ne se missent
plus en peine de le chercher parce qu'il
estoit mort. Ce fils qui l'accusoit n'ayant
pû apprendre de luy aucune particularité
parce qu'il declara que ce qu'il en sçauoit
estoit par le tribunal de la Confession,
apres auoir tenté en vain sa fidelité par
l'offre d'vne somme, l'auroit enfin contraint le poignard à la gorge de luy dire
ce qu'il en sçauoit. Cette couleur spe-
cieuse embrouïlla l'affection durant quelques iours, & rendit en l'opinion de plusieurs ce Prestre aucunement excusable,
& plustost inconsideré que malicieux,
mais à la fin par les enquestes, les confor-
tations & le reste des procedures, la verité
sortit du puis de Democrite, le secret des
cœurs fut descouuert, & la cachette des

tenebres manifeſtée. Le Preſtre fut trouué coulpable, & par vn iuſté & vrayment
remarquable & Catholique Arreſt il porta la peine qui attendoit Nabor, & fut
condamné à eſtre pendu & ſon corps reduit en cendres, & Nabor renuoyé abſous
& en ſa maiſon, hors de cour & de procés,
& iouïſſant purement & plainement du
benefice de l'abſolution qu'il auoit receu
au Sacrement de Penitence. Iugement
ſolemnel & memorable, & qui nous apprend que comme au Sacrement de Mariage l'homme ne peut ſeparer ce que
Dieu a conioinct, en celuy de la Confeſſion, l'homme ne peut reueler ce que
Dieu tient caché dans la cachette de ſon
viſage, ne decele iamais à perſonne, & que
les Preſtres qui ſont ſi ſacrileges que de
violer ce ſçeau ſacré meritent d'eſtre pu-
nis de chaſtimens rigoureux & exemplaires.

F iiij

Le faux Amy.

HISTOIRE VIII.

L'Apostre à grande raison,
de mettre les faux freres
entre les plus grands pe-
rils qui se rencontrent en
ce monde. Mode où la du-
plicité & la malignité sont si communes,
la sincerité & la fidelité si rares. Le Roy
Prophete se plaint de ses faux amis beaucoup plus que de ses ennemis veritables,
si mon ennemy, disoit, eust parlé de moy
des auantageusement ie l'eusse souffert
auecque patience, & s'il m'eust poursuiuy
ie me fusse escarté de deuāt sa fureur, mais
toy qui me tesmoignois de l'amité, de qui
ie pensois connoistre la franchise, & le
gentil courage, qui as fait tant de repas
auecque moy me trahissant ainsi laschement comme tu fais, que te puis ie souhaitter sinon toute sorte de mal heurs.
Cette tromperie si ordinaire parmy les
hommes a fait naistre cette maxime de la

prudence du siecle de ne se fier iamais de son secret qu'à soy-mesme. Que si en l'amitié se commettent tant de desloyautez en l'amour combien plus se pratiquent de fourbes, Vous l'allez voir en cette Histoire qui se terminera dans le tragique spectacle d'vne insigne perfidie. En vne Prouince de nostre France que ie ne veux pas nommer, Cratis & Politian deux Gentil-hommes voisins viuoient non seulement en vne bonne intelligence, mais en vne estroite amitié, iusques à ce que l'amour, ce petit boute feu, vint mettre de la diuision en l'vnion de leurs ames, & logea la perfidie en la place que la loyauté auoit si long-temps occupée. Ils estoient tous deux en la fleur de leur aage, & en cette saison de la vie qui porte les hommes au mariage & à l'establissement de leur fortune. Politian ietta les yeux sur Phebé ieune Damoiselle heritiere de sa maison, & qui auecque des richesses abondantes auoit vne beauté capab'e de picquer vn cœur porté à la bien-veillance. Elle estoit en la puissance d'vn tuteur qui ne demandoit que de se descharger de cette pupille & du maniement d'vn bien dont l'abondan-

se estoit meslée de quelque embarras de
procés & d'affaires. Politian se promettant d'en venir à bout, & que l'vtile vau-
droit bien la peine qu'il y employeroit,
se met à la recherche de cette fille, &
comme il estoit braue Gentil-homme &
fort accomply il luy fut aisé de se rendre
agreable à cette Damoiselle, qui ne desiroit rien tant que d'estre maistresse, &
de changer la subiection d'vn tuteur à la
compagnie d'vn mary. Le commencement de cette recherche fut vne simple
conuersation, cette conuersation deuint
frequentation, cette frequentation complaisance, cette complaisance intelligé-
ce cette intelligence amour, cette amour
fit l'ouuerture de la poursuitte. Le tuteur
ne prenãt pas de si prés garde aux deportemens de sa pupille laissa insensiblement
engager son cœur en l'affectiõ de Politiã,
& quand il vint à descouurir son dessein
qui tendoit au mariage, l'autre qui ne faisoit rien sans l'auis des parens les cõsulta,
& il trouua leurs opinions differentes. La
mesure ordinaire des mariages selon le
monde ce sont les biens. Politian ne sembloit pas en auoir assez pour estre vn
party esgal à Phebé, aussi auoit-il haussé

les yeux & porté ses desirs vers elle autant
pour augmenter sa fortune que pour posseder sa personne. Sur cette difficulté
Politian qui s'estoit asseuré de l'affection
de la fille (si on se peut asseurer d'vne
chose aussi mouuante qu'vne fueille)
s'auisa pour attirer en sa faueur celle des
parens d'y employer son amy Cratis qui
auoit de la creance parmy eux, Cratis s'y
porta au commencement à la bonne foy,
& y rendit quelques deuoirs , mais l'a-
mour luy ayant ouuert les yeux sur le
visage de Phebé, & son interest luy ayant
representé l'esclat de ses biens il crût que
ce morceau seroit aussi friand pour sa
bouche que pour celle de son amy, & que
sans violer l'amitié il pouuoit garder
l'ordre de la charité en commençant par
soy mesme. Au lieu donc d'applanir les
difficultez il les augmente , il rauale le
bien de Politian , il represente que sa
mere qui estoit encore en vie en possedoit
la meilleure part , qu'ils estoient beaucoup d'enfans , que ce qui paroissoit
aucunement en gros seroit peu de chose
estant partagé, que Phebé meritoit quelque chose de plus haut , & en cela il se
conduisoit auecque tant de soupplesse

que faisant semblant de parler pour
son amy il desfaisoit en peu de mots ce
qu'il feignoit d'establir en vne grande
quantité de paroles ambigues & embar-
ressees, rusant de la sorte & esloignant
les esprits des parens autant qu'il pouuoit de cette alliance, il aborde Phebé dont il trouua le cœur extremement
attaché à Politian, & ce fut icy où ses
finesses furent necessaires pour descoudre
cette liaison qu'vne longue conuersation auoit formee, faisant donc semblant d'applaudir à cette bien-veillance
& de loüer son amy, il taschoit peu à
peu à faire entendre à Phebé que ce n'e-
stoit pas tout ce qu'elle pensoit, que le
mariage estoit vn marché où il falloit
considerer plusieurs choses, qu'on ne
se marioit pas tant pour soy que pour sa
posterité, que Politian auoit vne mere
& mere imperieuse qui vouloit tout
gouuerner, & qui la reduiroit en des
sujetions fascheuses, qu'elle ne seroit
pas maistresse chez soy, que son mary
mesme seroit comme en tutelle, & que
mal-aisement deux femmes se pouuoient
accorder en vn mesme mesnage. Phebé
fut troublee à ce discours, & l'accort

Cratis ayant iugé par les changemens
de fon vifage de l'émotion de fon ame,
& remarqué que c'eftoit-là l'endroit le
plus foible renforça la batterie, en forte
qu'il allentit le feu qu'elle auoit fort
ardent pour Politian, & elle en deuint
toute refueufe. Ayant ainfi à diuerfes
fois & par plufieurs artifices fapé les fon-
demens de cette amour, il taſcha de s'in-
finuër aux bonnes graces de Phebé, ce
qu'il fit affez aifement ayant defbauché
cét efprit de fa premiere affection, & le
marché eftant prefque fait auecque le
fecond, quand on eft defgoufté du premier marchant, qu'eft-il befoin d'exami-
ner fi particulierement fon procedé,
ayant fupplanté Politian il fe mit en fa
place, & en peu de iours ayant obtenu
le confentement des parens & de la fille
il fe vid en poffeffion de Phebé par
le mariage. Si vous me demandez
de quelle forte Politian fe laiffa fi
aifément enleuer fa maiftreffe fans en
tefmoigner plus de reffentiment, ie
vous auife que le trompeur Cratis
comme vn couteau tranchant des deux
parts fceut fi bien fouffler le chaud &
le froid d'vne mefme bouche, qu'à mef-

me temps qu'il faisoit des mauuais rapports de Politian à Phebé , il en faisoit
d'autres de Phebé à Politian qui refroidi-
rent sa passion & le retirerent sans bruit
de cette poursuitte , ainsi Loyseleur iouë
doucement de l'appeau pour surprendre
le simple oysillon & le faire donner dans
ses filets. Mais il en est des ruses
comme du fard , tost où tard elles
paroissent à la honte & au dommage
de leurs autheurs. Cratis fut si peu
consideré de descouurir à sa femme
le stratageme dont il s'estoit serny
pour la destacher de l'amour de Politian
& se l'acquerir pour femme. Comme il
est mal-aisé qu'il n'arriue à la longue
quelque discorde ou mescontentement
entre les mariez, Cratis & Phebé estans
tombez en quelque noise elle luy repro-
cha sa tromperie, comme si elle se fust
repentie de l'auoir espousé elle luy dit
qu'il n'estoit son mary que par surpri-
se. Cette reproche offence Cratis qui
luy repartit auecque des paroles aigres,
& dit-on que quelque soufflet en vola
sur la iouë de Phebé. Cette femelle
irritée medite sa vengeance & rappelant
en son esprit ses premieres affections

pour Politian, elle fe refout de renuerfer
cét affront fur la tefte de Cratis aux def-
pens de fon propre honneur. Elle accofte
Politian qui ne s'eftoit point diftrait de la
frequentation ny de l'amitié de Cratis
pour ce mariage, ce faux amy ayant conduit fon ftratageme auecque tant d'art
qu'il ne s'eftoit point apperceu de fa tra-
hifon. Elle luy manifefte tout l'artifice
dont Politian ne fut pas moins furpris
que fi la foudre fuft venu balayer la terre
fous fes pieds. Tandis qu'il en medite vne
vengeance notable, Phebé luy en ouure le
plus doux moyen qu'il euft pû defirer, elle
luy declare fa colere contre Cratis, & iuf-
qu'où alloit fon indignation, ce que Politian mefnagea fi dextremēt, que fans m'a-
mufer à porter plus de lumiere qu'il ne
faut dans ce negoce de tenebres ils r'allu-
merent leur ancien brandon , qui dans
peu de iours mit leur reputation & leur
vie en cendres. Cette pratique ne fe pût
conduire fi fecrettement que le faux amy
ne s'en apperceuft, & Cratis eftimant que
par la loy du Talion Politian luy pourroit bien rendre le change de fa tromperie, fe met fur les aguets & il ne trouua que trop vray ce qu'il euft voulu n'e-

ſtre qu'en apparence. Vn pareil tort ne ſe
laue que dans le ſang ſelon les maximes
du monde. Cratis fait tant qu'il ſurprend
enſemble Phebé & Politian, & tandis
que la colere le porte ſur cette femme infidelle reſeruant ſon galand pour la ſeconde execution de ſa vengeance. Politian euſt le loiſir de ſe ſaiſir d'vn poignard qu'il auoit ſous le cheuet du lit où
il eſtoit couché auecque la mal-heureuſe
Phebé & de l'enfoncer dans le ſein de
Cratis, qui mourut à l'inſtant ſur ſa femme morte. Ceux qui accompagnoient
Cratis en cette execution le voyant mort
bleſſerent Politian en diuers lieux, & ſans
l'acheuer ils ſe ſaiſirent de luy & le remirent entre les mains de la Iuſtice, qui
ayant expedié ſon procez en peu de iours
le condamna à perdre la teſte comme adultere & homicide. Chaiſne miſerable du
peché qui entaſſe tant de morts & tant de
maux les vns ſur les autres. L'amour, l'intereſt, la tromperie, la colere, la vengeance, le deſpit, la deſloyauté, joüent icy diuers perſonnages. Et dans ce ſeul exemple nous pouuons apprendre l'aueuglement de tous ceux qui abandonans l'our-
ſe de la raiſon ſe laiſſent aller aux tempe-

ftes des paſſions qui les pouſſent dans des
eſcueils où ils font de triſtes naufrages.
O Seigneur le ſalut eſt loin des pecheurs,
car ils n'ont pas recherché vos iuſti-
fications. Le repentir & l'infelicité accompagnent leurs voyes, ils ne cognoiſ-
ſent point celle de la tranquilité. Vne
grande & profonde paix enuironne ceux
qui ſe tiennent dans l'obſeruance de voſtre loy , & ils ne ſont ſuiects à aucun
ſcandale.

G

Le Parricide Mal-heureux.

HISTOIRE IX.

Idelle, & Honoré, Gentils-hommes d'vne mesme Prouince ayans esté nourris Pages de l'escurie sous Henry troisiesme noüerent ensemble vne amitié si estroite qu'elle estoit en admiration à tous leurs compagnons, ils la continuerent estans de retour en leurs Prouinces, & sortis de ce premier seruice qu'en leur ieunesse ils auoient rendu au Roy. Depuis ils furent freres d'armes, ils coururent la Flandres & l'Alemagne où dans les hazards de la guerre il se rendirent des assistances l'vn à l'autre telles qu'on les doit attendre de deux parfaits amis. Estans de retour en leurs maisons sans auoir rapporté de tant de peines & de perils courus autre recompense que la gloire, dont les grands courages font plus d'estat que de toutes les richesses du monde, ils songerent à se pour-

uoir & à mener vne vie douce & retirée.
Ils fe marierent à des Damoifelles de leur
voyfinage fi conformes d'humeurs que la
mefme amitié qui eftoit entre leurs maris
fe forma entr'elles. Ils pafferent quelques années en vne vie affez heureufe. Si
la chicane qui eft la guerre de la paix, &
vn fleau qui ne ruine pas moins de famil-
les que la guerre mefme ne fuft venu
troubler leur repos. Le bien de la femme de Fidele fe trouua vn peu embroüil-
lé, & comme l'on dit de la plume de
l'Aigle qu'elle ronge les autres, en le
voulant efclaircir il embarraffa le fien de
telle forte que la iudicature ! car d'appeler cela iuftice il n'y a pas d'apparence) le
ruina ; reduit à d'extremes miferes, Honoré fut fon refuge qui ne luy manqua pas
tant que Dieu luy en donna les moyens,
mais en fin il fut contrainct de luy dire comme les Vierges fages aux folles,
de peur que mon bien ne foit pas fuffi-
fant pour vous & pour moy, il eft plus
raifonnable que vous alliez pouffer voftre fortune & que vous tafchiez de re-
leuer voftre maifon par voftre vaillan-
ce. Comme Fidele eftoit en cette deliberation, fa femme laffée d'ennuis &

de tristesses prit vne maladie qui le tira
des miseres du monde, ne laissant de son
mariage qu'vne fille appelée Vrbanie de
l'aage de douze ou traize ans, se voyant
libre du ioug qui le tenoit attaché il se
resolut d'aller dans les armes chercher,
ou vne mort honorable, ou vne plus
auantageuse condition, ayant donc recueilly ce qu'il pût du reste de ses pertes
il se met en equipage laissant fort peu de
bien à Vrbaine, & la remettant entre les
mains de Fidele qui luy promit de l'esleuer comme sa propre fille, & mesme de
la faire espouser à vn de ses fils quand elle
seroit en aage d'estre mariée. Honoré
s'en alla en Allemagne ou aussi-tost il
trouua party auprés du Duc de Bauiere
qui luy donna vn rang honorable dans sa
milice, & vn entretien digne de sa qualité en attendant que les occasions des
troubles d'Allemagne luy donnassent le
subiect d'employer son courage & son
adresse. Mais reuenons en France ou s'offre à mes yeux le spectacle funeste qui fait
le principal de nostre Histoire. Vrbaine
esleuée entre les enfans d'Honoré trouua tant de grace deuant les yeux de
son aisné que nous nommerons Dio-

ſcore , qu'il ſembloit que ce ne fuſt
qu'vne ame en deux corps tant leur
vnion eſtoit parfaitte. Honoré au commencement fut fort aiſe de voir que
ſon deſir reüſſiſt auecque tant de bon-
heur , ſouhaittant par le mariage de
ces deux amans rendre ce teſmoignage
à Fidele, qu'il preferoit ſon amitié à
toutes les plus riches alliances qu'il euſt
pû rencontrer pour ſon fils. Mais
quand l'aage euſt apporté à la naiſſan-
te beauté d'Vrbaine le meſme luſtre
que l'eſpanouïſſement adiouſte au bou-
ton de la roſe, cét eſclat donna dans les
yeux de ce pere inconſideré, & il ſe mit à
la ſouhaitter pour autre que pour belle
fille. De-ja ce ieune orient auoit attaint
les quinze à ſeize ans, & Dioſcore qui
n'auoit qu'vn an plus qu'elle n'eſtoit pas
en cette force qu'on deſire aux hommes
qui ſe rangent ſous les loix d'Hymen,
bien qu'il reſſentiſt d'autant plus fortement les traicts de l'amour, que ce feu a-
git plus puiſſamment ſur le bois verd
que ſur le ſec. Il eſtoit deſ-ja accordé à
Vrbaine qu'il regardoit comme celle qui
aſſeurement deuoit eſtre ſon eſpouſe, &
il languiſſoit en l'attente de ſon entiere

possession , lors qu'Honoré aueuglé par
cette folle deité qui porte vn bandeau sur
ses yeux suruint comme vne froide gelée
qui ternit toute la grace des fleurs. Il se
met auecque des soins si assidus & des
continances si passionnées à carresser &
à caioller cette ieune fille qu'il eust fallu estre tout à fait ignorant des passions
affectueuses pour ne cognoistre pas la
sienne. Ce qui fit entrer sa femme en
vne ialousie aussi vehemente qu'elle
estoit iuste. Ialousie qui la rendit d'v-
ne humeur si aigre & tempestatiue qu'il
n'y auoit plus de repos en la maison que
quand elle dormoit. Le pauure Dioscore
s'en apperceut aussi qui se voyant vn si
puissãt riual sur les bras ne sçauoit à quoy
se resoudre. Honoré fermant les yeux à
toute consideration sinon à celle de son
iniuste desir, se mocque de la tẽpeste de sa
femme & ne laisse de continuer ses poursuittes malgré ses reproches , & poursui-
ure Vrbaine mesme sur son visage. Cette
femme craignant la colere de son mary
dont le bras estoit redoutable , tourne sa
fureur contre l'innocente fille,& comme
si elle eust contribué quelque chose à l'erreur d'Honoré , elle luy faict

des traittemens ſi rudes qu'ils n'e-
ſtoient pas ſupportables , encore luy
eſtoit moins faſcheuſe la colere de la
femme que l'Amour du mary , & Dioſcore qui voyoit l'vne & l'autre tourmenter vne perſonne qui luy eſtoit ſi
chere ne ſçauoit que deuenir. Toute la
conſolation de ces cœurs affligez eſtoit
en l'eſperance d'vn meilleur temps, &
de voir la raiſon maiſtreſſe dans l'eſprit d'Honoré & de ſa femme. Mais
c'eſtoit chercher des poiſſons en l'air,
& de la blancheur en vn more. Plus Honoré va en auant plus s'augmente ſa flamme par la croiſſante beauté d'Vrbaine,
plus ſes importunitez ſe renforcent, &
c'eſt tellement à camp ouuert qu'il la
pourſuit que tous ceux qui s'en apperçoiuent en ont honte pour luy. La fille
non moins ſage que patiente le rejette,
& le reſpectant comme pere luy rend force honneur & point d'amour , ce qui
met cét homme en des angoiſſes extremes. A la fin de peur que la fureur ne
le portaſt à des extremitez dangereuſes &
dont luy meſme ſe fuſt repenty, Vrbaine
ſe plaint à quelques vns de ſes parens,
& leur repreſente en quel danger elle

estoit d'estre violentée en son honneur
si on ne la retiroit de la maison d'Honoré, ce qui se fit par vne subtilité merueilleuse, & secrettement, d'autant
que cét homme ardant d'amour eust plustost donné des batailles que de se voir
rauir ouuertement celle dont il estoit
idolatre. De quelle rage fust-il saisi quand
il se vid priué de celle qui estoit la lumiere où plustost l'aueuglement de ses yeux
il n'est pas possible de le raconter. Il s'en
prit à sa femme & à son fils, ou-
trageant l'vne & l'autre de paroles &
d'effects qui ressentoient la violente
fureur dont il estoit possedé, mais tout
cela leur fut doux, parce qu'ils furent deli-
urez d'vn fardeau qui leur estoit bien plus
pesant. Ils creurent que le temps redon-
neroit vn meilleur sens à Honoré, mais
tant s'en faut que l'absence de l'obiect aimé effaçast de sa memoire cette idée qu'il
auoit si auant emprainte en son esprit,
qu'au rebours cette image y reuenoit
en vne forme plus auantageuse & luy
donnoit la nuict & le iour des assauts & des inquietudes merueilleuses.
Il fait ce qu'il peut pour l'accoster, mais
outre que la fille le fuit comme vn Spe-

ître, ceux qui l'ont en garde ne permet-
metent pas qu'il la voye, de lettres elle
n'en veut point receuoir de luy, ny pre-
ster les oreilles à aucun meſſage qui vienne de ſa part, ce qui le met en vn deſeſpoir
inconceuable. Ne pouuant trouuer, ny
paix, ny trefues à ſa paſſion il entre en
jalouſie contre ſon fils qu'il auoit plus
d'accés vers Vrbaine qui luy eſtoit accordée, & pour ſe tirer cette mouche de
l'eſprit il l'enuoye à Paris pour voir la
Cour & frequenter les Academies ou
s'apprennent les exercices neceſſaires à la
Nobleſſe. Dioſcore eſt contrainct d'o-
beïr, mais ce fut apres auoir renoüé par
de nouueaux ſermens l'inuiolable fidelité
qu'Vrbaine & luy s'eſtoient promiſe l'vn
à l'autre. Six mois apres qu'il fuſt party la
femme d'Honoré mourut d'vne fiebure
ethique non ſans ſoupçon de poiſon,
encore que l'on tint communement
que c'eſtoit la ialouſie & le mauuais
traittement de ſon mary qui l'auoient
ainſi deſechée de triſteſſe. Honoré
ſe voyant libre commença lors à ſe declarer ſeruiteur d'Vrbaine, & à dire tout
haut qu'il l'auroit pour femme où qu'il
perdroit la vie. Il eſcrit ſon deſir à ſon

amy qui luy manda que luy ayant remis
fa fille pour en faire ce qu'il voudroit il
tiendroit à honneur qu'il en fist fa femme
quelque difference qu'il y euft entre
leur aages, auecque cette affeurance &
confentement de Fidele il fe promet la
conquefte de la place tant defiree, &
quelle refiftance y euffent pû apporter
les parens fi la fille mefme ne s'y fuft op-
pofée, alleguant qu'elle eftoit promife à
Diofcore,& qu'elle ne pouuoit fans perfidie retirer fa parole. Et fi ie vous la feray rendre par mon fils,repartit Honoré,
ne voulez-vous pas luy rendre la fienne.
Ie verray, reprit Vrbaine, ce que i'auray
à faire quand il m'aura parlé. L'impatient Honoré fait reuenir Diofcore dont
il effraya tellement le courage par fes
menaces qu'encore qu'il euft refolu en
venant de perdre pluftoft la vie que de fe
feparer d'Vrbaine, il changea de couleur
& de note en la prefence de fon pere,
mais ce fut auec vn tel creue-cœur qu'il
luy obeit en ce qu'il defiroit, qu'à
l'inftant mefme il tōba dans vne maladie
qui le porta dans peu de iours fur le bord
du cercueil, trop heureux s'il y fuft
defcendu,nous le mettrions auiourd'huy

entre les martyrs d'amour, au lieu de le
loger parmy les Parricides. Ce fut icy
que l'amour de pere ioüa son ressort, &
donne vne telle allarme au cœur d'Honoré qu'il en oublia pour vn temps la
passion demesurée qu'il auoit tourmenté
pour Vrbaine. Il eut plus de peur de
perdre son enfant qu'vne maistresse. Il
ne falloit point que les Medecins em-
ployassent beaucoup de finesse pour deuiner qu'il estoit malade par excés d'amour,
comme celuy qui recognut par subtilité celle que Demetrius auoit pour
Stratonice. Honoré s'approche de son
fils qui estoit comme aux abbois de la
mort, & luy ayant promis de luy laisser
espouser Vrbaine, cette seule parole
eust plus de pouuoir pour luy redonner
de la vigueur que toutes les drogues
de la Medecine. Les maux se guerissans
par leurs contraires, comme le desespoir
l'auoit abbatu l'esperance le releua, &
aussi-tost qu'il pût reprendre ses esprits
pour s'asseurer de la parole de son pere
il desira estre fiancé à Vrbaine, ce qui
fut fait du consentement d'Honoré
& des parens de la fille, depuis cette
heure-là il alla tousiours de bien en

mieux iusques au recouurement de sa
parfaitte santé, mais à mesure que son
corps reuenoit à conualescence l'esprit
d'Honoré reprenoit son premier mal, &
lors que le fils fut entierement guery le
pere se trouua tout embrasé de sa premiere flamme. Et se desdisant de tout ce qu'il
auoit iuré comme ne l'ayant auancé que
par stratageme pour redonner la vie à
son fils, il veut rompre ces fiançailles &
se faire de beau pere mary d'Vrbaine
qui y resiste tant qu'elle peut, son cœur
estant tout retourné vers Dioscore.
Voicy vn grand contraste & Honoré
s'y porte auecque tant de violence, &
son fils se roidit contre luy auecque tant
de fermeté que le pere ne le menace de
rien moins que de luy oster la vie qu'il
luy auoit donnée vne fois & puis ren-
due. Le fils voyant que l'amour faisoit
perdre à son pere les sentimens de la nature, perdit aussi le respect pressé de la
mesme passion, & accusa tout haut Honoré d'auoir empoisonné sa mere, & of-
froit de le prouuer par bons tesmoins
en la face de la Iustice. Cela transporta si
furieusement Honoré qu'il iura de tuër
Dioscore s'il se presentoit deuant luy,

& d'effect la premiere fois qu'ils se rencontrerent Honoré mit l'espée à la main
& obligea Dioscore de faire le semblable. Ce seroit aux Poëtes de dire icy au
Soleil qu'il rebroussast en sa carriere, où
qu'il voilast sa face pour ne voir point
vne si horrible rencontre. Dioscore en
esquiuant euitoit autant qu'il pouuoit
de mesurer son espée auecque celle de
son pere, & paroit ses coups sans l'attaindre, en fin se sentant blessé quoy que
legerement, & iugeant bien que celuy
qui l'attaquoit ne le vouloit pas laisser en vie, apres auoir protesté de sa
iuste deffence il commença à respousser
la force par vne autre, & auec tant
de mal-heur que ce pere aueuglé de
fureur se lança sur l'espée de son
fils, & se la passant au trauers du
corps cheut à ses pieds roide mort.
Encore qu'il y eust quelque innocence
en ce Parricide, il estonna toutefois de
telle sorte tout le voysinage qu'on
n'en parloit qu'auec execration, & Vrbaine en conceust vne telle horreur
que toute l'affection qu'elle auoit nourrie
si long-temps pour Dioscore s'esteignit
en vn moment, ne le considerant plus

comme fon amant, mais comme vn fils
meurtrier de fon pere. Il fe iuftifia de
cette action deuant la Iuftice qui luy donna fa grace fans auoir recours au Prince,
apres cela il crut que rien ne s'oppoferoit
plus à fon mariage auec Vrbaine, mais il
y trouua plus de difficulté que iamais
dans la volonté de la fille, qui fe trouua
entierement changée fans qu'il reftaft
en fon cœur vne feule eftincelle de
fa premiere flamme. Se voyant rebutté
de ce cofté-là, tant pour fe diuertir de la
trifteffe de ce funefte accident qui
le rendoit odieux à tout le monde, en
core qu'il euft vfé du droict de nature en
fe deffendant, que pour tafcher de re-
conquerir Vrbaine par la volonté de
Fidele, il alla en Alemagne, & ayant
rencontré ce Gentil-homme en Bauiere
il luy raconta ce qui s'eftoit paffé entre
luy & Honoré fur le fubjct d'Vrbaine. Fidele outré de douleur de la perte de fon
amy arriuée fi mal-heureufement par les
mains de fon propre fils, detefta fi eftran-
gement ce parricide & traitta fi aigrement
Diofcore qu'il iura que pluftoft il eftran-
gleroit fa fille de fes propres mains
que de la donner en mariage à vn

homme qui auoit les mains fanglantes du
meurtre de fon pere, & du meilleur amy
qu'il euft au monde. Ce rebut mit en vn
tel defefpoir ce miferable ieune homme
qu'il fuft fur les termes de faire appeller
Fidele & de fe couper la gorge auecque
luy. Toutefois il s'en abftint, & fe reti-
rant auecque des douleurs, des regrets, &
des confufions qui ne fe peuuent exprimer, on n'a iamais fceu de luy aucunes nouuelles. Les vns par coniecture plus que par certitude faifans courir des bruits, tantoft qu'il s'eftoit
rendu Hermite, tantoft qu'il eftoit mort
dans les armes, tantoft qu'il s'eftoit
precipité dans vn fleuue, tantoft qu'il
s'eftoit empoifonné. Tous d'vne commune voix augurans vne mauuaife chofe à celuy qui auoit efté miferable que
d'ofter (quoy que par mal-heur) la vie
à celuy qui eftoit autheur de la fienne.
Quoy que s'en foit on void reluire en
cét euenement beaucoup de traicts de
la Iuftice de Dieu, en la punition du
Pere & du fils, l'vn & l'autre fe trou-
uans fruftrez de ce qu'ils auoient defiré
auecque des paffions fi demefurées.
Bien - heureux celuy qui a la raifon

& le iugement pour filé dans le labyrinthe de tant d'humaines erreurs, celuy-là fortira de l'embarras où les autres demeurent enuelopez, & fera vainqueur des monftres qui deuorent les autres. Si nous fuiuons cette claire & feure guide nous ne nous efgarerons ny perdrons iamais.

Le puant Concubinaire.

HISTOIRE X.

Lanchir vn More , & oſter les moucheteures à vn Leopart ſont deux choſes plus aiſées à faire que de porter au bien ceux qui ſont accouſtumez au mal. Mes playes ſe ſont enuiellies ; diſoit le Roy Prophete , à la face de ma folie, parlant de ſon habitude au peché , & la plus ſanglante reproche que face Daniel à vn dés vieillards accuſateurs de la chaſte Suſanne eſt de l'appeller enuieilly en des mauuais iours. A raiſon dequoy le Sauueur cria bien haut, & pleura ſur le tombeau du Lazare puant & pourry, & en cela figure du pecheur enſeuely dãs ſes corruptions & dans ſes vicieuſes couſtumes. Vous l'alléz voir en cette Hiſtoire que ie mets auecque raiſon entre les tragiques, puiſque par la miſere du corps nous pouuons coniecturer la ruine eternelle de l'ame. En vne petite ville de ce Royaume,

H

dont ie tairay le nom pour ne fcandalifer
les lieux non plus que les perfonnes, eftoit
Principal du College où la ieunefle eftoit
inftruite au bonnes lettres, ie ne fçay fi
auffi aux bonnes mœurs, vn perfonna-
ge que nous appellerons Epaphrodit, nous
ne dirons point s'il eftoit Seculier où
Ecclefiaftique pour ne defcrier les conditions par le vice d'vn particulier. Il
auoit l'efprit affez beau, & nourry dans
l'Eloquence Grecque & Latine, & la
Philofophie. Il auoit foin d'attirer
aupres de foy d'affez bons Regens, &
luy-mefme enfeignoit fes efcoliers auec
tant de foin, de dexterité, & de diligence, que plufieurs reüffiffoient fort capables fous fa difcipline. Pleuft à Dieu
qu'il euft l'ame auffi bonne, & que fa fcience luy euft donné de la confcience, nous
n'aurions pas occafion de reprefenter
fon horrible fin, ny de le mettre au rang
de ceux dont la reprobation eft prefque
affeurée. Sa vie licentieufe & defreglée
le fit arriuer à cette mifere, & la fen-
fible malediction de Dieu parut fur luy
apres fa mort d'vne façon que vous
iugerez non moins funefte qu'eftrange. Il eftoit fuiet au vin, auffi eftoit

hé dans vne Prouince sujete à l'excés du
boire, il accompagnoit cela de la bonne
chere ; car s'il beuuoit bien il mangeoit
encore mieux , si bien que son corps
estoit vn sac de viande & de breuuage,
outre cela il estoit addonné au ieu,mais
ce qui le perdit ce furent les femmes.
Toute sa sagesse & sa science furent
deuorées dans cét abysme qui auoit
autrefois englouty les Dauids, les Sa-
lomons, & les Sansons. Il demeura trente ans dans vn continuel concubinage,
non qu'il s'attachast à vn seul obiet,
mais courant au change il desbauchoit
vn grand nombre de femmes & de
filles. Tantost il les entretenoit hors
de son College,tantost il les tenoit aupres
de soy , à pot & à feu sans se soucier du
scandale & du mauuais exemple qu'il donnoit à la tendre ieunesse , au contraire il
faisoit gloire de son ordure & tiroit de la
vanité de son infamie. Mais il y en eut
vne qui en vne fleur d'aage & de beauté,
& d'vne humeut accorte & auisée,arresta
sur la fin de ses iours toutes ses pensées,
il en deuint tellement esperdu qu'il ne
pouuoit viure sans elle , & si fort ialoux qu'aussi-tost qu'il la perdoit de veuë

il croyoit qu'on la luy rauift, où que
quelqu'vn la defbauchaft. En fa prefence
on n'euft ofé la regarder fans luy donner
l'alarme. Combien d'innocens efcoliers
furent l'obiect de fa colere, & pafferent
par le dernier chaftiment des perfonnes
de cette forte, pour auoir temerairement
haufé leurs yeux vers cét aftre qui eftoit
la lumiere des fiens. Quand il approchoit d'elle il eftoit riual de fon ombre propre, & fi vne moufche fe fuft
affife fur la ioüe de cette fille il euft
voulu à quelque prix que c'euft efté
fçauoir de quel fexe elle eftoit, fi du maflé
fans remiffion il l'euft tuée. Il demeura
fept où huict ans poffeffeur de cét afpic,
qu'il conferuoit auffi foigneufement
qu'vn trefor, veillant fur fa garde comme le dragon fabuleux fur les pommes
d'or du iardin des Hefperides. A la fin
apres auoir bien fait fes ieux, & abufé
de la patience & de la Iuftice du ciel
& de la terre, la mort voulut faire
des fiennes & l'appeller deuant le tribunal ineuitable ou chacun receura felon
fes œuures. Voyez encore comme ce
miferable mefprifa les richeffes de la
bonté & longanimité de Dieu pour fe re-

cueillir vn trefor de colere au iour de la
vengeance , la maladie auant-couriere
de fa mort fut affez longue , il fuft vifité
de plufieurs Religieux & feruiteurs de
Dieu , qui tous zelez au falut de fon ame
luy difoient franchement apres l'auis
des Medecins qu'il difpofaft de ces
affaires interieures & exterieures, parce
que cette infirmité le menaçoit de mort.
Il fe mocqua durant quelque temps de
ces auertiffemens , difans qu'il fe fentoit
bien & qu'il n'eftoit pas fi bas que l'on
penfoit. Mais en fin fe voyant dimi-
nuër & tirer au declin il efcouta les re-
monftrances , entendit les paroles de
falut, & fe porta au Sacrement de reconciliation. Il ne puft obtenir le benefice
du deliement qu'il en promit, de mettre
hors de fa maifon celle qui l'auoit rem-
plie d'ordures & de fcandales , & celuy
qui mania fon ame fut fi preffant & fi
habile homme que le prenant au mot , &
battant ce fer à la chaude il voulut que fur
le champ il luy donna congé. Cette mal-
heureufe qui auoit des larmes toutes preftes pour les faire couler de fes yeux comme vne pluye volontaire , verfa des
torrents à cette nouuelle , fait la de-

ſeſperée , crie , tempeſte , ſe veut preci-
piter , s'arrache les cheueux , & donne
des teſmoignages d'vne extreme affection
à celuy dont elle cognoiſſoit l'humeur &
qu'elle n'aymoit que par intereſt. Auſſi
eſtoit ce vn artifice dont elle ſe ſeruoit
pour entrer plus auant en ſes bonnes
graces s'il reuenoit à conualeſcence, où
pour auoir meilleure part en ſon teſtament s'il venoit à mourir. Et certes cette
ruſée ne ſe trompa point en cette coniecture ; car il en fit vn auſſi auantageux
pour elle que ſi elle euſt eſté ſa femme legitime, luy donnant tout ce qu'il luy pouuoit laiſſer, & afin que perſonne ne luy
fit aucune fraude il luy remit les clefs de
tout ce qu'il auoit de plus precieux , iettant dans ce ſac deſchiré toutes les richeſſes qu'il auoit amaſſées par vne longue
eſpargne, & beaucoup de ſoins & de peines. Il n'eſt pas poſſible d'exprimer au vif
les regrets & les douleurs de cet agoni-
ſant , voyant eclipſer de deuant ſes yeux
ſa belle eſtoille, il appella ſon Confeſſeur
cruel & homme ſans pitié de le ſeparer
ainſi de celle qui eſtoit comme l'ame de
ſon cœur , il fallut pourtant que le couteau de cette ſainte rigueur arriuaſt

iusques à cette diuision de son ame & de
son esprit, de ses os, & de ses cartilages.
Mais tout cela ne fut que mine & pour
obtenir par finesse l'absolution, car son
Confesseur n'eust pas plustost le dos tourné l'ayãt laissé en disposition de receuoir
le lendemain le sacré Viatique. Que ce
tison d'enfer par son mandement rentra
dans sa maison. Elle se iette à ses pieds
qu'elle veut baiser & arroser de ses larmes,
il ne le souffre pas, il luy tend sa languis-
sante main qu'elle baise & laue de ses
pleurs, qu'elle eschauffe de ses souspirs.
Epaphrodit au lieu de pleurer sur les
pechez qu'elle luy auoit fait commettre,
verse des pleurs de compassion, & cette
flatteuse pour le consoler lasche de luy
donner des esperances de vie, discours
que cét abusé malade prend pour des
oracles , parce qu'ils sortoient d'vne
bouche aymée. Pipé de ce doux espoir
encore qu'il eust l'ame sur les levres
& que toutes les forces luy manquas-
sent, il se promet de reuiure, & apres
luy auoir fait de nouueaux sermens de
ne l'abandonner iamais, quoy qu'il eust
promis à son Confesseur, disant que
c'estoit vne promesse forcee, auecque

des honteufes paroles d'amour que ie
n'oferois reprefenter, il la pria de ioindre la bouche à la fienne, efperant
que ce remede luy feroit plus vtile que
tout le fecours de la Medecine, & qu'vn
feul baifer feroit capable non feulement d'arrefter fon ame en fon corps,
mais de l'y remettre fi elle en eftoit
fortie, non feulement de le guerir, mais
encore de le refufciter. Cette folle fait
ce qu'il defire & l'embraffe, luy enui-
ronnant fon col de fes foibles bras, foit
par effort, foit par langueur, foit par
excés d'émotion, s'attacha fi fort à cette
idole que fon ame fe deftacha de fon
corps, & il mourut ainfi fur le fein de
cette perduë. O Dieu combien cette
mort fuft-elle differente de celle de Moy-
fe qui expira au baifer du Seigneur, &
combien ce baifer execrable fuft-il contraire à ce fainct baifer des premiers Chre-
ftiens dont l'Apoftre parle. De vous dire
où s'en alla fon ame fortant de la forte
d'entre fes leures, c'eft ce qui nous eft
fecret, mais fi la coniecture a quelque
lieu, il eft aifé de iuger & fans beaucoup de temerité que ce n'eft point
par ce chemin là qu'on s'efleue en la

gloire celeste. Cette ame donc alla en
son lieu, & cette femme cause d'vn si
grand desastre serra ce corps froid comme la glace sans mouuement entre ses
bras. Laissons là crier & plaindre son
mal-heur pour faire voir vn traict de la
colere du ciel sur ce corps miserable.
Presque dés vne heure apres que l'ame
l'eut quitté il deuint charogne si infecte
que non la chambre seulement, mais toute la maison n'estoit plus habitable pour
l'excés de la puanteur. A peine put-on
trouuer personne qui le voulust enseuelir : mis dans vne biere la putrefaction
perce le bois & se fait sentir par tout, on
l'enduit de poix, de cire, de mastic, on
applique du cuir aux iointures auec de la
colle forte, tout cela ny fait rien. On fut
en termes d'enuoyer querir vn cercueil de
plomb, mais chacun tirant de son costé
nul ne se trouua qui voulust en faire la
despence, à peine put-on trouuer des hõ-
mes pour le porter en terre, ces gens
qui nettoyent des cloaques l'entrepri-
rent par vn grand salaire. On l'enterre
dans l'Eglise, & quoy qu'il y eust six
pieds de terre & vne tombe sur ce corps il
emplit toute l'Eglise d'vne telle infe-

ction qu'on fut contraint de le deterrer
pour le mettre dans le cimetiere. Auſſi-
toſt tout l'air du cimetiere fut empuanty,
& nul n'oſoit plus paſſer pour aller à l'E-
gliſe, on l'enleua de nuict & le porte-
t'on dans vn champ à l'auanture, les poſ-
ſeſſeurs tenant cela pour vne malediction
manifeſte ne voulurent point de cét infame depoſt, mais le ietterent dans la ri-
uiere, dont les eaux furent tellement em-
poiſonnées qu'on y trouua depuis quantité de poiſſon mort & tout pourry. Cette
manifeſte execration ſuiuie de la voix du
peuple donna ſubjet à ſes heritiers de de-
battre ſon teſtament pour priuer cette
meſchante femme à qui il auoit preſque
tout donné, du fruict de ſes artifices &
deſhonneſtetez. La preuue de ſa mauuaiſe pratique eſtoit ailée ayant eu de luy
quelques enfans, & elle auoüant qu'elle
tenoit le deffunct comme ſon mary, elle
fut donc priuée de cet heritage, & condamnée à reſtituer ce qu'elle auoit
emporté. Quelques vns diſent qu'elle
mourut de regret de ſe voir ainſi deſ-
poüillée, d'autres qu'elle veſcut quelques
années apres eſtre reduitte à vne extreme mendicité. Effects deplorables de l'in-

continence, qui font voir que ce vice qui
porte le nom de deshonnesteté, comme
le plus infame de tous, ruine le corps, l'a-
me, les biens, l'honneur & la reputation
de celuy qui s'y attache. Certes si rien de
foüillé n'entre au Royaume du Ciel, & si
sans la saincteté, dit l'Apostre, c'est à dire, sans la chasteté, selon l'interpretation
de sainct Hierosme, personne ne verra
Dieu, c'est aux intemperans, principalement que s'addresse cette menace, où
plustost cette foudre Apostolique. Dehors les chiens, les sales, & impudiques,
en verité ie vous dy, que les adulteres,
les fornicateurs, & les impies, ne posse-
deront iamais le Royaume de Dieu.

La tardiue Repentance.

HISTOIRE XI.

Oicy vn autre concubina-
ge masqué du beau nom
d'Hymen, mais Pretendu
Reformé, dont vous ne
jugerez pas l'issuë moins
funeste que du precedent. Et qui vous
apprendra combien c'est vne chose miserable d'abandonner Dieu, source de vie,
pour se creuser des Citernes creuassées.
Et combien est veritable cette parole
d'vn Prophete, Tous ceux qui delaissent
Dieu sont delaissez de luy, ceux qui s'escartent de ses voyes sont escrits en la terre, mais leurs noms sont effacez au liure
de vie. Vn Religieux d'vn des Ordres
Mandians Neueu d'vn grand personnage du mesme Ordre, & qui par ses Pre-
dications auoit beaucoup trauaillé pour
le soustien de l'Eglise contre les pro-
phanes nouueautez de l'heresie, ayant,
esté esleué aux estudes par ce bon oncle

& refpondu par la viuacité de fon efprit
aux inftructions qu'il auoit receuës, fut
tellement auancé dans fon Ordre, tant
par le credit de celuy qui luy feruoit de
Mecene & de pere, que par fa propre valeur, qu'il en fut durant quelque temps
tenu pour vne des plus belles lumieres:
trop heureux fi demeurât debout il n'euft
point mis cette clarté fous le boiffeau du
fcandale, & fi perfeuerant à cheminer en
la fplendeur des fainéts par vne bône vie,
il n'euft point efté accueilly des tenebres
& enueloppé dans la region de l'ombre
de la mort. Il paroiffoit dans la chaire à
l'imitation de fon oncle, & adiouftant à
la vigueur de fon aage des graces d'eloquence, & des belles lettres qui n'eftoiët
pas au vieillard, il fe faifoit admirer de
ceux qui trouuent les rayons du Soleil
qui fe couche, ioint qu'il en eft de la nou-
ueauté, comme des fleurs, dont la frai-
cheur eft toufiours agreable. L'applau-
diffement du vulgaire ayât bouffi les voiles de fa vanité, fceut fi mal conduire fa
barque qu'elle donna dans les efcueils de
la prefomption, où elle fit vn horrible
& fcandaleux naufrage. Def-ja la difcipline du Cloiftre luy fembloit vn

ioug trop pesant, estant d'vn Ordre non
reformé il se donnoit encore des libertez qui estoient de mauuaise edification
& qui renuersoient toute regle. En vn
mot pour comble de son mal-heur il se
mit sous pretexte de pieté & de confe-
rences spirituelles à conuerser auec des
femmes, auecque tant de priuauté &
de familiarité qu'il ne faut pas s'estonner
si cela le porta en des desordres. Ces ani-
maux dont ie parle ne font iamais plus
dangereux que quand ils sont priuez, des
farouches il ne faut point craindre de
mal. Valfroy (nous voilerons sous ce
nom, celuy de Religieux dont ie parle,)
rendu asseuré où il falloit trembler, se
mit si auant au pouuoir de la fortune qu'il
fust cause par ses frequentations de beaucoup de fascheux scandales. Ie ne les veux
point raconter par le menu pour ne faire
penser à des esprits ombrageux qu'il y
eust du dessein en cette narration, qui
n'est helas! que trop veritable. Le bruit de
ses trop libres, que ie ne die des honnestes deportemens, se rendit si fort qu'il
ne fut plus supportable dans la ville où il
demeuroit, des-ja le peuple en murmuroit
tout haut,& le contre-coup donnoit con-

tre les Religieux du Conuent qui ne
faifoient que fouffrir ce qu'ils ne
pouuoient corriger. Ils en reffentirent
les effects par la diminution des charitez,
& mefme par les menaces du Magiftrat
qui fe preparoit à les renger à leur dé-
uoir, & à faire des enqueftes fur la vie de
Valfroy. Ils ne trouuerent point de meilleure inuention pour parer ce coup que
de luy faire changer d'air, mais luy qui
eftoit aueuglé en fon mal & attaché à
fes plaifirs, ne fe pouuoit refoudre à la
retraitte ; il fallut qu'vn pretexte honorable l'exécutaft. Le Prouincial luy
donne vne chaire dans vne ville infectée d'herefie, & comme il auoit quelque talent à manier les controuerfes,
fon oncle l'ayant dreffé à cette forte d'é-
ftude il fuft iugé propre à parler en ce lieu
là pour confirmer les Catholiques en leur
créance & refuter les erreurs des heretic-
ques. Mais las! tant la prudence humaine eft debile, ce qui auoit efté proietté
pour fon bien ; fut la caufe de fa perte, car
ayant bien affez de fcience pour combat-
tre l'herefie, mais non affez de confcience pour refifter aux attraicts du vice, il
fut pris où il vouloit prendre, & au

lieu de conuertir les errans il fut per-
uerty par leurs artifices. Cette ville où
il fut enuoyé pour prescher l'Aduent &
le Caresme n'estoit pas si esloignée de
celle où il auoit laissé vne si mauuaise
odeur de son nom que les nouuelles n'y
peussent estre portées, quand les Heretiques (enfans du siecle, prudens en leur
generation & qui font profit de tout)
sceurent qu'elle estoit son humeur, ils
luy dresserent des pieges, & comme parle l'Escriture, ils mirent des embusches à son talon, taschant de le surprendre par où ils auoient appris qu'il auoit
inclination au mal. C'est icy qu'à la
honte de l'heresie, plustost, qu'au blasme
de ce pauure Religieux, ie veux descouurir
leur stratageme. Vne vieille huguenotte
opiniastre comme quatre Ministres, &
qui faisoit le prophetesse, auoit vne ieune
niepce aupres d'elle, fille belle, affetée, accorte, & docteresse comme sa tante.
Ceux qui voulurent surprendre le Pres-
cheur Catholique crurent que cét obiect seroit capable de luy donner dans
les yeux, pourueu qu'on trouuast
le moyen de le faire voir au frere. Le
pretexte ne manqua pas. Cette fille in-
struite

ſtruite par ceux de ſon party accoſte vne
fille Catholique de ſes voiſines, feint des
doutes en ſa creance, & demande ſi elle
ne pouuoit point s'en eſclaircir auecque
le Predicateur qui eſtoit lors à la ville.
Cette fille prend cette occaſion aux
cheueux, luy promet de l'aſſiſter en ſon
deſir, & ſans m'arreſter aux particularitez
de toute cette entremiſe, Ruth (ainſi ſe
nommoit la trompeuſe beauté) fut ame-
née à Valfroy ; deuant qui elle ſceut ſi
bien feindre & ſe deffendre qu'elle tira la
conference en langueur & à diuerſes vi-
ſites, iuſques à ce qu'elle euſt recognu
qu'elle auoit gaigné païs dans les bonnes
graces de ce Moyne, & quelle auroit
bon marché de ſa peau. Ce miſerable
qui auoit fait du degaſt parmy les filles
d'Iſraël, crût auſſi toſt qu'il auroit bon
marché de cette Moabite, & changeant
de propos il commença à traitter auec
elle de certains points de Controu-
erſe qui ne ſont pas dans Bellarmin.
Cette ruſée l'eſcoute-là deſſus, & par
vne feinte modeſtie deſtrempe ſes
charmes dans tant d'attraicts qu'elle
fait donner cét oyſeau niays dans ſes
panneaux, & plus il ſe demeine & plus il

I

s'enuelope. En sôme pour ne gaſter point
le papier de la deſcription de ces ordures
elle l'ameine à ce point, que pour l'eſpouſer il promet de quitter Dieu, ſa Religion, & ſon Ordre. Le Conſiſtoire hauſſa
la dotte de cette Ruth qui auoit mis en
rut noſtre Moyne, & la loüa comme vne
Iudith qui auoit mis de la confuſion en la
maiſon de Nabuchodonoſor, & conuer-
ty par ſes beaux yeux pluſtoſt que par ſes
bonnes raiſons le Predicateur des Papi-
ſtes. Ils firent de grands trophées de la
conqueſte de ce deſuoyé deſ-ja deſcrié
parmy les Catholiques pour ſes mœurs
ſcâdaleuſes, & parce qu'il auoit bien eſtu-
dié, & grand talant pour parler public,
joint que de nos plus meſchans Apoſtats
ils en font leurs plus ſainᵉts Apoſtres, auſſi-toſt il ſe porta au miniſtere, & il y fut
admis apres auoir fait profeſſion à la façon miniſtrale entre les bras de ſa belle
Ruth, dont il deuint le Boos ou le Bœuf.
Il demeura quinze ou ſeize ans en cette
miſerable vie, preſchant continuelle-
ment contre ſa conſcience & contre les
ſentimens veritables de ſon ame; ainſi
qu'il auoüa pluſieurs fois, mais en ſecret
à quelques Reliques Religieux qui par

rencontre confererent auecque luy, auſſi
preſchoit-il le moins qu'il pouuoit des
Controuerſes , & ne traittant que des
choſes morales qu'il trouuoit toutes di-
gerées dans les ſermons des Predicateurs
Catholiques. Il fut Miniſtre durant dix
ou douze ans en vne bourgade de Berry
où il y auoit vn Curé aſſez habile homme,
& aſſez pres de là vn Abbé fort riche &
ſignalé en pieté, ces deux perſonnages en-
treprindrent de voir ce Miniſtre , &
par la douceur de leur conuerſation le
remirent au termes de ſe ranger à
ſon deuoir, & de reuenir au ſein de l'E-
gliſe Catholique. Il n'y auoit que les liens
de la chair & du ſang qui le retenoient:
car il auoit quatre enfans, trois maſles
& vne femelle de cette Ruth, cauſe de ſa
cheute. L'Abbé qui eſtoit homme zelé
& de moyens luy promit de loger tous
ſes enfans & de faire en ſorte que cette
femme ſeroit tirée de la neceſſité (car
de la conuertir il n'y auoit aucune apparence) & parce que Valfroy ne vouloit pas retourner en ſon Ordre , il luy
offrit vne place de Religieux en ſa maiſon, l'aſſeurant d'obtenir de Rome cette
diſpenſe , & de le traitter auecque tant

d'humanité & de courtoisie, qu'il luy
feroit cognoistre que le veau gras ne se
tuoit que pour les prodigues. Sous ces
conditions il leur promet de recognoistre son deuoir & de quitter le ministere,
mais il differoit tousiours de temps en
temps sous diuers pretextes de se declarer. Durant ces delais il fut saisi d'vne
fiévre ardante qui en peu de iours le
mit fort bas. L'Abbé oyant cette nouuelle accourt & le va voir auecque le
Curé du lieu, & le somme d'accomplir
sa promesse. Ce pauure homme pensant
guerir les coniure de ne manifester point
ce qu'il leur auoit promis, que cela feroit trop d'eclat, & qu'il n'y manqueroit
pas aussi-tost qu'il auroit donné ordre à
ses affaires. Comment à vos affaires, reprit l'Abbé, la plus importante de toutes
est de penser au salut de vostre ame, car
les Medecins que nous auons consultez
vous condamnent à la mort, & à finir
dans les resueries d'vne fiévre chaude,
pensez à vous tandis que vous auez encore l'esprit sain. Soit que la terreur de
la mort & du iugement des Medecins
luy frappast sur le champ l'imagination, soit que l'ardeur de la fiévre fust

arriuée au point d'enuoyer des vapeurs
au ceruéau, il entra en trouble d'efprit, & dit à l'Abbé & au Curé, Mef-
fieurs, vous eftes venus trop tard. *Nef-*
cio vos, ce font les mefmes termes, comme ils le veulent preffer il entre en extra-
uagance, & dit les plus crotefques chofes du monde, & toufiours pour fon re-
frein, c'eft trop tard, *Nefcio vos* : L'Abbé
& le Curé s'eftans retirez, les Huguenots auertis de cette vifite, firent auffi
toft venir vn autre Miniftre pour affifter
ceftui-cy. Valfroy ne luy refpondit que
par extrauagances, & au bout du conte il
finiffoit par ces paroles, vous venez trop
tard. *Nefcio vos.* Comment, luy difoit le
Miniftre n'eftes vous pas noftre confrere au Seigneur, à cela Valfroy. *Nefcio vos.*
Ne voulez vous pas mourir en la Religion Reformée que vous auez enfeignée
depuis quinze ou feize ans, à cela Valfroy.
Nefcio vos. Recognoiffez-moy, difoit le
Miniftre, ie ne fuis pas l'Abbé d'vn tel
lieu, ny le Curé d'icy, ie le voy bien difoit Valfroy. Vous eftes Monfieur tel,
& ie vous dy que vous venez trop tard,
& que *Nefcio vos.* Ne voulez vous pas
mourir en l'vnion de noftre Eglife,

difoit le Miniftre , nullement repliquoit
Valfroy. *Nefcio vos.* Quoy donc voulez
vous mourir Papifte , repartoit le Miniftre , & Valfroy. *Nefcio vos.* L'Abbé & le
Curé ayans apris ces refponfes qu'il auoit
faictes au Miniftre , & apuyez de la Iuftice du lieu fe donnent entrée en fa maifon , & en la prefence du mefme Miniftre le font reffouuenir de fes promeffes.
Valfroy refpond *Nefcio vos.* Le Miniftre
contefte & dit qu'il fe plaindra de ce
qu'on veut feduire fon Confrere , & le
voulant exhorter d'eftre ferme en la foy
Pretenduë Reformée , il entend le mefme refrain. *Nefcio vos.* Si eft-ce , dit le Miniftre , qu'il faut que vous mouriez en
quelqu'vne des deux Religions qui font
en France , car la raifon d'Eftat n'en fouffre pas trois , à cela Valfroy , *Nefcio vos.*
On le fomme de dire où il vouloit eftre
enterré , à quoy il refpond , *Nefcio vos.* Sa
femme s'approche & le prie de dire feulement qu'il veut eftre enfeuely auecque
ceux de leur Religion , il luy replique
femme , *Nefcio vos.* Et apres cela la fre-
naifie le faifit , & luy fit faire & dire les
plus grandes folies qui puiffent tomber
dans l'imagination , & toufiours il reue-

noit à *Nescio vos*, qu'il disoit tantost cent
fois tout de suitte, tantost en Musique,
tantost en souspirant, tantost en battant
des mains, tantost en riant à pleine gorge,
& quoy qu'on luy dit, & quiconque luy
parlast, il n'auoit autre chose en la bouche *Nescio vos* Il expira de cette façon
sans penser, ny à Dieu, n'y à soy, & Dieu
veille qu'apres sa mort il n'ait point entendu l'horrible *Nescio vos*, qui fut dit aux
Vierges folles. Comme il n'auoit donné
aucun signe de conseruation : les Catholiques ne firent point d'instance d'auoir
son corps pour le ranger au Cimetiere,
mais les Huguenots qui mettent toute
pierre en œuure & s'en seruent au hazard
à tous bons vsages luy dōnerent sepulture
au pied d'vn arbre dans vn iardin, où peut
estre il causera plus de fruit apres sa mort
qu'il n'auoit fait durant sa vie. Peut-estre
qu'on iugera cette Histoire n'estre pas assez Tragique pour estre rangée en cét
Amphitheatre Sanglāt, mais qui cōside-
rera que cette fin qui regarde la perte
eternelle d'vne ame, merite d'estre pleu-
rée auecque des larmes de sang, changera
d'auis, & auoüera que la mort seconde est
la plus funeste & la plus horrible de toutes les morts. I iiij

La Couſtillade.

HISTOIRE XII.

Lodoard braue Gentil-homme plein de biens & de creance dans ſon païs, qui eſtoit ſur les confins de la Champagne, de la Bourgo-gne, & de la Lorraine, viuoit en vne paix profõde parmy ſes richeſſes & ſes amis, ſi ce tyrã des cœurs que l'on appelle amour ne fuſt venu troubler ſon repos & rauager ſa fortune. Il ſe rendit eſclaue des beau-tez de Cedrine, fille de condition moin-dre que la ſienne, ſi on regarde les com-moditez, mais d'vn ſang fort noble & qui ne cedoit en rang à celuy de Flodoard. Cette beauté non moins ſuperbe que vo-lage luy fit ſẽtir des rigueurs en ſa recher-che qui euſſent eſté capables d'eſteindre vne amour dans vn cœur moins embraſé que celuy de Flodoard, mais les parens plus ſages que cette fille peu auiſée, & iu-geans que ce party luy eſtoit auantageux

tindrent à beaucoup d'honneur l'alliance
de Flodoard,& la luy promirēt en mariage. Ce Gentil-homme ioyeux auec excés
de voir que par la poſſeſſion de cette fie-
re Maiſtreſſe il triompheroit de tant de
deſdains dont elle auoit indignement
payé ſes affections , & eſperant que les
douceurs d'Hymen luy changeroient le
courage,haſte cette vnion tant qu'il peut,
& fait que ſon accordée deuient ſa fiancée. Ce fut lors qu'Artaban grand & de
toute autre naiſſance & qualité que Flodoard , ſe declara Cheualier de Cedrine,
& la voulut auoir pour femme à quelque
prix que ce fuſt. Il eſt vray qu'il l'auoit
quelquefois veuë à Paris & auoit fait le
paſſionné pour elle , mais il y auoit vne
telle diſtance entre leurs conditions qu'õ
ne croyoit pas que iamais il euſt voulu
deſcendre iuſque-là de l'eſpouſer,& quelques-vns eſtimerent , & Flodoard le premier , que les rigueurs dont Cedrine
auoit exercé ſa patience procedoient de
ce que ſon eſprit eſtoit preuenu ou rem-
ply des eſperances dont les promeſſes
d'Artaban auoient flatté ſa vanité , &
cela eſtoit ſi plein d'apparence qu'on pouuoit donner creance à cette opinion,

Artaban ne parût donc pas pluſtoſt ſur
l'horiſon de cette recherche, que le nom
de Flodoard diſparut comme vne eſtoille au leuer du Soleil. Il fut ayſé à Cedrine d'effacer de ſon eſprit vn homme qui
n'eſtoit pas graué bien auant dans ſa memoire. Ses parens meſme aueuglez de la
gloire d'vne ſi haute alliance, n'eurent
quaſi pas le loiſir de deliberer s'ils retra-
cteroient leur parole, leur conſentement
ſuiuit la demande d'Artaban, ſans ſonger au tort qu'ils faiſoient à Flodoard.
Qui doublement picqué, & d'amour pour
Cedrine, & de colere contre Artaban,
qui luy faiſoit vn tel affront de luy venir rauir ſa fiancée de haute luitte, prit
auſſi toſt la reſolution de nos braues, qui
eſt de ſe faire auecque leurs eſpées iuſtice
à eux meſmes. Il ne trouue perſonne qui
le vueille, ny aſſiſter, ny ſeconder contre
Artaban, dont la grandeur eſtoit au deſſus de la commune Nobleſſe. Ne voyant
que ſoy-meſme à ſon ſecours il ſe haſar-
da de s'addreſſer à Artaban pour luy repreſenter le plus honorablement & modeſtement qu'il pourroit le tort qu'il
receuoit de luy, ce qu'il fit auecque
toute la moderation qu'il pût tirer de

l'émotion de ſon ame , & autant de
reſpect que l'on peut rendre à vn grand
Seigneur , Artaban luy reſpondit d'vne
façon qui reſſentoit le meſpris, Flodoard
luy dit qu'il eſtoit Soldat , & qu'ayant
l'honneur de porter vne eſpée il ne deuoit pas eſtre traitté de la ſorte, & qu'il
ſçauoit ce qu'il deuoit à la qualité d'Artaban, & à la conſeruation de ſon honneur propre. Alors Artaban voyant que
couuertement il luy mettoit le marché
à la main pour ſe coupper la gorge auecque luy , fit des reparties ſi aygres , ſi deſ-
daigneuſes , & ſi remplies de rodomon-
tades , qu'il euſt fallu que Flodoard euſt
eſté inſenſible pour n'entrer point en
fureur en les oyant. A la fin Artaban luy
dit eſtant enuironné de ſes domeſtiques,
qui ne demandoient qu'vn clin de ſes
yeux pour mettre Flodoard en pieces,
que ce n'eſtoit pas auec de ſi petites gens
que luy qu'il meſuroit ſon eſpée , & que
toute la grace qu'il pouuoit faire à ſa temerité, eſtoit de le laiſſer ſortir par la porte de ſa maiſon, ſans le faire ietter par les
feneſtres , à condition de luy reſpondre à
baſtons rompus ſur ſes eſpaules ſi iamais il
luy venoit tenir de ſemblables propos.

Voila Flodoard outré iusques à la mort,
& sur le point de se faire déchirer en mor-
ceaux s'il eust crû tirer quelque ombre de
vengeance. Il sort maschant son frain, &
ruminant en luy-mesme vne haute vengeance contre Artaban, mais quoy sa
grandeur le rendit inaccessible, & il estoit
comme vne place imprenable deuant vn
foible assiegeant. Cependant la superbe
Cedrine adioustant à sa naturelle beauté
toutes les subtilitez de l'artifice qui polit
les visages, & toutes les richesses des or-
nemens n'obmettoit rien pour rauir de
plus en plus les yeux & le cœur d'Artaban, qui esperdu d'amour auançoit auec
impatience son mariage, craignant que
ceux de sa parenté n'y missent de l'empeschement, & ne se seruissent pour cela de
de l'authorité du Roy. En peu de iours il
est accordé & fiancé, tandis qu'on fait les
preparatifs des nopces, dequoy s'auise
Flodoard pour se vanger. Il fait transport
de ses biens à vn de ses freres pour éuiter
la confiscation, & voulant faire vn coup
de desesperé. Il part auec quatre de ses
amis bien montez & bien armez, il ne
leur dit rien de son dessein, sinon qu'il
vouloit aller prendre congé, & dire le

dernier à dieu à fa cruelle maiftreffe. Il
eft le bien venu , ayant fait entendre
que c'eftoit pour rendre la parole à cette defdaigneufe , cela les remplit de
telle ioye que iamais elle ne luy fit vn
meilleur accueil, il fe met fur les complimens , & protefte de fe refioüir auec
elle de fon exaltation , & de prendre
part au contentement qu'elle a d'arriuer
au faifte d'vne fi bonne fortune. Cedrine
ne manque pas de belles reparties, chacun difant des paroles bien differentes
de fes penfees, & cachant fon ieu. A la
fin auec vn peu de reproches meflées de
raillerie & de galanterie , Flodoard luy
rend fa parole qu'elle reprend auecque
fes accouftumées fiertez , & des pointes
de langues fi pleines de defdain qu'il fembloit qu'elle euft le front dans les eftoilles , & que de là elle regardaft Flodoard
dans la fange. Mais ô Dieu que la fortune eft foudaine en fes changemens , que
fa roüe tourne promptement, i'ay veu
l'orgueilleux, dit le diuin Chantre, efleué au deffus des Cedres du Liban, ie
fuis repaffé, & il n'eftoit plus ! ô fleur
de beauté que vous eftes caducque !
ô grandeurs du monde vous reffem-

blez au verre, dont la matiere deuient fragile auffi toft qu'elle fe fait luifante. Cōme Cedrine reconduifoit Flodoard, il
prend fon temps à propos, & en vn inftant il luy paffa vn rafoir qu'il auoit ex-
preffement dans la main tout au trauers
du vifage, & met vne barre rouge & fanglante au trauets des lys qui le blanchif-
foient, & qui furent foudain changez en
rofes vermeilles. Cela fait il monte à cheual & fe faune en Auftrafie, à fix ou fept
lieuës de là, fçachant qu'il n'y feroit pas
pourfuiuy par Artaban, qui eftoit extremement mal auec le Souuerain de cette
contrée, & auec des Princes de cette
maifon-là fort authorifez en la France.
Reuenons à Cedrine qui voit en vn moment bouleuerfer du Ciel dans les abyfmes, fa fortune auec fa beauté. Allez
belles, & eftabliffez vos efperances fur
vne bafe plus inconftante que le fable
mouuāt, & qu'vne Couftillade, vne cheute, où la moindre maladie peut rauager, comme vne tempefte impitoyable gafte tout le rapport d'vne campagne.
Tandis que cette fille eft au defefpoir
ayant vn œil efraillé, le nez & les
ïouës couppées en deux, ces nouuel-

les viennent aux oreilles d'Artaban qui
accourt à ce tragique fpectacle, & ne
peut plus voir qu'auec vn grand horreur
ce qu'auparauant il adoroit comme vn
idolatre. Il iure en fa fureur tout ce qu'il
y a de plus Sainct en la terre & au Ciel,
qu'il ne prendra iamais de bon repos qu'il
n'ait léué cette offence irreparable dans
le fang de Flodoard, & que de fa propre
main il ny luy ait arraché la vie. Mais il
apprend que l'Auftrafie eft fa retraicte, ce
qui arrefte fes pas pour les confiderations
que nous auons dites, & non pas fa colere : car il defpefche foudain vn Gentil-
homme vers Flodoard auec vn billet par
où il le fommoit de luy faire raifon l'efpée à la main du tort qu'il auoit fait à Cedrine, oubliant fa grandeur pour s'efga-
ler à luy au lieu qu'il luy marqueroit,
& auecque les armes qu'il choifiroit. Flodoard receut ce cartel auec des refpects
extraordinaires, le baifa, & protefta que
fi Artaban luy euft fait non pas cét honneur, mais la moindre fatisfaction de parole il euft affayé d'eftouffer fa douleur
pour la reuerence de fa qualité, luy faifant
cette grace de vouloir mefurer fon efpée

à la sienne il baiseroit ses armes , &
puis il se mettoit en deuoir de se deffendre , il choisit vn lieu de la frontiere
pour ce combat , & le prit à pied , à l'espée & au poignard , le Gentil-homme
qui appelloit le pria de mener vn second,
Flodoard trouua aussi-tost vn Austra-
sien qui ayant esté des-obligé par Artaban fut bien aise de rencontrer cette occasion de s'en ressentir , ils se
battent , & pour ne faire pas vn grand
narré de ce duel , des-ja le second de
Flodoard auoit mis son homme hors de
combat & l'auoit desarmé , quand venant fondre sur Artaban , Flodoard
luy cria qu'il ne le touchast pas , & ne luy
ostast pas la gloire de le vaincre , de me
vaincre , dit le fier Artaban , non pas si
vous estiez cent contre moy , car ie vous
veux manger tous deux , à cette rodo-
montade le second de Flodoard s'auance
pour le despescher , Flodoard crie pour
l'empescher d'vser de cet auantage. Au
moins dit le second qu'il rende les armes
si vous luy voulez donner la vie.
Non pas cela , dit Artaban , quand il faudroit perdre dix mille vies. Sur ces con-
testations sans que le second se mit autrement

trement en deuoir d'offencer Artaban
Flodoard paſſa ſur luy d'vne telle furie
qu'il le perça dans la gorge, & luy fit vo-
mir l'ame auecque le ſang ; & apres s'e-
ſtant ſaiſi de ſon eſpée ſe retira d'Auſtra-
ſie en Allemagne, où il eſtablit ſa fortune
auec le prix d'vne partie de ſon bien que
ſon frere luy fit tenir, ſçachant bien qu'il
n'auroit iamais ſa grace du Roy, & qu'il
ne feroit iamais ſeur pour luy en France
à cauſe des parens d'Artaban qui y eſtoiēt
grands & fort authoriſez. Ainſi Cedrine
perdit en peu de temps ſes deux amans, ſa
fortune & ſa beauté. Et depuis auecque ſa difformité qui la rendoit non laide ſeulement, mais hideuſe, elle eſpouſa
vn pauure cadet autant au deſſous de la
condition de Flodoard, que celuy-cy
eſtoit inferieur à celle d'Artaban. Leçon
aux belles de n'eſtre, ny ſuperbes, ny deſ-
daigneuſes, ny volages. Et aux grands
pour grands qu'ils ſoient de n'outrager
iamais les moindres auecque tant d'in-
dignité que cela les oblige d'en venir
aux extremitez, car les coups du deſeſpoir ne ſont pas plus cognoiſſables, ny
moins redoutables que ceux de la foudre. L'appetit de vengeance ſuggerant

K

preuennës, ny euitées des plus ſages. Car en vn mot quiconque meſpriſera ſa vie ſera touſiours maiſtre quand il voudra de celle d'autruy.

La iuſte Douleur.

HISTOIRE XIII.

E deſeſpoir enleue les perſõnes qui en ſont ſaiſies en des tranſports au deſſus de leur conditiõ, & de leurs forces, & les pouſſe à des entrepriſes au deſſus de leur commune portée. Braſidas ce grand Capitaine dont l'antiquité fait tant de cas, voulant ſaiſir vne ſouris qui s'eſtoit cachée dans vn pannier de figues en fut mordu au doigt, aoirs ſe retournant oers les aſſiſtãs. Voyez,leur dit-il,qu'il n'eſt point de ſi foible ennemy qui ne ſe deffende auec vn courage incroyable quand il eſt reduit à cette extremité de n'eſperer aucun ſalut. Vous allez voir iuſques à quel point vne iuſte douleur porte vne femme genereuſe, & comme

tirant auantage de son desastre, elle
tira son absolution des mesmes bouches
dont elle attendoit la condemnation. En
ce païs que la Dordogne arrose de ses
claires eaux, Valerie ieune Damoiselle d'eminente beauté, mais de facultez mediocre viuoit sous les aisles
mere; son pere estant allé à Dieu. Si
sa beauté la faisoit desirer pour maistresse de plusieurs, son peu de com-
modité refroidissoit leurs affections,
qui comme ces debiles vapeurs estoient
aussi-tost rabatues qu'esleuée. Il n'y eut
qu'Hellanie Gentil-homme du voisinage, fils de famille, & l'aisné d'vne riche
maison, qui s'opiniastra d'auantage à sa
recherche, quelque deffence qu'il receust
de ses parens de s'amuser apres cette fille qui n'estoit pas vn party (selon la regle du monde qui est toute d'or) qui
luy fust conuenable. Preferant donc son
amour à l'obeissance qu'il deuoit aux
siens, il se met à cette poursuitte, & s'y
attache par tous les liens qui peuuent
establir & rēdre inuiolable vne amitié. La
mere de Valerie qui ne souhaittoit que
l'auantage de sa fille selon le commun
des inuentions qui ne peuuent estre, ny

defir de tous les parens , & qui le voyoit
en Hellanie , fouffre cette recherche,
non auec patience feulement , mais auecque ioye , & quelque priere que luy fiffēt
faire les parens du ieune homme , qu'elle
en permit point qu'il nourrift fon feu par
la frequentation de fa fille , elle ne laiffa
pas de luy donner libre accés dans fa
maifon , & de l'y receuoir auecques les
plus obligeantes carreffes dont elle fe
pouuoit auifer , & de luy tefmoigner par
des accueils fauorables qu'elle ne le fou-
haittoit pas moins pour gendre que fa
fille pour mary. D'autre cofté elle per-
fuadoit à Valerie de veiller à la confer-
uation de cette conquefte , de mefnager
fi bien cette amour quoy qu'honorablement , qu'elle y trouuaft fa fortune. Cela
c'eftoit ietter de l'huille fur le feu , &
porter la ieuneffe à vne inclination qui
luy eft fi naturelle , que ny la deffence des
loix , ny les regles de l'honneur , ny la
feuerité des meres ne peut prefque rete-
nir les filles qui font portées à l'amour.
Elle donne à cette occafion toute liberté à fa fille. elle luy met la bride fur le
col , dont Hellanie prit vn tel aduan-
tage, que dans peu de temps il fe rendit

le maiftre abfolut des bonnes graces de
Valerie , qui fe contenta d'vne promeffe de mariage pour luy laiffer cueillir
ce que celles de fon fexe ne peuuent perdre qu'vne fois. Cette pratique (foit
qu'elle fuft cogneuë ou inconnuë à la
mere) dura long-temps , & autant qu'il
en falloit pour engendrer vn degouft de
Valerie dans l'efprit d'Hellanie , mais autre chofe qu'vn degouft dans le corps de
Valerie. Ce perfide la fentant groffe &
preuoyant qu'elle le prefferoit de l'efpoufer pour couurir fon honneur par le
mariage , & que là deffus fes parens feroient vn grand bruict , fe retire fourde-
ment & fans prendre congé de perfonne
dans vne des grandes villes de ce Royaume. Valerie defcouure à fa mere l'eftat
où elle fe trouuoit , qui pour empefcher
la diffamation de fa fille tint le tout fecret , de forte que Valerie accoucha d'vn
fils fans que perfonne en fceuft rien , finon
la mere & quelque feruante. Cependant
Hellanie fit trouuer fa retaitte bonne à
fes parens qui eftoient bien aifes de le
voir efcarté de l'object qui leur donnoit
de l'ombrage. Valerie luy efcrit , & il luy

K iij

fait des reſponſes pour l'amuſer, luy reï-
terant ſes promeſſes, mais la coniurant
de celer ce qui s'eſtoit paſſé de peur d'attirer la colere de ſes parens ſur luy, qui
le deſheriteroient s'il ſe marioit ſans leur
conſentemēt. Toutes ces lettres eſtoient
autant de feintes & de maſques à ſon infidelité, car ſon humeur volage & amoureuſe ne luy donnant point de repos il fut
auſſi-toſt pris par les yeux à la veuë d'vne
ieune Damoiſelle, auſſi peu fauoriſee des
biens de fortune que Valerie, & qui n'a-
uoit pas plus de beauté, mais ſoit que
l'objeƈt preſeet ait beaucoup plus de force que l'abſent, ſoit qu'Hellanie fuſt
deſgouſté de Valerie (eſtant le propre
de la poſſeſſion que de faire naiſtre le
meſpris) ſoit ce qui a plus d'apparence
que la derniere idée euſt effacé la premiere de ſon eſprit, Phazele ſe mit dans
ſon cœur en la place de Valeric, & en
poſſeda toutes les affeƈtions, ſon pere
eſtoit d'aſſez baſſe condition, & ſa mere
eſtoit ſœur d'vn Magiſtrat qui eſtoit
dans vne puiſſante compagnie, & qui y
auoit beaucoup de credit. Au commencement les parens de Phazele qui ne
ſçauoient rien des ſottiſes d'Hellanie

tindrent à beaucoup d'honneur fa conuerfation, & à faueur les tefmoignages de bonne volonté qu'il rendoit à leur
fille, qu'eft-il befoin de defcrire par le
menu ces iennefles inconfiderées, fi ce
n'eft quelquesfois pour les defcrier. Cette frequentation d'Hellanie & de Phazele alla fi auant que fous vne promefle
de mariage fans en donner auis à fes parens, il obtint de cette fille peu auifée le
mefme auantage qu'il auoit eu de Valerie, fi bien que le voila marié en deux endroits, fans l'eftre en aucun. Le temps
qui met toutes chofes en euidence, fit
fçauoir cette conuerfation aux parens
d'Hellanie, qui craignans ce fecond mariage qui n'euft pas efté plus auantageux
que le premier, r'appellent leur fils par
lettres, à quoy il fait la fourde oreille.
Valerie aufli en a des auertiffemens, &
en eft en des inquietudes nompareilles.
A la fin les parens d'Hellanie voyans qu'il
ne venoit, vont eux-mefmes le querir
Ce fut lors que le rideau de la Comédie
fut tiré, & la promefle de mariage qu'il
auoit fait à Phazele fut defcouuerte, &
enfemble ce qui s'eftoit pratiqué en te-

nebres & dans la chambre fut presché
fur les toits. Hellanie est cité en Iustice. Valerie ayant auis de tout cecy accourt auec sa promesse de mariage, &
son enfant, qu'il ne falloit que regarder pour recognoistre qu'Hellanie estoit
son pere. Elle entreuient en ce procés, le Magistrat oncle de Phazele,
estant de grande authorité parmy ceux
qui iugerent ce different, le fit de-
cider en faueur de Phazele, & condamner Hellanie sous peine de perdre
la teste de l'espouser, & declarer nulle la
premiere promesse faite à Valerie, de l'e-
quité de cette sentence ie m'en r'appor-
te, ce n'est pas à nous à iuger les Dieux
forts de la terre, mais plustost à encenser
leurs puissances. Elle mit Valerie en vn
tel desespoir se voyant priuée d'honneur,
& miserablement abusée, qu'elle prit resolution de mourir apres auoir satisfaict
à sa vengeance. Elle charge auec vn carreau d'acier vn pistolet de poche, & va
trouuer Hellanie pour luy faire des reproches de son infidelité, au commencement il s'excusa sur la necessité de la
sentence, luy tesmoignant quelque deplaisir du tort qu'il luy auoit faict, mais

en fin ses secondes amours luy estant
deuenuës plus agreables que les premieres, il se mit sur la raillerie, & entre
les autres traicts celuy qui outragea plus
cruellement Valerie, fut celuy-cy, elle luy monstra son fils qui estoit fort
beau & gentil, afin de le toucher de
quelque compassion, & qu'au moins il le
recognust comme pere, & l'en deschar-
geast, à quoy le barbare respondit en
riant. Madamoiselle vous deuez continuër, selon mon auis, le mestier
de mettre des enfans au monde, puis qu'il
vous reüssit si bien, & que vous les pro-
duisez si agreables. Ce fut icy que la patience abandonna cette femelle outragée, & que saisie d'vne fureur extraordinaire apres auoir vomy contre ce mes-
chant, voleur de son honnesteté, tout ce
que la rage peut faire escumer à vne
bouche qu'elle anime, elle deslascha contre luy le pistolet si à propos, que le
perçant de bande en bande, elle donna à son ame le choix de deux issuës.
Apres ce coup elle s'en fust donné vn
semblable si elle eust eu le moyen de re-
charger le pistolet, où si elle eust trouué
vn poignard pour se percer le cœur.

Tombée donc entre les mains de la Iuſtice, tant s'en faut qu'elle redoutaſt la mort, que c'eſtoit ſon plus grand deſir. Et elle alloit y eſtre condamnée, ſi les parens ne ſe fuſſent auiſez d'euocquer la cauſe autre-part, à cauſe du credit de ce Magiſtrat de qui Hellanie alloit prendre l'alliance, là l'affaire changea bien de viſage, car au jugement la douleur de Valerie fut trouue ſi iuſte, & la ſentence ſi peu equitable, que la premiere promeſſe fut preferé à la ſeconde, le fils de Hellanie & de Valerie declaré legitime, & remis au grand pere pour le traitter & le pouruoir comme tel. Valerie ſeulement condamnée à eſtre enfermée dans vn Monaſtere par l'eſpace de cinq ans. Mais au bout de deux elle s'y confina pour toute ſa vie par la reception du voile, & la profeſſion Religieuſe. Exemple non moins memorable que tragique, & qui apprendre aux ieunes hommes à n'abuſer pas ainſi temerairement de l'honneur des filles en les trompant ſous le plus ſpecieux de tous les pretextes, qui eſt celuy du mariage. Car cela proprement c'eſt de prendre des oyſeaux au miroir. Et ſeruira de leçon

aux filles inconfiderées qui couchent fur
vne fi foible carte, qu'vne fimple promeffe, ce qui leur doit eftre plus precieux
que la vie. Car en fin qu'eft-ce qu'vne fille qui a perdu ce qui luy fait leuer le front
eu toute bonne compagnie, finon vn lys
ertaché de deffus fon tige, tant qu'il y demeure attaché, fon odeur eft fuaue, &
chaffe les ferpens, auffi-toft qu'il en eft
ofté, il a vne fenteur forte, & qui ente-
fte de telle façon, qu'elle n'eft pas fupportable.

L'Inconſtant attrapé.

HISTOIRE XIV.

I ſouuent le Papillon donne des attaintes à la flamme, qu'à la fin il y bruſle ſes aiſles, & la Nauire apres beaucoup de voyages & de courſes donne en fin dans les eſcueils, & fait vn triſte naufrage. Hieruſalem, dit vn Prophete, a commis de grands pechez, à raiſon dequoy elle a eſté renduë inſtable, & cette inſtabilité ſera cauſe de ſa ruine. Celuy qui loge par tout ne demeure en aucun lieu, & celuy qui aime en beaucoup de lieux n'aime veritablement nulle part. Celuy qui donne ſa foy à pluſieurs ne la garde à perſonne, & à la fin voulant ſurprendre, il ſe trouue pris, ainſi que vous allez voir en l'occurrence qui ſuit. Hircan vraye image de de l'inconſtance & l'vne des volages humeurs qui ſe puiſſe imaginer, eſtant né de complexion amoureuſe reſſembloit à

vne matiere premiere, ſuſceptible de
toutes ſortes de formes. C'eſtoit vn miroir que ſon cœur, où les objects des
beautez eſtoient auſſi-toſt effacez que
que promptement empraints. C'eſtoit
vn poulpe receuant toutes les couleurs
des lieux où il s'attachoit. Ie n'aurois iamais fait ſi ie voulois repreſenter ſes
changemens, à leur comparaiſon, les gy-
roüettes ſe peuuent dire conſtantes. Mais
ie viens ſeulement aux plus notables, &
à ceux qui le porterent à cette fin tragique qui luy donnera lieu dans cét Amphitheatre de ſang. Les graces d'Aſterie
fille de mediocre condition arreſterent
ſes penſées plus long-temps que de couſtume, & ne pouuant l'oſter de ſa fantaſie, ny la poſſeder, parce qu'elle eſtoit
fort vertueuſe, que par la loy d'Hymen,
il ſe reſolut à ce joug pour arriuer à cette
ioüiſſance où il mettoit ſa felicité. Sa
mere (car ſon pere eſtoit mort) s'a-
perceuant de cette paſſion, & du but où
elle tendoit, ne iugea point qu'il y
euſt de plus ſubtil, ny de plus fort
moyen de l'en diuertir que de luy
propoſer le voyage d'Italie. Cét eſprit leger fuſt auſſi-toſt perſuadé ſur

l'eſperance qu'il auoit de rencontrer en
cette belle contrée quantité de ces choſes qu'il aimoit le plus, & que la fecilité
des conqueſtes luy oſteroit de deſſus les
eſpaules le ioug tyrannique d'vne paſſion
particuliere. Lors donc qu'Aſterie à qui
il auoit deſ-ja donné autant d'eſperances,
que teſmoigné d'amour, penſoit rencontrer l'effect de ſes promeſſes par le mariage, mon homme diſparoiſt & s'en va en
Italie. Ce fut là où il trouua ces beaux eſcueils de marbre blanc où il prenoit plaiſir à faire naufrage. Mais apres auoir
beaucoup roulé par l'Italie le ſeiour de
Sienne luy plut ſur tous les autres. Auſſi
eſt-ce vne Cité ou à la pureté de la langue la beauté des baſtimens, & la ciuili-
té & gentilleſſe de ceux qui l'habitent,
apporter tant d'auantages que la demeure n'en peut eſtre que fort agreable;
principalement aux eſtrangers qui y
ſont auſſi courtoiſement receus qu'en
aucune autre ville d'Italie. Ce fut là que
Hircan ſe reſolut de paſſer ſon temps
aux exercices ; & à l'occupation des
perſonnes oyſiues qui eſt l'amour. Il en
recent pour pluſiers ſubjects , & en
rendit ſuſceptibles pluſieurs autres ,

mais il ne trouua , ny tant de franchise,
ny tant de bien veillance en aucun lieu
qu'en la maison de Porcia ieune vefue,
qui ayant appris dans le mariage les secrets de plaire aux hommes , sceut bien
par ses attraicts mettre en Arrest la
volage humeur de nostre François. Et
certes si le grand Stoïque à dit que les
bien-faicts sont les chaisnes des cœurs,
Hircan fut comblé de tant de faueurs,
mais ie dis faueurs solides , & de tant
de riches presens par cette vefue qui
s'estoit esperduement esprise de luy
qu'il fut contrainct de se rendre à elle,
& de luy donner toutes ses affections.
Elle le gaigna donc iusques à ce point
qu'elle l'espousa secrettement & de cette
sorte Hircan demeura plus d'vn an aupres
d'elle , disposant de son bien à sa fantaisie aussi bien que de son corps. Les
esprits Italiens ont cela que comme ils
haïssent ; ils aiment aussi à l'extremité , & quand ils ont employé tous leurs
biens pour le seruice de ce qu'ils ayment,
Is pensent n'auoir rien faict. Telle
estoit l'humeur de Porcia qui se fust
ruinée pour Hircan, sans penser faire
autre chose que son deuoir en seruant cét

ingrat à qui elle s'estoit donnée sans re-
serue. Que i'ay de regret qu'vn homme
de nostre nation aille commettre l'ingratitude que ie deduiray tantost. Apres que
l'inconstant eust rassasié ses desirs des
embrassemens de Porcia, le desir de reuoir sa Patrie, ou peut-estre de se faire
quitte de cette infortunée, le saisit, elle à
beau le conjurer, ou de retarder son voyage, ou de l'emmener auec luy, ses prieres
sont inutiles, & c'est semer sur le sable. Il
se sert de ses sermens pour tromper sous
vne belle apparence; & pour colorer sa
perfidie. Il proteste comme vn autre De-
mophoon à Philis) qu'il ne va que pour
donner ordre à ses affaires domestiques
pour reuenir aussi tost, & l'espouser solemnellement à son retour, tout cela sont
des piperies, que l'amour extréme de Porcia fait couler facilement en sa creance,
n'y ayant rien qui nous fasse plustost croire que le desir, & souffrant ce qu'elle ne
pouuoit empescher; elle permet qu'il la
laisse apres mille sermens d'amoureux,
(qui s'escriuent en l'air) qu'il reuiendra
dans vn terme qu'il fait fort court pour
tromper la credulité de cette femme. Elle
l'assiste d'argent & d'equipage, & luy fait

de

de beaux prefens à fon depart pour
obliger ce perfide à fe fouuenir d'elle, mais ce qui n'eftoit plus deuant
fes yeux s'efcartoit auffi-toft de fon
fouuenir, en quoy le grand Stoïque
met le dernier degré de l'ingratitude.
Il n'eft pas fi toft arriué en France que
toute l'Italie difparoift de fa memoire, & quand il reuit Afterie, ce
fut comme vne perfonne qu'il n'euft iamais veuë tant il fe trouua defgagé de
fes liens. Cela plût fort à fa mere qui le
vit guery d'vne maladie dont elle craignoit la recheute, mais il n'eft pas homme à garder longuement fa liberté, il faut
qu'elle s'engage en quelque pratique,
Zamaris vne autre Damoifelle qui n'e-
ftoit gueres plus riche qu'Afterie, fut le filet où il donna & s'y embarraffa de telle
forte, qu'il n'en pouuoit trouuer l'iffuë
que par le mariage, ce que fa mere ne re-
doutoit pas moins que le premier engage-
ment. Quel remede à ce defaftre, la fortune l'offrit lors qu'on y penfoit le
moins. Il eut pour riual en cette amour
vn ancien Gentil-homme appelé Eucer,
qui eftoit beaucoup plus riche que luy,
homme d'aage auancé, & d'authorité

dans le pays. Encore que Zamaris eust
beaucoup plus d'inclination pour Hircan
que pour ce vieillard, ses parens ne
furent pas de mesme auis, mais ayans
donné leur parole à Eucer, ils la con-
traignirent de se donner à ce vieil amoureux qui auoit comme le mont Ætna
des feux parmy la neige. En mesme
temps par vne rencontre merueilleuse,
vne Dame fort riche que nous appellerons Turianne souhaitta pour gendre
Hircan, mais sa fille estoit si laide, & d'v-
ne taille si gastée que ce ieune tendron
nourry dans les delicatesses & les mor-
ceaux friands, ne se pût iamais resoudre de mettre à ses costez pour toute
sa vie vne femme qui ne luy eust en-
gendré que des monstres. Mais voyez
comme vne petite estincelle iettée à l'a-
uanture excite vn grand embrasement,
Turianne qui approchoit les cinquante
ans, & qui depuis la mort de son mary
n'auoit aucunement pensé au mariage,
s'y sentit portée tout à coup sur ce
qu'on luy r'apporta qu'Hircan auoit dit
qu'il eust mieux aymé la mere que la
fille. Cette Dame auoit esté belle en
son temps, & auoit encore des restes de

fraischeur & de beauté qui n'estoient pas
mesprisables, ce mot dit par hazard luy
fit reprendre le desir des nopces, & la
consultation quelle fit auecque son miroir luy persuada qu'elle estoit encore
assez agreable pour donner de l'amour
à vn ieune mary, elle fait sonder l'esprit
d'Hircan la dessus, & luy offrit de si
grands auantages, qu'esblouy de tant de
biens il consentit à la prendre pour
femme : le mariage fut plustost fait
qu'on ne s'apperceut de la recherche, ce
qui remplit de diuers discours tout le
voysinage. Mais l'inconstant Hircan
n'estoit pas homme à se tenir long temps
attaché à vne vieille, il reprend le train
de ses anciennes libertez, & cherche
ailleurs que dans son lict dequoy contenter son appetit desordonné. Ce
qui alluma de si furieuses ialousies dans
l'esprit de Turianne, & fit naistre entr'elle & Hircan vn si mauuais mesnage,
que s'estant separée de corps d'auecque
luy, elle obtint encore separation de
biens par authorité de la Iustice. Ce qui
nous monstre combien rarement sont
heureux les mariages qui se font entre
des parties trop inesgales en aage,

Apres beaucoup de lettres sans responce,
& trois ans de patience , Porcia se
resolut de iouër de son reste , & de venir
chercher en France son infidele , elle
arriue donc auecque sa promesse de mariage , & se presente deuant Hircan se-
paré de Turianne, il se mocqua d'elle,
& des-auoüa son propre escrit , elle le
fait appeler en Iustice, mais qui est le
Iuge qui garde le droict à l'estranger au
des-auantage du regnicole. La pauure
Porcia fut baffouée de tous costez , re-
clamant la iustice diuine puisque l humaine luy deffailloit, aussi fust-elle exaucée, car auant qu'elle se retirast en Italie
elle eut cette satis faction de voir la vengeance sur la teste de l'inconstant , & de
lauer ses mains dans le sang du pecheur.
Zamaris ayant esté mariée par force au
vieillard Eucer , n'osta point de son esprit
les impressions de l'amour qu'elle auoit
euës pour Hircan,& lasse de ce bon homme elle rendit des tesmoignages à cet
inconstant ,que ses visites ne luy seroient
point des-agreables. Luy qui estoit de
naphthe à ce feu r'alluma soudain de
cette bluette d'espoir ses anciennes
flammes , & sans m'engager dans le

recit des particularitez de cette accointance, il entra en telle familiarité auec
Zamaris que le bon Eucer s'apperceut
bien que trop tard de leur infame pratique. Turianne mesme qui ne laissoit pas
d'estre ialouse, quoy que separée en auertit Eucer qui n'en sçauoit que plus qu'il
n'eust voulu, il ne luy restoit que de les
surprendre pour leur faire porter la peine de leur adultere. Cela luy fut aisé
ayant descouuert par le moyen d'vne
seruante la cabale de leurs secrettes en-
treueües. Il se feit bien accompagner,
& estant bien armé il se cache dans le bo-
cage d'vn iardin, ou durant la nuict Zamaris & Hircan se donnoient des rendez-
vous. Qu'est-il besoin de tirer en longueur cette expedition? Comme ces
miserables s'embrassoient ils furent per-
cez d'vne saluë d'harquebuzades qui
gresla sur eux, & qui les enuoya faire
l'amour aux champs Elisées. Ainsi fut
attrapé l'inconstant & surpris en sa finesse celuy qui vouloit tromper les autres.
Noable punition de l'instabilité, & de
la perfidie qui soulagea l'esprit irrité &
desesperé de la trop loyale Porcia, qui
se vid plustost vefue que mariée, &

Dieu des vengeances auoit pris sa cause
en main, & chastié l'ingratitude de ce desloyal quelle auoit trop aymé pour en
estre si laschement trahie.

Le Pere maudissant.

HISTOIRE XV.

A malediction des peres
sur les enfans est vne gresle
mal-heureuse qui rauage
les fleurs & les fruicts, c'est
ce vent chaud & bruslant
dont vn Prophete parle qui deseiche les
plus viues sources des fontaines. Certes
les enfans ne la doiuent pas moins redouter que la breby le loup, n'y ayant rien selon mon iugement qui les expose tant à la
misere & aux desastres. Ceux qui la mes-
prisent se trouuent ordinairement surpris. Car si les enfans qui honorent leurs
parens ont pour salaire vne longue vie,
qui peut douter que la brieueté des iours
ne soit la chastiment de ceux qui se reuol-
tent contre ceux qui les ont mis au mon-

de. La fille infortuuée qui feruira de fpectacle à cette fcene, nous fera voir clairement cette verité, & combien Dieu eft ialoux du refpect qui eft deub à ceux qui en
terre nous reprefentent fa plus viue image, qui font nos Peres. Cyrée Damoifelle
d'excellente beauté. fut vn efcueil agreable où plufieurs firent naufrage de leur liberté. Mais ceux qui prefcuererent auecque plus d'opiniaftreté en leur volontaire efclauage (car l'amour eft vne
feruitude aymée de la volonté furent Darius & Eupator ; qui picquez extraordi-
nairement pour commun obiect de leurs
flammes faifoient à l'enuy à qui auroit
plus d'accez en fes bonnes graces. Quelque difcretion qu'ait vne fille qui doit
fouffrir la recherche de plufieurs pour en
acquerir vn legitimement, il eft mal-aifé
que fon efprit d'vn naturel mouuant
& flexible puiffe durer long-temps en
vne affiette efgale fans laiffer pan-
cher de quelque cofté la balance de
fon inclination. Ce fut à Eupator quelle rendit des tefmoignages de meilleure volonté ; dequoy Darius fon riual
entra en vne ialoufie defefperée, plu-
qui reconnuft par ce coup du ciel que la

L iiij

fieurs fois il fut fur le point de fe battre contre Eupator , mais celluy - cy
auoit mieux que luy les armes à la
main. Cela fut caufe qu'il attacha la
peau du renard où celle du lyon ne pouuoit atteindre. Eupator ayant gaigné
les bonnes graces de la fille, s'infinuë encore en celles du pere que nous appellerons Lifias, de forte que la recherche de
Cyrée luy fut permife auec affeurance,
qu'il n'employeroit pas fon temps en
vn feruice inutile , puifque le mariage
en deuoit eftre le couronnement , ce
qui euft heureufement reüffi fi la malice de Darius n'euft broüillé toute cette
affaire. Mais c'eft vne eftrange chofe
qu'vn efprit artificieux , il eft beaucoup
plus à craindre qu'vn ennemy ouuert. Il
fe feruit pour rompre cette belle trame
d'vne fubtilité fi fpecieufe que les plus
fins y euffent efté trompez. Il fufcite vn
ieune homme de fes amis qui auoit de
grands moyens dont il eftoit le maiftre,&
le prie de contre-faire le paffionné pour
Cyrée, & de feindre de la defirer en mariage. Ce que l'autre pour l'obliger mena
fi accortement que Cyrée & mefme Lifias crurent que la feinte eftoit vne veri-

ré, & comme courans à vn plus auantageux party commencerent à ſe retroi-
dir vers Eupator. De vous dire quels
marteaux la ialouſie mit dans la teſte
de ceſtuy cy, il ſeroit inutile, Darius ſe
rend entremetteur de cette paſſion de
ſon amy, que nous nommerons Zopirion
& ſçait ſi dextrement gliſſer des opinions
ſiniſtres d'Eupator dans les eſprits de la
fille & du pere qui auoient Zopirion en
grande eſtime, qu'Eupator reſſentit
bien-toſt des effects de rebut qui luy
furent extremement des-agreables. De
peur donc d'en venir aux extremitez il
crût que faiſant vn voyage il gueriroit
par l'abſence les playes que la preſence
des beautez de Cyrée auoit faites en ſon
cœur. Voila Darius au deſſus de ſes pre-
tenſions, ayant chaſſé celuy qui luy faiſoit
ombre. Sur ie ne ſçay quel leger ſuiet Zopirion ſe retire de cette conqueſte n'e-
ſtant en cecy que comme vne machine
qui ſe remuoit ſelon les reſſorts de Darius. Mais le ciel qui hait les cœurs dou-
bles ne permit pas que ſa fraude reüſſiſt
ſelon ſon attente pour l'abſence d'Eupator, il n'en fut pas mieux vêu de Cyrée,
qui voyant l'inconſtance de Zopirion fut

marrie d'auoir teſmoigné tant d'ingratitude à celuy qui auoit eu ſi bonne part en
ſes affections, & qui l'auoit honorée &
ſeruie auecque des reſpects incompara-
bles. Tandis qu'elle appelle ſes merites en ſa memoire, & que leur ſouuenan-
ce r'allume ſon deſir, voicy vne occaſion
qui vient à la trauerſe, & qui par contre-
coup luy fait regretter ſon Eupator. Hydaſpe ieune homme de mauuaiſe mine &
de pires mœurs, & dont les deſbauches
infames à ce que l'on tenoit, luy auoient
fait faire ſans ſortir d'vne eſtuue les
voyages de Suede, de Bauiere, & de l'Ar-
chipel, ſe picqua de la beauté de Cyrée,
& pour arreſter le cours de ſes deſordres
il la deſira pour femme. Lyſias aueuglé
des grands biens de ce fils de famille
que ſes parens deſiroient marier pour
le rendre plus retenu, leur promit ſa
fille pour leur fils, ſans conſiderer à quels
dangers il expoſoit ſa ſanté & ſa vie,
ce bon homme s'eſtant laiſſé perſuader que tous les mauuais bruits qui
couroient de Hydaſpe eſtoient faux, encore qu'ils fuſſent que trop veritables. Cyrée qui en ſçauoit comme fille, & fille curieuſe de plus particulie-

res nouuelles , euft pluftoft choifi le
tombeau que ce puant mary , l'horreur
de cette fale maladie dont il eftoit
accufé, & dont il n'auoit que de trop
apparentes marques , luy remit à fi haut
prix le merite d'Eupator qu'elle fe refolut de luy efcrire des lettres fuppliantes
pour le coniurer de reuenir s'il auoit encore quelque eftincelle de bien veillance
pour elle. Eupator fe fit vn peu prier , à
la fin il receut d'elle vne promeffe de
mariage afin qu'il fuft affeuré que fon
retour ne feroit pas inutile, ny pour ex-
perimenter de nouuelles inconftances.
Sur cefte affeurance il reuient lors que
Cyrée eftoit tourmentée tous les iours
par fon pere qui la vouloit contraindre
de prendre Hydafpe pour mary, Eupator
furuint à propos pour la deliurer de
cette tyrannie. Lyfias accorde fa fille
à Hydafpe, il donne le iour pour les fian-
cailles, Eupator s'opofe & fait voir la promeffe de mariage qu'il à de Cyree, on ne
peut paffer outre que cette oppofition ne
foit vuidée. Lyfias iniurie, outrage, & bat
fa fille, & fe refout de la mener aux chãps,
& de là de gré ou de force de la marier
à Hydafpe, à cette extremité il n'y auoit

point d'autre remede que de ſe faire en
leuer par Eupator, ce qui fut fait ainſi
qu'il auoit eſté proietté entre les deux
amans. Ils s'eſpouſerent de la ſorte &
conſommerent le mariage. Liſias accu-
ſe Eupator de rapt, il ſe deffend en Iuſtice, preuue la permiſſion qu'il a euë de
rechercher Cyrée auec promeſſe de n'y
perdre point ſon temps, la violence de
Lyſias pour lay faire eſpouſer Hydaſpe, dont il preuue le mal de Naples par
ceux-là meſmes qui l'en auoient penſé,
& le iuſte ſuiet qu'à eu Cyrée de refuſer
cet homme tout gaſté d'ordures ; En fin
ſon mariage eſt declaré bon, ce qui mit
Liſias en vne fureur extreme, il veut deſ-
heriter ſa fille, & le fait, procés là deſſus,
l'exheredation declarée nulle comme
fondée ſur vn mariage declaré bon.
Voyant qu'il eſtoit greſlé par la Iuſtice
de la terre il a recours aux imprecations,
& maudiſſant ſa fille prie Dieu que ces
nopces luy ſoient mal-heureuſes, maudiſſant encore les fruicts qui en prouien-
droient. Cyrée s'en mocque, & elle
euſt mieux fait d'appaiſer le courroux
de ſon pere, & de detourner de ſa teſte les mal-heurs que ces maledictions

y attirent. Darius voyant ſa maiſtreſſe
entre les bras de ſon riual entre en vn tel
deſeſpoir qu'il delibere de luy oſter la vie,
il le trouue à l'eſcart, & portant vn piſto-
let il le luy veut laſcher dans la teſte, la
pierre manque à faire feu, alors Eupator
mettant la main à ſon eſpée, celle-cy, dit-
il, ne faillira pas à chaſtier la trahiſon,
il la luy paſſe & repaſſe au trauers du
corps d'où il fait ſortir l'ame. Il receut de
cette ſorte le ſalaire de ſes artifices qui
furent depuis deſcouuerts par Zopirion.
Mais qu'arriua-t'il à Cyrée, le premier
enfant qu'elle euſt vint au monde ſans
vie, ſigne que la malediction de ſon pere
portoit coup, au lieu de recognoiſtre
cette verité, & de taſcher de reconque-
rir la benediction paternelle elle continuë en ſon meſpris, & au lieu de s'humi-
lier elle plaide contre luy pour ſon mariage, elle deuient groſſe pour la ſeconde
fois qui luy ſucceda plus mal-heureuſe-
ment que la premiere: car s'eſtant bleſſée,
& ſon enfant eſtant mort dans ſes flancs,
& n'en pouuant ſortir y engendra vne
putrefaction qui fut cauſe de ſa mort.
Leçon aux enfans de redouter les maledictions de leurs peres, & de leur

rendre les meſmes honneurs & deuoirs
qu'ils voudroient receuoir de ceux qu'ils
auroient mis au monde.

L'Amant deſeſpcré.

HISTOIRE XVI.

Velque vertueux que ſoit vn
homme, dit cét Ancien Poë-
te, mal-aiſement s'eſleue-t'il
à quelque choſe de grand, ſi la
fortune la faict naiſtre dans la pauureté. Pour l'eſprit, pour la gentilleſſe, pour la bonnne grace, nul de tout ſon
voiſinage ne meritoit mieux que Nicanor
de poſſeder la belle Calepode, ſi les commoditez euſſent ſecondé ſa valeur. Mais
ſi les parens meſconnurent ſon merite,
Calepode ne fut pas aueugle iuſques à ce
point de ne le pas voir, c'eſtoit vne fille
prudente, & qui ſçauoit bien qu'vn homme ſans richeſſes eſtoit à preferer à des
richeſſes ſans homme, parce qu'vn homme habile en peut acquerir quand il
n'en a pas, & celuy qui eſt ſtupide ne

peut pas conseruer celles que sa naissance luy donne. C'est pourquoy pleine de
l'estime des vertus de ce braue, elle en
fit choix contre le iugement des siens
pour y arrester ses affections. Nicanor recognut cette faueur auec tant d'humilité,
& la cultiua auec tant de respects & d'a-
greables seruices, que celle qui l'obligeoit
de son amitié pensoit estre l'obligée, &
toute son ame se remplit tellement de l'i-
dée de Nicanor qu'il n'y eut plus de place pour aucun autre. Mais Ceril &
Alphie pere & mere de Calepode
s'opposerent directement à la fin de cette amour qui regardoit le mariage, &
Calepode estant trop honneste & trop
vertueuse pour faire aucune action contre les loix, non de l'honneur seulement,
mais de bien-seance, ne representoit
autre chose à Nicanor pour le consoler, sinon que sa constance vaincroit
la dureté de ses parens pourueu que la
patience ne manquast point à Nicanor. Cettuy-cy d'autre costé l'exhortoit
à la perseuerance, & de sa part luy pro-
testoit vne fidelité qui seroit inuiolable à
la longueur du temps, & qui pousseroit
sa durée mesme apres sa mort. Mais

les paroles des hommes ne font pas oracles, & fi Nicanor euft efté fi ferme comme il promettoit d'eftre, nous ne fe-
rions pas en peine de baftir le tombeau de
fon defefpoir fur le defpris de fon inconftance. Vous qui vous imaginez
que le changement eft vn accident
infeparable du fexe plus fragile, & qui
mettez à vn fi haut point la fermeté des
hommes, venez voir icy voftre chan-
ce renuerfée, & contemplez vne fille
conftante & vn homme inconftant. Nicanor languiffant en vne attente qui
n'eftoit pas moins ennuyeufe à Calepode, & n'ayant pû la porter par aucunes
perfuafions à commettre vne legereté,
foit en s'enfuyant auecque luy, foit en fe
mariant clandeftinement, cette fage fille
aymant mieux la mort que de fouïller fa
reputation de la moindre tache, & remettant toufiours fon amant, ou au
changement de la volonté de fes parens,
ou au temps de leur mort, cét impatient
ne pouuant plus fupporter l'impetuofité
de fes defirs, & tenant pour vn fupplice
nompareil la prefence d'vn obiect aimé
fans efpoir de iouïffance, fe refolut d'aller voir le monde, & parce que fes moyens

yeus estoient courts pour faire les despens
d'vn grand voyage , il se chargea d'vne
robbe d'Hermite pour aller plus à couuert des incommoditez sous cet habit de
pieté. Cét amoureux Hermite part donc
& s'en va en Italie , & apres auoir
quelque temps battu le pais , las de rou-
ler ainsi par le monde , & l'absence
ayant aucunement effacé les traicts de
beauté de Calipode , en son souuenir
il prit enuie d'estre en effect ce qu'il
n'estoit que l'habit , & de trouuer quelques Hermites auec qui il pust faire vne
retraitte. Ce beau riuage de Gennes d'où
l'hyuer est banny , & ou des trois autres
saisons de l'année ne se fait qu'vn
seul prin-temps , luy reuint en memoire,
& ce fut dans les iardins d'orangers qui
parent ces belles costes, qu'il voulut faire
sa demeure s'il y trouuoit vn hermitage
propre. Le ciel dont la prouidence veilloit
sur ses bonnes intentions luy fit trouuer
ce qu'il cherchoit , & non loin de Loan,
Comté qui appartient au Prince d'Oria, il
il trouua deux Hermites fort bien logez
qui ne refuserent point de le prendre pour
troisiesme en leur societé. Si i'auois le
loisir de vous despeindre la beauté de cét

M

Hermitage vous en deuiendriez amoureux, & ie m'affeure que vous diriez que
les delices de cette folitude paffent la
pompe & la douceur des plus grandes villes. Nicanor eftoit Gentil-homme accort d'vne conuerfation facile & aimable
adroit a tout ce qu'il faifoit, qualitez
qui le rendirent fi recommandable, non
feulement à fes deux confreres, mais à
tout le voyfinage, qu'il eftoit recherché
iufques dans cette grotte de toute la Nobleffe d'alentour, dequoy il tiroit abondamment toutes les commoditez qu'il
pouuoit defirer pour viure à fon aife.
Trop heureux Nicanor s'il euft pû reco-
gnoiftre la felicité de fa condition, mais
comme fa vocation ne venoit pas d'en-
haut, ayant efté ietté à ce port par la
tempefte d'vn defefpoir amoureux il
eftoit mal-aifé qu'il y perfeueraft, fon
cœur touché d'vn fecret aymāt fe retour-
noit quelquefois du cofté du haut Languedoc où il auoit laiffé fon païs, fon
amour, & fa fidele Calipode, & tous les
foufpirs dont il faifoit quelquefois reten-
tir fa cellule n'eftoient pas tant enfans
du regret de fes fautes, que de fe voir priué
de la veuë de ce qu'il aymoit en terre. Il

demeura deux ans, tant en son voyage
par l'Italie, qu'en ce delicieux Hermitage. Lors qu'vn desir le prit de sçauoir des
nouuelles de ce qui se passoit en son pays,
& en quel estat estoit Calipode. Il escrit
à vn de ses amis, & luy donne des addresses à Gennes pour y pouuoir receuoir des
responces. L'amy n'y manqua pas, mais
luy fit sçauoir que depuis son absence
Calipode auoit refusé plusieurs bons partis, encore qu'elle ne sceust s'il estoit encore entre les viuans. Cela reueille ses
anciennes ardeurs, & le tentateur qui ne
crie autre choses, aux ames retirées des
embarras du monde, que ce qu'il disoit au
Sauueur au desert, iette toy du haut en
bas, ne manqua pas de r'attiser son feu,
& de luy suggere d'escrire à Calipode,
qui fut si rauie d'aise de sçauoir qu'il fust
encore en vie, & qu'elle estoit encore en
son souuenir, qu'elle renouuela par ses
responces les vœux de sa fidelité, auecque des protestations solemnelles qui
furent autant de nouueaux brandons
dans l'ame de Nicanor. Il passe encor
vn an dans ce trafic de lettres, amusant
tousiours cette fille de belles promesses
qui ne venoient iamais à aucun effect.

Calepode luy efcriuit plufieurs fois qu'il vint, & qu'elle fe laifferoit enleuer felon qu'il luy auoit propofé tant de fois, mais Nicanor iugeant de fang plus froid ce qu'il auoit autrefois tafché de perfuader lors que fa paffion eftoit plus ardante, & cognoiffant que ce feroit ruiner fa fortune, au lieu de l'eftablir par vn moyen fi violent, & d'autre cofté retenu par la douceur de la demeure où ileftoit par la confolation qu'il receuoit en la compagnie de ces bons Hermites, & par la bonne odeur où il voyoit qu'eftoit fon nom par toute la contrée, ne fe haftoit point de s'en retourner, fçachant qu'il auroit toufiours à caufe de fa pauureté les parens de Calipode pour contraires à fon mariage. En fin Ceril pere de cette fille mourut, mais Alphie fa mere faifoit toufiours refiftance aux deffeins de fa fille, qui laffe du monde, & croyant que Nicanor fe mocquaft d'elle, & fuft arrefté en l'hermitage par les liens de quelque vœux ou peut eftre par la fufception des ordres, fe refolut d'entrer dans vn Monaftere. Sa mere l'aimoit beaucoup ne pouuoit confentir à cette refolution, ce qui obligea Calepode à s'y ranger fans prendre con-

ge de ſa mere, & elle y fut receuë auecque la dote qu'elle pouuoit tirer de l'heritage de ſon pere, en quoy elle fut ay-
dée d'vn de ſes freres qui penſoit tirer
de l'auantage de cette retraite de ſa ſœur.
Alphie s'auiſa trop tard de ſa rigueur, &
& pour retirer ſa fille du Cloiſtre, elle luy
promet d'aggreer ſon mariage auecque
Nicanor, mais Calepode ayant pris l'air
de la Religion, & veritablement touchée
du Ciel ferma les oreilles à cette propoſition qu'elle auoit tant & ſi long temps
deſirée, & pria ſa mere de la laiſſer en
paix. L'amy de Nicanor qui veilloit ſur
tout cecy, l'auertit auſſi toſt par vn La-
quais qu'il luy deſpeſcha du conſentement d'Alphie, touchant ſon mariage
auec Calepode, ce qui mit vne telle puce
à l'oreille de noſtre Hermite, qu'il quitta
auſſi-toſt ſous vn feint pretexte, & ſous
promeſſe de reuenir, le beau riuage de Ge-
nes, & s'achemine en Languedoc auec le
Lacquais qu'on luy auoit enuoyé. Arriué
aupres de Calepode il la trouua ſi chagée
& ſes diſcours ſi contraires à tant de lettres qu'il auoit receuës d'elle, que le iour
n'eſt point plus different de la nuict, celle
qui l'auoit r'appellé le rejette, celle qui

M iij

l'auoit prié de quitter l'Hermitage, l'y
renuoye, & celle qui luy auoit conseillé
de quitter l'habit Religieux pour penser
aux nopces, luy parle de quitter le mariage pour embraſſer la vocation Religieuſe. Tout cela met vn merueilleux trouble
dans l'eſprit de Nicanor, il void Alphie
qui le reiettant autresfois pour gendre le
deſire alors paſſionnement, & qui le coniure de faire tous ſes efforts pour tirer ſa
fille du Cloiſtre, elle luy donne à ce ſujet
ſon conſentement par eſcrit, fondé ſur
cela & ſur pluſieurs lettres de Calipode
qui eſtoient comme autant de promeſſes
de mariage, il ſe pouruoit deuant la Iuſtice pour la demander comme ſa femme,
& s'oppoſer à ſa profeſſion. Mais Calipode eſtant ouye ſes Requeſtes ſont reiet-
tées, & cette fille laiſſée en la liberté de
ſon choix. Voyant que de ce coſté là il
ne pouuoit rien eſperer, il delibere aſſiſté
de quelques vns de ſes amis, de forcer le
Monaſtere & d'enleuer Calipode. Cecy
ne ſe puſt tramer ſi ſecrettement qu'on
n'en eut auis, ſurquoy les freres de Calipode firent vne contremine, & comme
Nicanor alloit rodant auecque ceux qui
l'aſſiſtoient autour de ce Conuent pour

trouuer les moyens d'executer leur deſſein, ils eurent en teſte vn Preuoſt & ſes
Archers, qui n'ayant charge que de les
prendre vifs, ne purent faire cette captu-
te ſans reſpandre du ſang, parce que Nicanor & les ſiens ſe mirent en deffence.
Il y en eut vn de tué ſur le champ, & Nicanor bleſſé d'vn coup de carabine qui n'e-
ſtoit pas mortel, le rendit mortel par le
deſeſpoir, arrachant les appareils de ſa
playe, & ne voulant point ſuruiure à la
perte de ſa maiſtreſſe. Mort horrible, &
qui nous apprend qui abbandonnent Dieu
en ſont toſt ou tard abandonnez, & que
c'eſt vn Dieu jaloux & terrible contre
ceux qui entreprennent de luy arracher
ſes eſpouſes du pied de ſes Autels.

La Trahiſon renuerſee.

HISTOIRE XVII.

Vrant les troubles qui agi-
terent cette Monarchie
ſous Charles IX. Les cartes
eſtoient tellement brouïl-
lées pour les factions de
l'Eſtat qui ſe couuroient du manteau de
Religion , que ſouuent les parens plus
proches ſe trouuoient engagez en diuers partis , tel eſt le mal-heur ordinaire aux guerres ciuiles. Cela fut cauſe
de la fauſſe ialouſie qui fait le fonds , &
comme le ſuiet de ce funeſte ſuccez. Hermippe ieune Cheualier eſtoit ſi auant dans
les amours , & la recherche de Viuande
qu'ils eſtoient preſque ſur les termes de
ſe marier. Quant à leurs affections elles
eſtoient ſi liées qu'il ſembloient que leurs
deux corps deſtinez à n'eſtre qu'vne meſme chair ne fuſſent animez que d'vn meſme eſprit. Ils viuoient dans vne ville de
la Prouince des Pictes , qui eſtoit atta-

chée au seruice du Roy, & voisine d'vn
autre reuoltée, où commandoit vn Gentil-homme que nous appellerons Vrbain, qui auoit espousé la fille de la belle mere d'Hermippe. Encore que l'alliance d'entre Vrbain & Hermippe fust
assez foible, ils auoient neantmoins contracté vne amitié bien forte à cause de
Petronie femme d'Vrbain qui auoit
pensé espouser Hermippe, lors que sa
mere espousa en secondes nopces le
pere de ce Gentil-homme. Il est vray
qu'Hermippe estoit vn peu plus ieune
qu'elle, & outre cette consideration l'affection anticipée d'Vrbain fut cause que
ce mariage ne se fit pas. Hermippe appeloit tousiours Petronie sa belle sœur,
comme fille de sa belle mere, & appelloit
Vrbain son frere d'alliance. Vrbain commandant en qualité de Gouuerneur dans
la ville reuoltée du seruice de sa Majesté
pour la consideration d'vn Prince, fut
inuesty par les troupes du Roy, & contrainct de soustenir vne espece de siege,
il appela tous ses amis à son secours, &
Hermippe fut des premiers qui y courut & qui se ietta auecque luy dans
cette place, remettant à vne autre fois à

conclure son mariage auecque Viuande.
Il s'y porta auec tant de courage & de fidelité qu'Vrbain le fit son Lieutenant, &
se confia entierement en luy. Vn iour
il prit fantaisie à Vrbain de faire vne sortie & de charger sur les ennemis, ce qui
luy reüssit assez heureusement, ayant mis
en desordre le quartier où il auoit donné, mais en faisant sa retraitte le mal-
heur voulut qu'il fut attaint d'vne mous-
quetade, dont il mourut à trois iours
delà. La ville & Petronie demeurerent
de cette sorte en la puissance d'Hermippe, qui de Lieutenant en deuint Gouuerneur, dont il eut lettres du Prince qui le
confirma en cette charge. Petronie re-
cognoissant les obligations qu'elle auoit
à Hermippe qui auoit assisté si courageusement son mary en la conseruation de
cette place, se remet entierement, & vn
enfant qu'elle auoit d'Vrbain en la protection de celuy qu'elle appeloit son beau-
frere. Mais dans peu de iours sous la cendre de sa viduité se trouuerent de charbons encore vifs de cette premiere affection qu'elle auoit euë pour lui lors qu'on
auoit parlé de les marier ensemble. Ce
feu qui ne se peut cacher dans vn sein sans

y laiſſer des marques de ſa bruſlure, parut incontinent dans ſes yeux & en ſes
contenances ; bref elle en rendit tant de
preuues à Hermippe qu'il euſt eſté aueugle s'il n'euſt reconnu ce que ces contenances vouloient dire ., il fit neantmoins ſemblant de ne les entendre pas,
diſſimulant modeſtement ce qu'il penſoit ., & ſe deffendant contre ces charmes par le ſouuenir de la fidelité qu'il
auoit iurée à Viuande. A la fin Petronie
preſſée de ſa paſſion en eſtant venuë,
quoy qu'auec vn extreme effort d'eſprit
iuſques à en parler à Hermippe , ne reçeut de luy que des complimens qui luy
teſmoignoient plus d'honneur que d'A-
mour ., mais comme elle redoubloit
ſes pourſuittes il les trancha par vne fran-
che declaration de l'obligation qu'il a-
uoit de tenir ſa parole à Viuande. Tout
cecy ne ſe paſſa point ſans que Viuande
en fut auertie, qui en entra en des ſoupçons , & des ialouſies eſtranges. Elle
vſe du droit de maiſtreſſe ., & ſans conſiderer qu'Hermippe eſtoit engagé en vn
party d'où lors ils ne ſe pouuoit retirer a-
uec honneur ny ſeureté ; ny meſme ſans
vn notable intereſt de ſa fortune ., elle

luy commande de quitter ce gouverne-
ment, de reuenir vers elle, & d'abandonner Petronie, s'il ne veut qu'elle tienne
pour des veritez les bruits qui courent &
les ombrages qui la tourmentent. Hermippe luy fait des responces si iustes qu'elles eussent esté capables de satisfaire tout
esprit moins passionné que le sien, mais
la ialousie qui la trauaille ne luy permet
pas de iuger sainement des legitimes excuses d'Hermippe, elle se tient pour trahie parce qu'il ne reuient pas, & va-t'uale
tenir dans les affections d'Hermippe la
place qu'elle croyoit luy appartenir. Elle
n'ignoroit pas le dessein qui auoit autrefois esté de les marier ensemble, elle croit
que le flambeau qui fume encore se r'allume aysément estant approché de la
flamme. Dans ce caprice elle se met en
telle colere qu'elle veut faire cognoistre
à celuy qu'elle tient pour infidelle, que
s'il sçait changer de maistresse, elle ne
manque pas de seruiteurs. Berose l'auoit
long-temps seruie en mesme temps que
Hermippe la recherchoit; & s'estoit escarté parce qu'il auoit recognu qu'elle
estoit engagée d'affection à Hermippe.
L'absence de celui-ey luy ouurit le moien

de renouueler ſon commerce auec Viuande, qui picquée de colere & de jalouſie luy fit des accueils ſi fauorables qu'il
connut bien que c'eſtoit là le vray temps
de faire ſa moiſſon. Auſſi le meſnagea-t'il
auecque tant de dexterité que prenant
auantage du dépit de Viuande pour luy
faire haïr celuy qu'elle aymoit auparauant, par cette haine il ſe mit en ſa place &
dans peu de iours il fit tant par ſes ſeruices
qu'il ſe rendit maiſtre de la place par le
mariage. De quelle ſorte Hermippe receut les nouuelles de ceſte alliance, & s'il
eut occaſion de deteſter l'ingratitude &
l'inconſtance de cette fille ie le laiſſe à iuger. Cependant le Prince pour le ſeruice
de qui Hermippe tenoit la ville où il
eſtoit Gouuerneur, s'eſtant accommo-
dé auecque le Roy il fut continué au
Gouuernement de cette place. Et ayant
alors la liberté de reuoir la ville de ſa naiſſance il y vid Viuande nouuellement mariée à Beroſe, à qui faiſant des reproches
de ſon infidelité il fit connoiſtre qu'il a-
uoit reietté les deſirs de Petronie pour
luy garder la foy, & qu'elle auoit eu tort
de la luy rompre ſur des fauſſes ialouſies.
Ce fut lors, mais trop tard, que Viuande

recognut l'ineptie de ses ombrages, &
que pressée d'vn vif regret elle estoit
rongée d'vne douleur qui n'est pas ex-
primable. Cependant Petronie voyant
Viuande mariée renouuela ses affections
voyant cet obstacle osté à ses esperances.
Et Hermippe ayant rompu les liens qui
le tenoient attaché à la volage Viuande, escouta ses desirs, & trouuant ce
party auantageux s'y arresta, rendant le
reciproque de sa bien-veillance à celle
qui ne viuoit que pour luy. Il espousa
donc Petronie, & vescut auec elle auec
vne amour & vne concorde qui n'estoiēt
pas vulgaires, aymant cette femme qui
l'adoroit. Depuis que Viuande eust reconnu son erreur elle fut trauaillée d'vn
continuel repentir de sa faute. Et son
amour pour Hermippe reuenant en son
cœur auecque plus de feux & de flammes
que iamais luy faisoit naistre des desirs
d'autant plus vehemens qu'ils estoient
moins legitimes. A quelles rages ! à
quels aueuglemens ! à quelles extremitez
ne porte vne folle amour ! elle prend
en horreur son mary, elle brusle
pour Hermippe, & dans la possession de l'vn elle pense tousiours à

l'autre. Hermippe qui auoit donné tout
son cœur à celle qui possedoit son corps,
& qui auoit effacé de son esprit toutes
les passions qu'il auoit euës pour Viuande
mesprise les tesmoignages quelle luy
rend de son amour, ne voulant point
rompre la foy à sa partie, ny s'embarquer
sur la perilleuse mer des adulteres, noir-
cie de tant de naufrages. Viuande ne
le pouuant voir que rarement, l'impor-
tune sans cesse de ses lettres, par où elle
tasche comme auecque des allumettes
de r'enflammer son cœur des anciennes
ardeurs qu'il auoit autrefois experi-
mentées pour elle, mais c'est en
vain qu'elle tente ces foibles moyens
pour conquerir vn cœur tout occupé
des perfections, & de l'honnesteté de
Petronie. Elle vint iusques à ce degré
de malice de luy conseiller d'empoison-
ner sa femme, luy promettant de faire
le semblable à son mary, afin de se
pouuoir espouser l'vn l'autre, dessein
execrable, & qui donna de l'horreur à
Hermippe. Il le detesta par ses responces, & la menaça de faire cognoistre son crime si iamais il luy
arriuoit de luy escrire des choses si

bominables. Cela irrita tellement Vi-
liande ſe voyant tout a fait reiettée &
meſpriſée, auecque deteſtation qu'elle delibera de s'en vanger, & voyez de quelle
maniere. Elle fait voir à ſon mary vne
liaſſe de lettres amoureuſes qu'Hermippe
luy auoit eſcrittes durant ſa recherche,
& du viuant d'Vrbain lors qu'il n'auoit
aucune pretenſion ſur Petronie, & elle
luy fit croire qu'il auoit eſté ſi temeraire
de les luy enuoyer depuis qu'elle eſtoit
marié à luy & qu'il ne ceſſoit tous les iours
de la ſolliciter importunément de ce qui
ne peut eſtre penſé par vne honneſte femme, Bref elle ſceut ſi bien colorer ſon artifice qu'elle le fit couler en la creance de
Beroſe pour vne verité. Cetui cy en colere contre Hermippe ſans autre reflexion
le fait appeler. Ils ſe battent, & le ſort des
armes ſuiuant cette fois, la iuſtice de la
cauſe donna du pite à Beroſe qui porté
par terre, & deſarmé par Hermippe, comme cettui-cy luy voulut remonſtrer qu'il
auoit eu tort de le ſoupçonner qu'il
euſt eu aucun deſſein ſur ſa femme, te-
nez, luy dit Beroſe, en tirant de ſa poche
vne liaſſe de lettres, voyez ſi i'ay eu raiſon
de vous en vouloir apres de ſi puiſſan-
tes

tes marques de voſtre procedé. Hermippe
recognoiſſant les eſcrits faits au temps
que nous auons dit, & deuant le mariage
de Viuande & de Beroſe, luy fit cognoiſtre l'artifice de ſa femme, & au meſme
temps il tira de la ſienne celles qu'elles luy
auoit eſcrites, où ſon procés eſtoit tout
fait, & le furieux conſeil de l'empoiſon-
nement eſtoit tout manifeſte. Que deuint
Beroſe à cette lecture, ie le laiſſe à coniecturer. Il en demeura auſſi ſatisfaict de la
candeur d'Hermippe, qu'animé de courroux contre la traiſtreſſe Viuande. Auſſi
ne fuſt-il pas ſi toſt de retour en ſa maiſon, qu'apres luy auoit fait mille reproches de ſa deſloyauté il la côfina dans vne
priſon, ou dans peu de temps elle finit ſes
iours, non ſans ſoupçon qu'il euſſent eſté
abregez par quelque breuuage; Ainſi fut
renuerſée ſur la teſte de cette perfide la
trahiſon qu'elle auoit braſée contre ſon
mary.

N

AMPHITEATRE.

SANGLANT.

LIVRE DEVXIESME.

L'Inepte vanterie.

HISTOIRE I.

Vrant les dernieres années du memorable regne du grand Henry, Pere & Restaurateur de la France, le calme estoit si profond en cét Estat que c'estoit le vray seiour de l'amour & des delices. La Noblesse voyant ses armes inutiles, & sans employ, n'auoit point d'autre occupation que celle des personnes oysiues, les ieux & les passe-temps. Temps heureux! trauersé depuis de tant d'orages, qu'à peine sçauons nous ce que c'est que tranquilité. Ce n'est pas que l'inuincible & tousiours victorieux

rieux Louys digne rejetton de ce glorieux tige ne trauaille tous les iours, &
par son soin, & par la lumiere de sa vie, &
de son exemple, & par sa valeur, à resta-
blir cette Monarchie en son ancien lustre, mais l'Hydre de la Rebellion à tant de
testes, que pour les dompter il semble que
cét Hercule doit auoir autant de mains
que les Poëtes en donnent à Briarée.
Et encore qu'il soit le Roy des vertus &
des miracles, il a tant de difficultez, & dedans & dehors à surmonter, que si Dieu
ne le tenoit manifestement par la droitte,
& ne luy soustenoit le courage, il seroit impossible que seul il pust supporter
tant & de si continuelles fatiques. Mais
puisque le Sage nous conseille aux iours
nubileux de nous souuenir des serains, il
me semble que i'ay raison durant tant
d'agitations qui tourmentent le vaisseau
de cette Monarchie de r'appeler en ma
memoire la belle saison de sa bonace sous
le sceptre & la conduitte du triomphant
Henry. Ce fut en ce temps-là que dans la
Prouince des Cenomanes Triphon Gentil homme de merite, & qui auoit beaucoup de nom à la Cour de ce grand
Monarque, s'estant retiré en sa maison

pour ioüir en la conuerſation de ſes voi-
ſins de la douceur de la campagne rēcon-
tra les yeux de Stactée, où comme à deux
flambeaux ardans il bruſla les aiſles de ſes
deſirs , voltigeans auparauant ſur les
fleurs des diuerſes beautez, comme des
ſimples papillons, auec autant de legereté
que d'indifference. Vne plume moins
occupée & qui auroit moins de matieres
à deuider s'arreſteroit icy à deſpeindre
la naiſſance & le progrez de cette affection qui ne peut eſtre blaſmée que par
des ames ſauuages, puis qu'elle auoit pour
viſée ce ſainct lien qui nous met en
naiſſant l'honneur ſur le front, puiſque
ceux qui naiſſent hors de ce lien portent
ſur le leur la honteuſe marque de l'in-
temperance de ceux qui les engendrent,
C'eſt aſſez pour mon ſuiet que ie die que
cette amour fut reciproque , & autant
aggrée par les communs parens comme
par les parties. Dans ces accords ſi pleins
d'harmonie & de bonnes volontez il ne
reſtoit que de ſeeller le tout par vn mariage, & d'allier deux maiſons aſſez voiſines toutes deux nobles, & des principa-
les du païs: Mais Triphon qui croyoit que
les liens d'Hymen appeloient à la retrait-

té, ayant quelques pretensions à la Cour
qui luy pouuoient estre auantageuses,
estima auparauant que de se confiner
dans sa maison, & manger son pain sous
son figuier & sous sa vigne, qu'il luy estoit
necessaire d'arriuer à vne charge où il
aspiroit, & où la faueur, outre la porte
dorée, estoit entierement necessaire.
Cette charge le deuoit esleuer vn peu, &
le mettre hors du pair de la commune
Noblesse, & le rendre considerable, & à
ses voisins, & aupres du Roy. Par le conseil de tous ses amis & le desir mesme de
Stactée (car l'ambition regne puissam-
ment dans les esprits debiles) il entreprend vn voyage à la Cour pour venir à
bout de cette affaire auant son mariage.
Où allez-vous Triphon, vous ruinez vostre fortune & vostre amour, par où vous
voulez establir l'vne & l'autre, O prudence humaine que ta lumiere est foible
parmy les tenebres palpables qui nous en-
uironnent : Les affaires du monde sont
embarrassées de tant d'intrigues, que c'est
entrer dans vn labyrinthe que d'entreprendre d'en desmesler quelqu'vne, on
s'y esgare tãt il y a de tours & de destours
quãd vous pẽsez entrer vous sortez, quãd

vous croyez en fortir vous entrez. Deda-
le inexplicable. Triphon trouua de difficultez à furmonter , & tant d'obftacles à
fon deffein , qu'encore qu'il fuft excellent Courtifan il y perdit toute fa fineffe.
Semblable à ces bons Nautonniers qui
dansvne furieufe tourmente perdent leur
fcience, la violence de la tempefte eftant
plus forte pour attaquer leur vaiffeau,
que leur art n'eft fubtil pour fe deffendre
des vagues. Il en eft des affaires comme
des naffes, l'entrée en eft facile , l'iffuë
mal aifée. Cependant Triphon s'opinia-
ftre à la poufuitte,& s'engage dans la def-
pence , reffemblant à ces ioüeurs qui perdent tout fous l'efpoir de fe r'acquiter. Il
croit qu'il y va de fon honneur s'il ne
vient à bout de ce qu'il a entrepris , & cependant l'ombre d'honneur qu'il recherche le fuit, plus il la fuit , & lors qu'il la
penfe tenir elle s'efchape. Il coula plus
d'vn an en ce fafcheux exercice, fe repen-
tant affez de fois d'auoir quitté le port
pour monter fur vne mer fi pleine d'inconftance. Reprefentez vous les impa-
tiences de Stactée qui fe fafche que l'ambition en l'efprit de Triphon ait l'afcēdant
fur l'amour.Elle eft bien marrie de l'auoir

engagé par son conseil en cette poursuitte, elle a beau le rappeler par ses lettres,
il ne reuient point, & pour toutes responces elle n'a que des delais & des excuses. Encore s'il prenoit vn terme asseuré,
mais cela ne se peut par celuy qui poursuit
vne affaire dont l'euenement despend des
volontez d'autruy. Durant ces languis-
santes longueurs voicy l'ambition qui
vient à la trauerse attaquer Stactée, & qui
luy fait commettre ce qu'elle a tant blaf-
mé en Triphon, qu'elle a plusieurs fois
appelé par iniure plus ambitieux qu'a-
moureux. Philostrat grand Seigneur &
de toute autre marque que Triphon,
ayant ietté les yeux sur le visage de Stactée y trouua des graces qui le captiue-
rent d'entrer dans cette place que par la
porte de l'Eglise, il n'y auoit point d'autre moyen, l'absence de Triphon auoit
esté si longue que presque on auoit oublié
sa recherche, le temps-mesme de son retour estoit si incertain qu'on croyoit qu'il
eust pris racine à la Cour, & qu'il ne s'en
d'eust iamais arracher. Ce nouuel amant
iette tant d'esclat, & par sa qualité, & par
ses richesses, que ces rayôs qui l'enuiron-

nent eſbloüiſſent les yeux de l'ambitieu-
ſe Stactée,& pour auoir part à cette grandeur luy ſont mettre en oubly ſa premiere foy. Les parens meſmes contri-
buēt à ſon humeur, & luy donnent des libertez,& à Philoſtrat des licences qui furent cauſe de la ruine de cette impruden-
te. Ce ieune Seigneur dont le pere eſtoit
encor en vie, & Lieutenant du Roy en
vne Prouince que ie ne veux pas nommer, & luy meſme aſpirant à la meſme
charge ſe met à caioller Stactée , & à la
tenir de ſi pres, qu'en fin la proye tomba
dans ſes filets ſous vne promeſſe de mariage , mettant la conſommation deuant
la publication,qu'il remettoit ou apres la
mort de ſon pere,ou lors qu'il luy auroit
fait trouuer bonne cette alliance. Tandis
que le temps ſe paſſe de la ſorte , & que
Philoſtrat poſſede ſecrettement celle qui
le reçoit en ſon ſein en qualité de mary,
cette pratique ne puſt eſtre ſi cachée que
les amis de Triphō ne s'en apperceuſſent,
qui auſſi-toſt luy donnerent auis que ſa
maiſtreſſe eſtoit muguetée par vn galand.
Cét aiguillon le picquant viuement luy
fit abandonner la Cour pour eſcarter par
ſa preſence l'orage qui le menaçoit.Com-

me il est auprés de Stactée, il recognoist
bien à ses discours qu'elle a changé d'humeur & d'affection pour luy, & que la grã-
deur de Philostrat l'auoit aueuglée, il épie
si bien tous ses deportemens (& ou ne pe-
netre l'œil de la ialousie) qu'il descouure
la mesche, & recognoist qu'il est trahi. Il
caiolle si bien Stactée, faisant semblant de
flatter sa nouuelle election, & de vouloir
l'aider à la conqueste de cette bonne fortune , que cette fille simple & niaise se
voulant excuser enuers luy d'infidelité
sous quelque image de force , tant de la
part de ses parens, que de Philostrat, elle
s'accusa assez deuant Triphon qui deuina
bien le reste. Il continuë neantmoins,
mais faintement à l'honorer & à la seruir,
Philostrat le souffrant sans ialousie, parce
que cela couuroit mieux son ieu , & faisoit paroistre qu'il n'auoit point de part,
ny de pretensions en Stactée. Cette Damoiselle mesme aide à cela par le conseil
de Philostrat, & luy fait des accueils deuant le monde telle qu'elle deuoit faire à
vn homme qu'on tenoit pour son accordé. Triphon obtient d'elle des particuliers entretiens, & mesme de parler à elle
durant la nuict à des fenestres escar-

tées. Il en vint si auant que Philostrat
mesme en entre en ombrage, & se repentit d'auoir permis à Stactee d'vser de ces
feintes, qu'il craignoit en fin deuoir se
terminer en de veritables faueurs. Triphon s'estant apperceu qu'il en entroit en
ialousie prit plaisir à luy augmenter cette humeur, & mesme outre les contenances qu'il tenoit en la presence de Stactée
& de Philostrat, son inconsideration le
porta à des ineptes vanteries, se glorifiant
d'auoir auecque Stactée des priuautez
qu'il ne possedoit nullement. Cela mit
Philostrat en vne telle colere qu'il fit appeler Triphon pour se battre en duel, ils
se battent auecque chacun vn second.
Dés la seconde passée, Triphon qui
estoit fort adroict au maniement des
armes, & vn des gentils Cheualiers
de la Cour perce Philostrat au bras de
l'espée; le met hors de combat, & l'oblige
à luy rendre les armes, & à luy demander
la vie, comme il vient selon la coustume
ayder son second, voila que des gens de la
suite de Philostrat qui le cherchoient par
tout arriuent, voyant leur maistre en cét
equipage ils se voulurent ruër sur Triphon, & le sacrifier à leur colere, quoy que

Philoftrat leur criaft, & leur deffendit
de luy nuire comme à vn braue Cheualier & de qui il tenoit la vie. Ces brutaux
fe mettent en deuoir de l'offencer, & voila auffi toft les deux feconds qui s'accor-
dent, & qui fe ioignans à Triphon le def-
fendent contre cinq ou fix affaillans. Philoftrat s'eftant ietté à corps perdu dans
cette meflée empefcha par fon authorité & par fa prefence qu'ils n'acheuaffent
Triphon qu'ils auoient def ja blecé. Ils
fe feparerent de la forte, Philoftrat blaf-
mant la fupercherie des fiens & iurant
d'en faire vn chaftiment exemplaire. Ce
qu'il fit, les efcartant de telle forte d'aupres de foy que nul n'en ofa approcher.
Cependant Stactée n'eft pas fatisfaicte entierement des mefdifantes vanteries de
Triphon, qui battent tout a fait à la ruine
de fa fortune. Elle crut ne pouuoir guerir
l'efprit de Philoftrat de fes foupçons qu'en
exterminãt celuy qui en eftoit la caufe. Elle fe fert de ceux-là mefme qui l'auoient
def-ja penfé tuër, & que Philoftrat auoit
chaffez de fon feruice, adiouftant quelques prefens & quelques perfuafiõs à leur
colere ils entreprennent d'affaffiner Triphon, ce qu'ils font lõg-temps à executer,

parce que ce Gentil-homme n'alloit que
bien accompagné. Cependant Stactée
presse Philostrat de l'espouser solemnellement, il ne s'excuse plus sur la crainte
de son pere, mais sur la priuauté qu'elle a
euë auecque Triphon, qui s'estant reconci-
lié auecque Philostrat donnoit d'elle
les plus sinistres impressions qu'il pouuoit
à ce ieune Seigneur. Il continuë en ses
gaufferies contre Stactée, voulant par
vengeance ruiner d'honneur celle qui
luy auoit esté infidelle. Mais cette femelle irritée luy auoit dressé vn piege
où il fut attrapé, car en fin ceux quelle
auoit portez à faire le coup guetterent
tant qu'ayans trouué Tryphon à leur
auantage ils l'assassinerent miserablement. Apres ce coup tout s'escarte-
rent, il y en eut vn mal-heureux qui
fut pris, & qui descouurit tout le mi-
stere, accusant Stactée comme celle
qui auoit esté la principale cause de ce
meurtre. Philostrat prit cette occasion
aux cheueux pour se deffaire de cette mauuaise beste, & au lieu d'accomplir sa promesse de mariage, il sollicita
contre elle auecque les parens de Triphon, & fit tant qu'il la fit condamner à

perdre la tefte. L'inconftance , l'ambition, la fotte vanterie, la ialoufie, la
vengeance, la tromperie, l'ingratitude,
l'aueuglement , la colere , & tant de
paffions viennent en foule fur le theatre de cette fanglante reprefentation,
que pour les confiderer par le menu il faudroit que ie paffaffe la brieueté que ie me fuis prefcripte en
la narration de ces tragiques euenemens.

L'Esprit partagé.

HISTOIRE II.

E fleuue qu'vn Roy de Perse affecha en le partageant en diuers ruisseaux nous apprend qu'vn esprit diuisé en plusieurs obiects n'a aucune mire asseurée, & pour embrasser trop n'estreint rien. C'est-ce que dit l'ancien prouerbe, qui chasse plusieurs liévres à la fois n'en prend pas vn. Deux Seigneurs voisins en la Prouince Armor que pour vnir dauantage leur ancienne amitié destinerent leurs enfans à vne alliance encore qu'ils fussent bien ieunes, Gorgias fils d'Agatharcide estoit esleué par son pere sous l'espoir d'auoir vn iour pour espouse Mōgine fille vnique de Ceremon. Ces ieunes enfans s'entreuoyoient souuent à ce dessein, mais comme ils estoient en vn aage voisin de l'enfance le feu de l'amour n'auoit pas de prise en vn bois si vert, Gorgias ayant attaint vn peu de vigueur fut

enuoyé en la capitale de cette Monarchie pour y apprendre dans les Acadé-
mies les exercices propres à la Noblef-
se. A mesure qu'il commença à se
sentir son inclination le porta à aimer,
mais à aimer d'vne façon si volage & si
generale, qu'il aymoit en mesme temps
en diuers lieux. Ayant passé vne partie de son adolescence en ce fantasti-
que amusement, estant en vn aage
plus fort il ayma en mesme temps trois
obiects pour trois considerations toutes
differentes, s'imaginant que s'il reüssissoit
en vn (& il ne pouuoit legitimement
pretendre d'auantage) il auroit occasion de s'estimer heureux, au moins
de cette felicité mondaine qui regarde l'vtile, l'honorable, ou le delecta-
ble. Frequentant chez vne Princesse à
la façon de Cour, tant pour luy rendre ses
deuoirs que pour apprendre la conuersation ciuile dans les bonnes compagnies, il ietta les yeux sur vne niépce de
cette dame, & la trouua à son gré, celle-cy
que nous appelerons Sibille, soit pour
satisfaire à sa vanité, & paroistre adorée
de plusieurs, l'amusa de quelques tefmoignages de reciproque bien-veil-

lance, mais comme elle estoit accorte &
rusee, on cogneut à la fin que s'estoit
pour se donner du passe-temps parmy ses
compagnes de la simplicité de ce ieune
Academiste, hantant en d'autres lieux, il
fit aussi rencontre d'vne vefue que nous
nommerons Iuliane, à peine auoit elle
vingt ans, & pour auoir esté deux ans aux
costez d'vn vieillard il l'auoit laissée riche de quinze mil liures de rente. Comme le premier party flattoit Gorgias par
la vanité d'vne haute alliance. Il voyoit
en cetui-cy tant de commoditez que cela
rauisoit son desir. Mais vn plus bel escueil
rompit sa liberté, ce fut le beau visage
d'vne simple Damoiselle nommé, Charlote, mal partagée des biens de fortune,
mais tellement auantagée de ceux de la
nature qu'elle estoit le rauissement de
tous les yeux qui la consideroient; S'il
ayma cette-cy en effet pour l'amour d'elle
mesme, il en fut aussi reciproquement
aymé comme personne, dont l'alliance
estoit honorable & vtile à la fille, mais des
deux autres ce ne fut qu'en apparence &
par maniere d'entretient. Sibille auoit
tant de courage qu'elle aspiroit encore
à quelque chose de plus grand que n'e-
stoit

stoit nostre Cheualier. Iuliane née & nourrie dans Paris n'en eust pas quitté le seiour pour tout le païs des Armoriens, & sçachant bien qu'en espousant Gorgias elle seroit contrainte de l'y suiure, elle n'auoit aucune inclination pour ce party. Cependant nostre homme partagé entre de fausses esperances & de vrayes inquietudes, voyoit tantost l'vne, tantost l'autre auec autant de soin & de passion que s'il n'en eust qu'vne dans l'ame. Ses parens auertis de son humeur crurent qu'il estoit temps de conclure le mariage de luy & de Mongine, pour le retirer de tant de friuoles desseins qui allambiquoient son esprit. Ils luy en escriuent, mais il est tellement enyuré de ces trois amours qu'il ne peut, ny ne veut leur faire aucune responce. Pressé de s'en retourner il les prie de le laisser encore dans ce grand theatre de l'Estat où il y a tant de partis à choisir, & de toutes les sortes, sans s'arrester à vn qui ne luy est pas agreable. On luy enuoye le portraict de Mongine, mais quand il le confere aux traicts qu'il adoroit sur le front de Charlote elle luy semble vne image de l'aideur. On luy represente la noblesse de son sang, mais quand il se

O

reprefente l'illuftre alliance de la niepce
d'vne Princeffe, & qui auoit l'honneur
d'appartenir aux plus gr nds de l'Eftat,
toute la race de Mo gine luy femble baffe & mefprifable. Si on luy dit que c'eft
vne heritiere fort riche. Iuliane luy re-
nient deuant es yeux dont l s biens font
incomparablement plus grands que
ceux que peut pretendre Mongine.
Quand on luy propofe qu'ils font dauantage en fa bien feance il fe trouue tellement attaché au feiour de Paris qu'il
en oublie fa patrie, comme s'il euft efté
en l'Ifle des Lothophages, ou en vn lieu
plein d'enchantemens & de charmes. Ses
parens qui croyent que fa ieuneffe ne luy
donne pas encore affez de iugement pour
cognoiftre fon bien, determinent de clor-
re ce mariage, & d'en paffer les articles,
fe promettans affez d'obeïffance de fa
part pour les luy faire figner. Ils s' ffem-
blent donc auecque ceux de Mongine,
& en font les accords, promettant de les
faire approuuer à Gorgias dans vn certain
temps, iamais cetui cy ne les voulut figner
au contraire il vfa de tant de termes de
mefpris contre Mongine, & mefme en
efcriuit d'vne façon fi offençante que

les parens indignez rompirent ce traicté,
& iurerent de ne donner iamais leur fille
à cét insolent. Comme c'estoit vn morceau friand il ne demeura pas au plat,
les partis se presenterent en foule, entre
les autres ils choisirent Lisimaque
Seigneur de qualité & qui valoit bien
Gorgias. Tandis que cette alliance se
minute, voyons les beaux succez que
nostre esprit partagé rencontre en ses
amours. La feinte de Sibille se descouurit, & Gorgias ayant remarqué en
beaucoup de railleries qu'elle se moc-
quoit de luy, & qu'il luy seruoit de suiet
de risée se retira de sa poursuitte. Iuliane ayant rencontré à Paris vn homme
selon son inclination se maria sur son
visage, sans se soucier de ses plaintes ny
de ses discours. Il ne luy restoit que Charlote qui eust bien-tost conclu le marché
auecque luy s'il eust eu le consentement
de ses parens, qu'il ne pouuoit esperer à
cause de l'inegalité de ce party trop petit
pour vn homme de sa condition. Il est renuoyé à cela, s'il veut continuër sa recherche & ses pretésions, autrement il est prié
de s'en departir pour ne donner suiet à la
mesdisance de gloser sur sa frequen-

O ij

tation auec cette fille, qui estoit adorée
de plusieurs autres, à qui son extreme
beauté donnoit d'extremes passions. Se
voyant donc rebutté de toutes parts, &
que ses parens ne luy vouloient plus enuoyer dequoy paroistre en cette grande
ville il reprit la route de son pays, iustement lors que Lisimaque estoit sur le
point d'espouser Mongine. Il vid cette
Damoiselle, & l'absence de Paris luy
rendant la beauté de Charlote moins excellente, il trouua en cette-cy des graces
qui luy plûrent. De plus repensant a l'ancienne amitié de leurs maisons, à la com-
modité du voisinage, aux biens & à la noblesse de cette fille, il se repentit, mais
trop tard, du mespris qu'il en auoit fait,
& desira s'il eust peu renoüer cette alliance. Mais elle estoit trop auancée auecque
Lisimaque pour la diuertir. Il n'y auoit
qu'vn seul moyen selon son auis qui estoit
de le faire appeler. Il l'essaya, mais Lisimaque se mocque de luy, & le traitta en
ieune homme sortant de l'Academie. Vn
Gascon auoit vn iour à Paris emprunté
vne assez bonne somme d'vn Gentil-homme de Picardie, cetui-cy luy demandant
le payement de cette debte, le Gascon

le fit appeler en duël, le voulant satisfaire
disoit-il, à coups d'espée, le Picart luy met
les sergens en queuë, le fait serrer dãs vne
prison, & luy dit quãd vous m'aurez payé
nous auiserons à nous battre. Lisimaque
en fit de méme Gorgias, ie ne veux pôint,
luy respondit-il, souïller mes nopces par
du sang, quãd i'auray espousé ma maistresse ie receuray voftre cartel, & sçauray
bien chastier voftre temerité. Là dessus
les nopces se firent, à la barbe de Gorgias Lisimaque emporta Mongine. Le
Gouuerneur de la Prouince auerty de
cette querelle, & que Gorgias estoit l'appelant le voulut faire saisir, mais il es-
quiua cette prise s'enfuyant à Paris, où
il trouua Charlote accordée à vn Gentil-
homme fort riche, & dont elle estoit fort
contente. Se voyant rebutté de tous costez & frustré de toutes ses attentes,
pour passer son deplaisir il s'en alla en
Flandres, ou l'on tient qu'il mourut assez sinistrement, mais parce que ie ne
sçay pas les particularitez de sa fin, ie ne
m'aresteray qu'à considerer le tourment
de cet esprit diuisé en luy-mesme, &
partagé en tant de fantaisies. Son inconsideration à desobeyr à ses parens

O iij

qui auoient pris tant de peine à procurer
son bien. Sa sottise de se vouloir faire aymer par force à vne fille à qui il auoit
donné tant de subjet de le hayr. Le tardif
repentir de son imprudence. Et sa fin miserable parmy des armes estrangeres.

Le Rauisseur ingrat.

HISTOIRE III.

V N Marchand Prouençal
que nous nommerons Eu-
pelome (ie n'ay pas apris
distinctement en quelle
ville il faisoit sa demeure,)
auoit en sa tutelle vn de ses Neueux appelé Arcesilas fils de l'vne de ses sœurs,
qui estoit morte sans autre heritier. Il
l'esleuoit auec ses enfans d'vn soin tout
paternel. Il se seruoit de luy en son trafic, & se reposoit entierement sur sa fidelité, tant pour les affaires domestiques,
que pour le commerce estranger. Il trafiquoit d'ordinaire en Espagne où il auoit
intelligence pour le regard du negoce
auec des Marchands de Catalogne & de

Valence, & principalemēt auec vn Marchand de Barcelone fort honorable à qui
nous donnerons le nom de Philēde. Tan-
dit qu'Acesilas s'auançoit ainsi aupres de
son oncle qui luy donnoit part & profit
en ses negotiations. Il desira le pouruoir
& se descharger de sa tutelle, luy estant
auis que desormais il estoit capable de se
cōduire & de gouuerner son propre bien.
Il luy trouua vn party assez conuenable
selon son iugement, & qu'Acesilas mesme eut à gré. Ce fut Marine honneste fille d'vn autre Marchand à qui le pere faisoit des auantages raisonnables, & pro-
portionnez aux facultez d'Acesilas. Ceux
qui sçauent combien l'Espagne est suiette
aux desbauches qui corrompent le plus
l'esprit & le corps de la ieunesse ne trouueront pas estranges si ie dy que nostre
Prouençal à force de frequenter parmy
cette nation y laissa alterer ses mœurs,
s'addonnant aux vices qui regnent le plus
en ces contrées. Il faudroit n'auoir iamais esté à Valence pour ignorer que
c'est le Naples de l'Espagne, & le seiour
des delices & de la licence. Acesilas
ne se contentant pas de ces Sirenes qui
sont sur ce beau riuage, & qui en

chantent les plus habiles, aiguisant son esprit par la resistance & la difficulté, deuint
passionné pour Cratée fille d'vn Marchand auec qui trafiquoit son oncle, &
que nous nommerons Inigo. Il trouua
dela correspondance en cette fille, qui
rencontrant dans l'air François de nostre Acesilas ie ne sçay quoy de plus
agreable que sur les visagesbazanez de ces
demy-mores qui habitent ces contrées,
en deuint si fort touchée qu'il luy fut aisé
de conduire sa trahison au point que vous
entendrez. Il ne manquoit point tous les
ans de faire vn voyage en Catalogne & en
Valence, au comme facteur & nepueu
d'Eupelome, il estoit receu & logé dans
les maisons de Philende & d'Inigo tant
que duroient ses affaires,& là traitté auecque toutes les courtoisies dont on a de
coustume d'assaisonner vne amiable hospitalité. Ayant donc cét accez chez Inigo, & cette entrée dans les affections de
Cratée sa fille, il eust bien volontiers tenté de la demander pour femme,mais deux
choses s'opposoient à cette temerité, l'v-
ne qu'il n'estoit pas assez riche pour aspi-
xer à ce party, l'autre quelle estoit recherchée par Idelphonse ieune Valentin

de fort bonne maifon qui en eftoit extre-
ment picqué, & à qui le pere la deftinoit
pour femme. Encore que Cratée n'euft
pasbeaucoup d'inclination pour Idelphô-
fe, fon efprit eftant tout occupé des perfections qu'elle s'imaginoit en Acefilas, fi
eft-ce qu'elle eftoit comme contrainte de
fuiure la loy de l'obeïffance qui luy eftoit
comme neceffaire. Sur le defefpoir de la
conquerir Acefilas s'en retournaen France, laiffant autant de douleurs de fon
efloignement à Cratée qu'il emportoit de
la quitter. Voyez ie vous prie vne fi rare
conftance que celle de cette fille meritoit d'eftre recompenfée d'vne ingratitude & d'vne infidelité pareilles à celles
que ie vous feray tantoft voir en cét indigne François. Tant s'en faut que l'abfence effaçaft de la memoire de Cratée l'idée
d'Acefilas, qu'au rebours elle la reprefen-
toit à tous momens à fon fouuenir en vne
fi auantageufe forme qu'elle ne fut
plus fufceptible d'aucune autre im-
preffion. Elle auoit iuré à Acefilas lors
qu'il prit congé d'elle de luy eftre fi fidelle que tant qu'il viuroit il ne feroit
pas au pouuoir de fes parens de luy faire
prendre vn autre homme pour mary,

& Acesilas de son costé luy auoit promis
vne fidelité inuiolable, nous verrons biē-
tost qui sera le pariure, & de quelle part la
fermeté demeura. Acesilas, soit par desespoir de pouuoir conquerir Cratée , soit
par legereté , soit pour trouuer plus de
charmes sur le visage de Marine, que sur
celuy de Cratée, oubliant ses sermens Espagnols, se laissa aller au conseils de son
oncle qui luy persuadoit de prendre Marine. Durant cette recherche il receuoit
tous les iours des nouuelles de Cratée, par
où il apprenoit les rigueurs qu'elle faisoit
sentir à Idelphonse, pour le rebutter, &
luy faire par le despit perdre son amour.
Sa constance à resister à ses parens portez
à cette alliance , ce qui partageoit
merueilleusement l'esprit de nostre irre-
solu , qui estoit comme vn fer entre deux
aymans, Cratée qui auoit moins de beauté que Marine auoit aussi plus de richesses & de passion pour luy, & Marine qui
auoit moins de moyens le rauissoit par
ses graces. La facilité de conquerir celle-cy l'attiroit, mais il estoit encore plus
picqué par la difficulté de la conqueste
de l'autre. Voyez à quoy se determina
cét esprit double , & comme sa dupli-

cité fut cause de son mal heur. Il prend
Marine pour accordee. Apres auoir tiré
en langueur cette conclusion, & le temps
arriuant de son ordinaire voyage en Espagne il remet les fiançailles & les nopces
à son retour, s'imaginant que s'il pouuoit
acquerir Cratée il auroit vne meilleure
fortune, & que son pis aller seroit Marine. L'Archer qui vise à deux buts en mesme temps n'en peut attaindre aucun, vous
l'allez voir par experience. Estant arriué
à Valence iugez de la ioye de Cratée re-
uoyant celuy qu'elle auoit tant desiré, iugez du contentement d'Acesilas voyant
tant de disposition en Cratée de faire
pour luy complaire tout ce qu'il trouueroit à propos. Cela luy haussa le courage
& fit qu'il se resolut de demander cette
fille pour espouse à son pere, Cratée luy
promettant de declarer à Inigo quelle
n'auroit iamais d'autre mary que luy. Cette resolution prise fut executée, & Inigo
iugeant par cette demande d'Acesilas que
leur secrette affection auoit esté la re-
more qui auoit iusqu'alors empesché
l'obeïssance qu'il esperoit trouuer en sa
fille comme personnage plein de prudence, iugea que de s'opposer de droict

fil à ce torrent ce ſeroit pour le rendre
plus enflé & plus furieux, mais qu'il falloit luy oſter ſa force en biaiſant. Ce qu'il
fit auec aſſez de dexterité, entretenant
Aceſilas de complimens & de belles paroles, & proteſtant qu'il eſtoit extremement marry d'eſtre engagé de parole
auec Idelphonſe, & que s'il luy en euſt
parlé le premier il luy euſt donné toute
ſorte de contentement, mais que s'il pouuoit la retirer, ou faire en ſorte qu'Idelphonſe quittaſt le deſir d'eſpouſer ſa fille
il deuoit eſperer de luy toute ſatisfa-
ction. Ces termes que la ſageſſe humaine
tira de la bouche d'Inigo furent de l'huile
ſur le feu de ſes amans, qui flattans leurs
eſperances d'vn facile pardon, s'ils paſ-
ſoient outre, ou par vne fuitte, où par
vn ſecret Hymenée prirent le party de
leur paſſion qui leur dicta l'vn & l'autre.
Cratée s'eſtant donc chargée de ce qu'elle auoit de plus precieux, s'eſtant remi-
ſe durant les tenebres de la nuict à la conduite d'Aceſilas gaigna vne barque qu'il
auoit loüée expres, & cinglent auſſi toſt
du coſté de Barcellone, ſes amans s'e-
ſtans donné la foy conſommerent leur
mariage ſur l'Element-meſme qui a don-

né naiſſance à Venus ſelon l'imagination des Poëtes : mais les vents qui
auoient ſecondé leurs deſirs au commencement ſe reuolterent, & changeans de
coſté les repouſſerent malgré qu'en euſſent les nochers à le coſte de Valence où
ils gaignerent la terre auec reſolution
de ne ſe commettre plus à l'inconſtance
d'vn élement qui leur auoit donné tant
de frayeur. Inigo ſçachant la fuitte de ſa
fille met en campagne tous les Archers
qu'il puſt ramaſſer, & fit monter ſur mer
quelques Matelots pour allerapres les
fuyards, qui en fin deſcouuerts en la terre furent ſaiſis ſur le territoire du Royaume de Valence tirant vers Barcelon-
ne, & comme on les vouloit r'amener
au lieu d'où ils eſtoient partis, les preſens qui ſelon le prouerbe Eſpagnol rompent les rochers, eurent tant de pouuoir
ſur le cœur des Archers que Cratée obtint là liberté de celuy qu'elle tenoit pour
ſon fidelle eſpoux, ſe promettant de faire
aiſement ſa paix quand elle ſeroit deuant
ſon pere. L'ingrat Aceſilas que cette fille
auoit obligé, tout autãt qu'vne fille peut
obliger vn homme, ne fut pas pluſtoſt
hors du peril ou ſon rapt l'expoſoit, & de

retour en Prouence qu'oubliant sa parole & les faueurs qu'il auoit receuës de
Cratée il se resout de fiancer Marine , &
de l'espouser aussi-tost, mais cela ne pust
estre conduit auecque tant de prompti-
tude qu'Inigo ne donnast auparauant des
nouuelles à Eupoleme du rapt que son
nepueu auoit fait de sa fille, luy en racontant l'histoire tout au long en la façon que
nous l'auons recitée. Eupoleme qui estoit
homme d'honneur & de foy trouua cette
action si mauuaise qu'il iura qu'Acesilas
en feroit la reparation , à raison dequoy
il s'opposa ouuertement au mariage de
Marine & de luy. Les parens de Marine
auertis de cette double lascheté qu'il
vouloit commettre en espousant leur fille apres auoir abusé Cratée , conceurent
vne telle haine contre luy qu'ils rompirent le traitté là dessus. Viennent d'autres lettres de la part d'Inigo apportées
par son facteur qui promettoiët à Acesilas
tout bon traittement,& vne tres grande
somme, pourueu qu'en espousant Cratée
il effaçast la tache qu'il auoit imprimée
sur l'honneur de sa maison. Eupoleme iugeant cét effect plus que raisonnable,
& Acesilas se voyant rebuté du costé de

Marine crût que sa faute seroit son bon-
heur , & qu'il ne pouuoit mieux choisir
que d'embrasser le parti qu'Inigo luy pro-
posoit, mais il ne voyoit pas l'ameçon caché sous l'appast , ny le piege qu'on luy
dressoit , il arriue à Valence auecque le
facteur d'Inigo , qui le reçoit à bras ouuerts comme gendre. Considerez ie vous
prie comme l'excés de l'amour cache tous
les deffauts du suiet aymé , encore que
Cratée eust toutes les occasions de haïr
Acesilas pour la trahison qu'il luy brassoit
en voulant espouser Marine apres l'auoir
enleuée & deshonorée , si est ce quelle
estoit autant passionée de luy que iamais,
& tant s'en faut qu'elle le regardast comme desloyal, qu'elle le consideroit comme vn tresor retrouué. D'autre costé
Idelphonse pour tant de legeretez & de
honteuses inconsiderations de Cratée
n'auoit point esteint le brasier qui le con-
sumoit pour elle, & toute infidelle quelle
estoit il en estoit esperdument amoureux.
Iusques à offrir à Inigo, d'espouser sa fille
comme vefue d'Acesilas, si apres qu'il l'auroit espousée il luy faisoit trancher la teste
côme à vn rauisseur , sur cette parole Inigo resolut de satisfaire à sa vengeance en

lauant ſon honneur dans le ſang d'Aceſilas, & apres de donner ſa fille à Idelphonſe. Mais les mauuais deſſeins n'ont iamais
d'heureuſe iſſuë. Inigodōne vne dotte im-
menſe à ſa fille ſurquoy Aceſilas l'eſpouſe, mais il fut bien eſtonné quând
le ſoir au lieu de venir entre les bras de
ſa femme on le fit deſcendre dans vn
cachot où il ſeiourna iuſques à ce que
ſon procés fut iugé, & n'en fut tiré que
pour eſtre conduit au ſupplice, eſtant condamné à auoir la teſte tranchée par der-
riere, maniere de punition pratiquée en
Eſpagne cōtre les traiſtres. Vous coġnoi-
ſtrez les regrets & les douleurs de la trop
fidelle Cratée par ce qu'elle fit depuis. Elle ſceut que ſon Aceſilas auoit eſté oſté
du nombre des viuans à la ſollicitation
d'Idelponhſe qui deſiroit cette expiation
auāt de l'eſpouſer, & d'effectiō luy propo-
ſa ce mariage peu de iours apres cette expedition. Au lieu de le reietter ſelon le
veritable ſentiment de ſon cœur elle y
preſte l'oreille, ſe frayant par là le chemin
à la vēgeance qu'elle proiettoit, en peu de
iours il fut conclu. Qui croira la fureur de
cette femelle irritée contre celuy qui
l'aime auecque tant de paſſion apres s'e-
ſtre

stre laissée aller entre les bras d'vn autre, Elle mesla le propre iour de ses nopces de la poison dans le pain & le vin
qu'on fait prendre aux espousez selon
l'ancienne ceremonie de l'Eglise. Poison
si violente que l'ayant elle-mesme pris
aussi bien qu'Idelphonse ils furent morts
auant que l'heure de se coucher fust arriuée, de sorte qu'il falut changer leur lict
en vn cercueil. Qui nous estonnera icy
d'auantage ou l'inconstance & l'infidelité
d'Acesilas, où la constante fidelité de
Cratée, ou l'extreme amour de Cratée & d'Idelphonse pour ces infidelles. A
quels excez ne se porte l'esprit humain
agité de ces furieux Demons, l'amour &
le desespoir. De moy ie ne puis rien con-
clurre de tout cecy, si ce n'est que ces passions aueugles trainent tousiours ceux
qui les suiuent en des precipices horribles, & les portent à des fins tragiques &
miserables. Quiconque se peut exempter
de leur tyrannie meine vne vie douce, &
coule ses iours heureusement, dressant
ses pas aux sentiers de la paix.

P

La Princeſſe ialouſe.

HISTOIRE IV.

'E s т vn foudre quand la colere tombe en vne grande
puiſſance, dit cét Ancien, &
le Sage d'vn ton plus graue
compare le courroux du Roy au rugiſſe-
ment d'vn Lyon, dont le bruit eſpou-
uante tous ceux qui l'oyent. Que ſi la colere a de ſi grands effeĉts que fera la ialouſie qui tourmente l'ame qui en eſt ſaiſie, ainſi que nous apprend le ſacré texte
comme ſi elle portoit ſon enfer. Amalor
Prince Alleman de la maiſon de Brunſuic
en eut vne experience horrible qui luy fit
cognoiſtre iuſques ou va la rage d'vne
femme animée de cette ſanglante &
cruelle paſſion. Il auoit eſpouſé vne Princeſſe, dont l'hiſtoire de qui ie tiens cét
euenement ne dit point le lignage. Apres
auoir paſſé auec elle quelques années
auec autant de paix qu'on en peut deſirer
en vn mariage bien ordonné, Villehade

ieune Damoifelle de la fuitte de Gorgonia (ainfi appelerons nous cette Princeffe) ayant donné dans les yeux d'Amalor
laiſſa dans ſon cœur les impreſſions d'vne
amour ſi vehemête qu'il ne pouuoit auoir
plus de repos qu'en la preſence de cét ob-
jet. Il ne faut qu'vn brin d'abſinthe pour
rendre amer vn vaſe tout plein de miel,
ce mariage qui auparauant eſtoit comblé
de roſes n'eut plus que des eſpines, car
Amalor ne teſmoignant plus tât de carreſſes, ny tant d'affection à Gorgonia
qu'il auoit accouſtumé, parce que ſon œil
auoit deſrobé ſon cœur & l'auoit tranſ-
porté en vn ſubjet illegitime, ce manquement fut pris pour vn deſdain, & chacun ſçait que comme l'eſtime de la choſe
aimée eſt vn des hauts points de l'amitié,
que le meſpris en eſt le coupegorge, Gorgonia ſe rendit curieuſe de ſçauoir la cauſe d'vn ſi mal-heureux effet, & elle ne la
rencontra que trop toſt pour ſon côten-
tement, elle aprit que ſon ennemie eſtoit
ſa domeſtique, & qu'elle nourriſſoit
dans ſon ſein le ſerpent qui la piquoit ſi
mortellement. Il fut impoſſible à Amalor de cacher longuement ſon feu, celuy
dont il eſtoit conſommé ſe monſtre par

tant d'indices, & le suiet de cette flamē
estoit si voisin qu'il eust fallu que Gorgonia se fut creué les yeux pour ne le pas
apperceuoir, c'est ce qui met cette Princesse en vne ialousie aussi grande qu'e-
stoit l'amour de son mary. Elle fait ce
qu'elle peut pour empescher le progrez
de cette affection puis qu'elle s'estoit
trop tard auisée dela naissance, mais comme l'art d'attaquer & de prendre les places
est plus grand & plus fort que celuy de les
deffendre, la victoire demeura du costé
d'Amalor qui sceut par tant d'artifices &
de machines gaigner l'esprit de Villehade
(le bruit mesme courut qu'il y auoit apporté quelque espece de force) qu'il pos-
seda son corps & triompha des despoüil-
les de son honnesteté. Ne se cōtentāt pas
de ce honteux trophée, faisant comme
gloire de sa cōfusion, il ne se cachoit plus
en cette infame pratique, & ce qui allu-
moit de plus fort le brandon de la ialousie, ou plustost de la rage dans le cœur
de Gorgonia, c'est que ces insolences se
passoient sur son visage dans sa maison
par vne de sa suitte, & presque deuant ses
yeux. A n'en mentir point c'est vn iuste &
vif ressentiment à vne honneste femme

de voir|souiller son lict, & de se voir
enleuer ce qu'elle a de plus precieux au
monde, le cœur & le corps de son mary,
& ie ne croy point de patience & en ce
sexe (si elle n'est heroïque & extraordinaire) qui puisse soustenir vn si violent
effort. Gorgonia, toutes-fois comme
Princesse courageuse beuuoit ce calice
auec plus de generosité que de patience, desferant aux passions de son mary
sur l'esperance de le ramener à son
deuoir par la voye de la douceur & de
la moderation. Mais quand la vanité de
Villehade se mit de la partie, & que renduë (comme vne autre Agar) insolente
par les faueurs & les embrassemens de son
maistre, elle commença à perdre le respect qu'elle deuoit à sa maistresse, & maistresse qu'en sa presence elle offençoit si
cruellement, ce fut lors que Gorgonia vid
sa raison en desordre, & que la grande
colere s'emparant de son esprit y appela
les pensées des plus furieuses vengeances
que puisse conceuoir vne femme ialouse
& si vilainement outragée. Combien
de fois luy vint-il en fantaisie de de-
figurer, ou auecque ses ongles, ou
auecque des rasoirs ce visage impudi-

que qui auoit ſeruy de pierre d'achope-
ment à la fidelité de ſon mary, trop heureuſe Villehade ſi elle euſt eſté punie de
ce leger ſupplice, mai le ciel reſeruoit
ſon impudēce à vn plus digne de ſa faute,
le coup euſt eſté trop fauorable qui ne
luy euſt rauy que la beauté ſans luy oſter
la vie, c'euſt eſté faire comme la foudre qui tombant ſur le ſerpēt luy arrache
ſeulement le venin ſans le faire mourir.
La Princeſſe agitée de differentes fureurs
ne ſçauoit à quoy ſe reſoudre pour oſter
cette eſpine de ſon cœur, & cét opprobre
de ſa maiſon, elle s'en plaint à ſes parens
qui eſtās de maiſon ſouueraine en témoi-
gnent de grands reſſentimens à Amalor,
il fait ſes excuſes comme il peut, & reiette ſa faute ſur la ialouſie de ſa femme qui
luy fait imaginer des choſes qui ne ſont
point; A la fin apres beaucoup de querel-
les, de bruit, & de tempeſtes, Gorgonia
ayant proteſté à ſon mary que s'il ne chaſ-
ſoit cette ſeruante qui luy faiſoit des brauades elle la ietteroit par les feneſtres, où
la feroit perir d'vne cruelle mort, pour
accoiſer tous ces rages, & du dedans, &
du dehors qui menaçoient la teſte d'A-
malor & de ſon amie, il ſe reſolut non

de la quitter (car son affection estoit trop
attachée à cét obiect) mais de la faire sortir de sa maison, & de l'oster de la presence
de la Princesse, l'enuoyant en quelqu'vne
de ses terres où il la pourroit posseder
quand il luy plairoit. Cette resolution
communiquée à Villehade qui s'estoit
renduë fort souple aux volontez du
Prince dequi elle ne s'estoit pas renduë
moins passionnée qu'il estoit d'elle, fut
trouuée fort à propos, mais pour mettre
l'esprit de Gorgonia en repos, ils auise-
rent de se seruir du stratageme que vous
allez entendre. Amalor comme las &
desgousté de Villehade fait semblant de
la renuoyer chez ses parens, & passant par
vne des maisons du Prince on fit courir le
bruit qu'elle estoit tõbée malade & qu'e-
stant accouchée auãt terme (car elle estoit
grosse quand elle sortit) elle estoit morte
de cette couche ; Cette fourbe fut si bien
colorée que ceux mesme du lieu y furent
trompez, & quelques confidens excep-
tez, on fit en sorte que ceux-là mesmes
qui la mirent en terre estimoient qu'elle fut vrayment morte, parce qu'on leur
monstra vn visage de cire semblable
à celuy de Villehade qu'on attacha à

vn phantosme qui fut enterré comme si c'eust esté son veritable corps. Si les presens furent abusez, imaginez vous s'il fut aisé de faire passer cette trousse pour vne verité en la creance de Gorgonia , veu que nous sommes naturellement credules aux éuenemens que nous desirons. Amalar de son costé contrefit l'affligé si proprement qu'il adiousta beaucoup à la creance commune : Voila donc la Princesse en paix pour ce regard, & le Prince ioyeux d'auoir fait si heureusement passer vne fable pour vne verité , alloit souuent à la chasse au Chasteau où sa maistresse estoit morte en l'opinion du monde, & vous eussiez dit que sa passion le portoit à euocquer les manes de cette trespassée, & qu'il estoit côme ces esprits qu'on tient errer au tour des tombeaux. Cependant il la possedoit veritablement tãdis qu'on se persuade qu'il est blessé en l'imagination , & qu'il poursuit vne ombre, & de faict durant deux ans que Villehade fut en ce palais d'Armide, en ce Chasteau enchanté , elle eust deux enfans de luy , & tandis qu'on la tient au rang des morts elle augmente le nombre des viuans. Mais comme il n'y a rien de si secret

qui ne s'euente à la fin, les trop frequen-
tes allées & venuës d'Amalar en ce Chaſteau engendrerent des ſoupçons & des
doutes, il en vint des rapports aux oreilles de Gorgonia qui r'allumerĕt les charbons qui n'eſtoient couuerts que de cendre, pour s'en eſclaircir elle voulut aller
en cette terre, Amalar s'y oppoſa, ce qui
renforça ſes coniectures, elle perſeuere
en ſes importunitez, Amalar en fait retirer Villehade par quelques iours, ſi bien
que Gorgonia n'y treuue que le nid, mais
ſa curioſité luy ayant fait corrompre par
argent quelques vns de ceux qui ſçauoiĕt
le myſtere, elle apprit que ſon ombrage
eſtoit vn corps, & ſon opinion vne verité.
La voila dans ſes premieres reſueries:
mais elle ne ſçait comme eſclorre ſa vengeance. Elle ſe retire à la demeure ordinaire du Prince, & auſſi-toſt Villehade
reuient au Chaſteau en la maniere de ces
corneilles qui retournĕt aux clochers ou
elles nichĕt ſi toſt que ceſſe le tintamarre
des cloches. La fortune offrit dans peu de
iours l'occaſion à Gorgonia de ſe vanger
de ſon ennemie, les troubles ordinaires
à l'Allemagne appelerent le Prince ou
l'honneur a de couſtume de conuier les

grands courages comme estoit celuy
d'Amalar. Il ne fut pas plustost party
pour se rendre parmy ceux de qui il soustenoit la querelle, que Gorgonia s'en va
au Chasteau où estoit Villehade, &
l'ayant surpris au despourueu s'en rendit
la maistresse aussi-tost qu'elle parut, se
voyant son ennemie en sa puissance, & en
l'absence de son mary, elle sceut sans
beaucoup de peine de cette infortunée
Damoiselle comme s'estoit conduite la
comedie dont vous allez voir la tragique
issuë. On trouua mesme dans le tombeau
le phantosme qui auoit esté enterré en la
place de la viuante Villehade. Gorgonia
vit aussi les deux enfans qu'elle auoit eus
d'Amalar depuis sa retraite en ce lieu-là.
La Princesse voulant de toutes ces offen-
ces qui la regardoient faire vne punition
memorable, fit estrangler ces pauures
innocens deuant les yeux de la mere qui
en pasma de douleur, & durant sa pamoison au lieu de luy fournir de remedes
pour l'en faire reuenir, elle luy fit lier les
pieds & les mains des mesmes cordes qui
auoient estouffé ses enfans, & l'ayant fait
coudre dans vn suaire, elle la fit cloüer
dans vne biere, & les corps de ses enfans

auec elle, & la fit ietter dans la mesme
fosse où son fantosme auoit esté mis, la fit
couurir de terre où cette miserable fut
estouffée, & perit d'vne mort cruelle.
Cette nouuelle fut rapportée au Prince
qui trouua ce procedé si estrange & si barbare qu'animé de colere contre Gorgonia, autāt qu'il auoit esté picqué d'amour
pour Villehade, il la menaça si elle se presentoit iamais deuant luy de luy faire
sentir le mesme supplice qu'elle auoit fait
endurer à celle qu'il aimoit. Ce qui fut
cause que pour euiter sa fureur elle se retira chez ses parens, qui depuis trauaille-
rent à sa reconciliation auec son mary.
Dans cette histoire nous remarquerons
la malheureuse fin d'vne insolente adultere, qui non contente de souiller le lict de
sa maistresse, s'estoit comme portée auec
arrogance, à la traiter auec mespris, de
plus que les tromperies ressemblent au
fard qui dure peu, & tombe à la fin à la
honte des personnes qui en vsent. Et
principalement qu'il n'y a rien de si furieux qu'vne femme ialouse, & que les
vengeances qu'elle medite donnent tous-
jours en des extremitez, non moins espouuentables qui singulieres.

La funeste supercherie.

HISTOIRE V.

A prudence de la chair, dit le grand Apostre, c'est vne mort, vous l'allez voir en cette histoire ou vn pere tout au rebours de son intention void reüssir en mal vn conseil qu'il auoit pris pour le bien de celuy qu'il auoit mis au monde. Policrates Seigneur de marque en Aquitaine, voyant Almain son fils embarqué dãs l'affection d'Aristée Damoiselle de peu de moyens & d'vne assez basse noblesse en estoit en la fascherie cõmune aux peres qui ont des enfans volontaires, & qui deferent peu au iugement de ceux qui les ont engendrez. Angoisse à la verité qui ne peut estre bien connuë que de ceux qui ne demandãs autre recognoissance des trauaux qu'ils ont pour auãcer des enfans, que leur obeyssance, s'en voyent frustrez par leur rebellion, causée par quelque violente passion qui leur fait

oublier leur deuoir. Cette Aristée qui fut
le centre des desirs d'Almain , & des de-
plaisirs de Policrates, auant qu'estre adorée par ce ieune Seigneur elle auoit esté
seruie assez long-temps par vn Gentil-
homme de son voisinage & de sa condition appelé Cyrus, elle auoit correspondu
si auant à ses affections qu'on tenoit tout
asseuré que le mariage suiuroit cette recherche à cause de leur egalité. Mais aussi-tost qu'Almain parut sur les rangs à sa
seule veuë Cyrus fut desarçonné , & le
courage d'Aristée deuint si grand que son
premier seruiteur disparut en son souuenir , & de telle sorte qu'il sembloit qu'il
n'eust iamais eu de part en ses bonnes graces. C'est ainsi que les passions se destrui-
sẽt l'vne l'autre, la plus forte neantissant
tousiours la plus foible : car si l'amour est
plus forte que l'ambition elle raualera les
plus grands à des obiects indignes de leur
qualité,& si l'ambition domine elle effa-
cera aussi-tost de l'esprit l'affection qu'on
aura euë pour vn obiect mediocre , afin de
la transporter vers vn plus esleué. Cette
ingratitude fut extremement sensible à
Cyrus,mais qu'eust-il fait sinõ accuser vne
fille d'estre fille, c'est à dire , la pure sub-

stance de la legereté. Tandis qu'il souspi-
re sur l'inconstance d'Aristée & que les
vents emportent ses souspirs Almain gai-
gne païs dans l'amitié de cette volage, qui
glorieuse de se voir aimée par vn homme
qui luy faisoit esperer vne bonne fortune
par son alliance, auoit à desdain les vulgaires obiects & les hommes de condition mediocre. Et certes Almain se rendoit si fort opiniastre à cette amour qu'il
est à croire qu'il se fust terminé dans
l'Hymen, si Policrates apres auoir en vain
employé les deffences & les menaces
pour rompre ce coup ne se fust auisé d'vn
stratageme qui n'aura pas la fin qu'il se
propose. Il va à la Cour & y meine
son fils auecque soy pour tascher de le
diuertir par d'autres obiects dont le
grand theatre de la France n'est pas moins
esclattant que le ciel par le brillement de
ses estoiles. Mais il a beau faire voir à Almain diuerses compagnies, il porte par
tout le trait qu'il a dans le flanc, & il ne
trouue point de dictame qui l'en face
sortir. Son cœur frotté d'vn aiman qui
est en Aquitaine se retourne tousiours
de ce costé-là comme vers son Nort.
Et comme si Paris & la Cour luy eussent

esté des seiours ennuyeux il delibere d'y
laisser son pere dans les affaires qui l'y a-
uoient amené, & de s'en retourner aupres de celle qui estoit en mesme temps
son repos & ses douces inquietudes. Le
rusé vieillard pour rompre cette intelligence s'auisa d'vne telle supercherie, il
trouua vn homme qui sçauoit parfaicte-
ment bien contrefaire diuerses escritures,
il luy fait voir de celle d'Almain, en
moins de rien il l'imita si naïfuement
qu'Almain mesmes y eust esté surpris, il
luy fit escrire vne lettre à Aristée, où il
luy mandoit qu'ayant esté comme contraint par raison d'Estat, & son pere l'y
ayāt obligé par les prieres d'vn Prince qui
auoit vn pouuoir absolu sur ses volontez,
de donner sa foy à vne Damoiselle de grā-
de maison, il estoit extremément marry
de ne luy pouuoir tenir la parole qu'il luy
auoit donnée accōpagnée de tant de sermens, & qu'il la coniuroit de prendre cette priuation en patience, auec protestation qu'il auoit grande part au deplaisir,
& que toute sa vie il l'honoreroit & la
cheriroit comme vne perle de vertu, &
cōme vne personne accomplie. Ce congé
artificieux baillé à Aristée luy fut presēté

par Cyrus (Policrates l'ayant ainsi con-
certé auecque ce Gentil-hõme.) En mefme temps on met ordre que nulle lettre
d'Almain ne foit renduë à Ariftée, & que
nulle de cette fille ne vienne entre les
mains d'Almain. Cyrus qui eftoit paffionné pour cette fille mefnagea fi bien cette
occafion aupres des parens d'Ariftée, leur
ayant communiqué l'alliance controu-
uée d'Almain , & le refus qu'il faifoit de
leur fille , que donnans foy à ce rapport
ils la luy accorderent en mariage. Mais
il n'eft pas où il penfe, car cette courageu-
fe fille fe voyant defcheuë de fes hautes
pretentions en la terre, les efleua vers le
ciel, & iura de n'eftre iamais à aucun hõ-
me puis qu'Almain de qui elle eftimoit la
foy inuiolable luy auoit manqué. Non
loin de la maifon de fon pere eftoit vn
ancien Monaftere de Benedictines où elle auoit vne-tãte, & où elle auoit efté efleuée eftãt petite, ce fut là quelle proietta fa
retraite, & cõme elle fe vid preffée par fes
parens d'entendre à l'alliance de Cyrus, elle leur fit fçauoir fa volonté qui
eftoit d'eftre Religieufe , volonté qu'elle effectua fe iettant dans ce Cloiftre
& en prenant le voile, ayant efté quelque

que temps fans receuoir des nouuelles
d'Almain de qui elle s'eftimoit oubliée.
Cette retraite d'Ariftée vint auffi-toft à
la cognoiffance d'Almain qui s'eftonnant
d'vn changement fi foudain ne pût eftre
retenu par le refpect, ny par la deffence
de fon pere, qu'il ne prit la pofte pour aller voir fur les lieux fi ce qu'on luy en
auoit efcrit eftoit veritable, il ne le trouua que trop vray. Il aboucha Ariftée de
qui il apprit comme tout s'eftoit paffé, elle luy môftra fa lettre qu'il recognut eftre
de fa main auant que l'auoir l'euë, mais il
la def-auoüa auffi-toft qu'il en euft veu
le fens. Il iura qu'il auoit efté trahy, &
qu'il y auoit de la fupercherie. Ariftée
luy dit qu'elle l'auoit euë par l'entremife
de Cyrus, furquoy Almain fe douta
qu'eftant amoureux d'Ariftée il s'eftoit
feruy de cét artifice pour le fupplanter en
fon abfence. Et là deffus entrant en vne
extreme colere il crût qu'vne telle offence ne fe pouuoit lauer que par le fang, il
fit appeler Cyrus, qui eftant braue & determiné receut le deffi, & s'eftant trouué
au lieu du combat mena fi rudement
Almain qu'apres l'auoir percé en diuers
lieux il luy ofta les armes, & luy fit des

Q

playes dont il mourut trois iours après,
ayant appris auant que mourir que son
propre pere estoit l'autheur de cette supercherie , & auoit fait escrire la fausse
lettre qui estoit cause de sa mort. Cyrus
ayant sur les bras vne si forte partie que
Policrate ne vuida pas seulement le pais,
mais se bannit volontairement de la
France,& se relegua en Flandres, theatre
des guerriers,pour y trouuer dans les armes vn honorable tombeau. Et Policrates s'auisa mais trop tard , de la faute
qu'il auoit faite en, faisant contrefaire la
lettre de son fils, & apprit à ses despens
la verité de cét ancien prouerbe , que le
mauuais conseil est pire à son autheur
qu'à aucun autre.

La genereuse vengeance.

HISTOIRE VI.

'Effect des mines donne à connoistre que le feu mis a la poudre qui n'a point d'air cause
des bouleuersemens estranges.
Il n'y a rien de si lasche que des villageois
quand ils sont froids ou separez, mais
quand vne fois ils sont esmeus & vnis ils
font des massacres estranges, & il n'y a mine plus furieuse, ny embrasemēt plus horrible, ny torrēt desbordé qui fasse de plus
espouuentables rauages. Vous en allez
voir vn exemple terrible & qui vous fera
cognoistre que le desespoir fait quelquefois produire aux ames les plus viles des
actes d'vn courage qui passe les bornes co-
munes. Au retour de ce voyage que Monsieur le Duc d'Alençon fit en Flandre,
d'où il ne reuint pas en si bon ordre qu'il
y estoit allé, ses troupes faisant leur retraitte à la desbādade selon que l'Histoire
de ce temps là nous le represente se res-

pandirent dans la Champagne & la Picar-
diē auecque ſi peu de diſcipline militaire
qu'il ſembloit que non la Flandre , mais
la France fuſt leur païs de conqueſte. Vn
Capitaine nommé le Pont conduiſant
vne Compagnie de cent hommes d'in-
fanterie prit ſon deſpartemēt en Picardie,
& ſe logea en vn village nommé Brecourt
oû ſes ſoldats firent des excés qui ne ſe
peuuent redire ſans horreur. Le Capi-
tiāne n'auoit garde de les en punir eſtant
ſe premier à leur donner mauuais exemple. Ie laiſſe à part les excés du boire &
du manger, car bien qu'ils ruinent les pauures villageois, ſi ne ſont-ils pas à com-
parer aux rançonnemens , aux exactions
d'argent, ny au violement des femmes &
des filles. Ce Capitaine fut logé en la meilleure maiſon du village chez vn riche laboureur appellé Albain, qui taſcha de luy
faire la meilleure chere dont il ſe pût auiſer , ſçachant bien que cette ſorte de demons ne ſe plaiſent pas au ieuſne. Mais
comme on dit que les tygres ſont d'vn naturel ſi farouche qe leur cruauté ne ſe
peut adoucir par aucun bon traictement,
les cœurs cruels ſont faicts de telle façon
qu'ils ne ſe peuuent apriuoiſer par aucune

courtoisie, ils se rompent plustoit qu'ils
ne se flechissent. Le Pont estoit vn brutal
qui outre le blaspheme dont il assaison-
noit tous ses propos, estoit addonné à
toutes sortes de vices, à la deshonnesteté,
au sang, au carnage, au brigandage, au
ieu, & à l'yurognerie. Quoy que fit Albain
il ne pouuoit assouuir cét abysme de vin
& de viande, & encore qu'il le seruit
abondamment & assez delicatement pour
le village, ce n'estoit iamais assez il se plai-
gnoit sans cesse. Vn iour apres auoir bien
beu il ietta les yeux sur vne des filles de
son hoste appelée Marie, qui luy sembla
capable de contenter ses infames desirs.
La fille qui estoit honneste reietta ses carresses assez rudement, ce qui picqua ce
brutal d'autant de colere qu'il auoit d'impureté en l'ame. Comme il estoit le maistre & auoit la force à la main, il fait em-
poigner cette fille, la fait lier sur vn lict,
& quoy qu'elle criast & reclamast le secours de son pere qui estoit trop foible
pour l'ayder en cette extremité, d'autre
chose que de ses prieres & de ses larmes, ce
malheureux tison d'enfer deshonora cette fille sur le visage de ses parens, & non
content de cette barbarie, par vne inhu-

manité plus que barbare apres auoir con-
tenté sa concupiscence il se voulut vanger
des chastes resistances de cette creature,
& voyant que son Lieutenant & son En-
seigne aboyoient apres cette proye il la
leur abandonna pour en faire à leur volonté. Apres vn si cruel affront ce miserable non assouuy se voulut mocquer de
ses larmes & de ses plaintes, & le soir en
soupant rempli de vin comme vn tonneau
il se mit à gausser cette fille,& à la menacer de pis si elle continuoit à faire la des-
daigneuse, iurant qu'il la prostitueroit à
tous ses soldats durant la nuict si elle ne
le venoit embrasser, la genereuse fille qui
ne vouloit pas suruire à la perte de son
honnesteté (encore que celle-là puisse
estre appelée honneste qui a esté forcée)
espia le temps que ce sac à vin entonnoit
vn grand verre dans son vilain estomac,
& d'vn grand cousteau qu'elle tenoit
prest à cét office . luy ayant percé le ventre elle en fit sur le champ sortir l'ame
maudite meslée parmy le vin & le sang.
Les soldats qui l'enuironnoient se
iettent sur cette creature, & en vn
moment la mettent en pieces ; voila toute la maison en rumeur. Al-

bin s'enfuit, & comme il auoit vn grand
credit parmy les villageois de ſon lieu,
il va ſi bien eſmouuoir la commune
animée du deſaſtre qui luy eſtoit arriué,
que les payſans armez de ce qu'ils rencontrerent, allerent en foule donner
ſur les ſoldats logez, çà & là, & la plus
part couchez (car c'eſtoit bien auant
dans la nuict) ſi bien que pris au deſar-
roy vne bonne partie fut eſgorgée ſur le
champ, & ceux qui ſe rendirent à diſcre-
tion ne furent reſeruez au lendemain que
pour mourir de plus cruels ſupplices. Car
auſſi-toſt qu'il fuſt iour les payſans s'aſ-
ſemblerent, & tindrent conſeil de qu'elle façon ils expedieroient leur priſon-
niers, il fut conclud que de vingt-cinq
ou trente qu'ils tenoient, il n'y en auroit aucun qui pût auoir la vie, mais
que tous periroient auec des tourmens
les plus cruels qu'ils pourroient inuen-
ter. C'eſtoit vne merueille de voir comme l'appetit de vengeance aiguiſoit les
eſprits rudes & groſſiers de ces villageois: car il n'y en eut vn ſeul qui ne
mourut d'vn different genre de mort,
à celuy de ſon compagnon. Et ceux qui

eurent plus de faueur ce furent ceux
qui ne moururent que d'vn fupplice,
Les vns furent noyez, les autres pre-
cipitez, les autres enfoncez en terre
tous viuans, vn autre tiré à l'arque-
bufe, cetui-cy pendu, l'autre bruflé,
l'autre efcorché, l'autre rompu, l'autre efcartelé, l'autre tenaillé, l'autre
efgorgé ; En fomme il n'y a forte de
cruauté que ces païfans n'exerçaffent
fur ceux qui le iour precedent leur
tenoient le pied fur la gorge, & auoient
ex rcé fur eux & fur leurs femmes toute
forte d'outrages & de vilainies. Iufte
iugement du Ciel fur l'infolence de
ces foldats difciplinez, & qui me
fait fouuenir de ce mot d'vn Prophete, mal-heur à toy qui defrobes, car
tu feras pillé, mal-heur à toy qui
outrages, car tu feras violenté, & de
cét autre de l'Euangile. Vous ferez
mefurez de la mefme mefure dont vous
mefurez les autres. Et de ce traict du
Pfalmifte, Dieu fera vne abondante
retribution aux infolens & aux fuper-
bes. Quant à la vengeance de la fille
ie la trouue extremement genereufe
pour fortir d'vne perfonne de fon aage,

de son sexe, & de sa condition, & elle me semble auoir quelque air du coura-
de Sisara & de Iudith. Et l'emotion
qu'Albain excita selon mon auis à
quelque image du tumulte que fit le
pere de Virginie parmy le peuple Ro-
main, sur le violement & le meurtre de sa fille, d'où proceda le bannisse-
ment des Tarquins.

Le tesmoignage du sang.

HISTOIRE VII.

ES Histoires sont pleines
des exemples de ceux qui
ont esté conuaincus des
meurtres secrets qu'ils a-
uoient commis par le sang
qui sortoit en leur presence des playes
des meurtris. Les escriuains en rendent
diuerses raisons que ie pourrois rappor-
ter icy, mais pour ne ranger parmy les
éuenemens particuliers des discours de
Philosophie Naturelle ou Morale, ie me
contenteray de representer en ce lieu vn
manifeste iugement du ciel sur vn semblable tesmoignage, d'où nous apprendrons que la peine n'est pas moins insepa-
rable de la coulpe que l'ombre du corps, &
que le criminel ne peut iamais estre à l'a-
bry de la Iustice diuine, ny mesme de l'humaine, ny par l'esloignement des lieux, ny
par la durée des temps. En l'vne des Vni-
uersitez de Flandres)ie ne veux point dire

laquelle)vn ieune homme de la Duché de
Gueldres fut enuoyé pour estudier aux
loix , & comme il n'y a point d'aage qui
y soit moins subiet que celuy que l'on
coule en leur apprentissage, les esprits
estans desreiglez & iniustes, lors qu'ils se
meublent de ceste science qui apprend à
distribuer la Iustice, il auint que ce Gueldrois que nous nommerons Apion , vio-
lant les loix de l'hospitalité entreprit par
mugueteries & caiolleries à reduire Aimée fille de son hostesse à ses deshonnestes volontez. Ceste fille aussi simple que
l'autre estoit malicieux , se voyāt caressée
par vn enfant d'assez bonne maison & qui
parmy les flatteries dont il amplissoit ses
oreilles, mesloit des discours & des sou-
haits de mariage, laissa tellement aller sa
creance à ses fausses promesses, pipée elle
mesme de sa propre inclination & de l'affection qu'elle conceut pour ce trompeur , qu'ayant laissé emprisonner son
cœur par l'ouye , & beu le venin caché
sous les paroles emmiellées de ce discou-
reur, elle deuint en peu de temps la proye
de ses sales desirs par la mauuaise accointance qu'elle eut auecque luy. Encore que
ceste pratique fust assez secrette cōme se

passant sous vn mesme toict & estant aisé
à ces miserables Amans d'esblouïr les
yeux d'vne bonne femme de mere plus
attentiue à son mesnage qu'aux deportemens de sa fille, si est ce que Caride la
seruante s'en apperceut, & au commencement en fit des grandes reprimandes à
Aymée : Mais que ne peut la poudre d'or
en des esprits seruiles, elle altera tellement l'esprit de Caride que de surueillan-
te elle deuint complice, & au lieu de descouurir à la mere sa maistresse le des-
uoyement de sa fille, elle seruoit de voile
à cés larcins, & elle contribuoit à cette
tromperie autant qu'elle pouuoit. Ce
train ne dura pas long temps sans se faire
cognoistre par ses marques, les chemins
se frayent à force de marcher, & quoy
que le Sage die des traces de l'homme im-
perceptibles en vne adolescente, celles
d'Apion ne se rendirent en fin que trop
sensibles à Aimée. Vous entendez bien
ce que ie veux dire auec cét honneste
desguisement. Or voyez combien sont
folles, ces inconsiderées qui commettent leur honneur sur vne mer si perfide
que celle des sermens d'vn ieune homme,
qui croit que les protestations d'vn

Amant sont autant d'accens inutiles dont
la memoire perit auec le son. Cette tumeur d'Aimée ne fut pas plustost venuë à
la cognoissance d'Apion que sans se souuenir de sa foy tant de fois iurée, & de
cette amitié qu'il auoit depeinte immor-
telle, craignant le vacarme & la iustice
des lieux, il desloge secrettement & s'enfuit en son pays, sans prendre congé ny de
son hostesse, ny de sa fille qu'il auoit mal-
heureusement deshonorée. Representez-
vous les regrets, les douleurs & les deses-
poirs de cette fille abandonnée, qui pour
éuiter l'infamie se fut volontiers cachée
à ses propres yeux, & qui eust choisi la
poison ou les precipices si elle n'eust esté
retenuë par Caride, qui la destournoit de
ces sanglans desseins, la nourrissant d'esperance, & luy faisant croire que la peur
plustost que l'infidelité auoit fait escarter
Apion, & que sans doute il luy tiendroit
parole & la tireroit de la misere où il l'a-
uoit plongée. Tandis qu'elle l'amuse de
cette façon, la mere estonnée de la suite
du Gueldrois, & voyant la tristesse de sa
fille entra en des soupçons qu'à la fin elle
trouua que trop veritables, & comme elle vouloit tempester autour de cette fille,

Caride l'appaisa, luy faisant entendre
qu'Apion auoit promis à Aimée de l'espouser, & qu'elle n'eust pas esté sage si
elle eust refusé vne si bonne fortune. De
cette façon la tourmente fut accoisee, &
la mere mise en son calme. Cependant on
cache la grossesse d'Aimée tant que l'on
peut, & Caride se charge de porter le
fruict à Apion, & de le conuier par ce
gage à s'aquitter de sa promesse, & à disposer ses parens de consentir à son mariage auec Aimée. La bonne mere se
laisse aisement persuader ce qu'elle desire, Aimée accouche d'vne fille assez secrettement. Caride se charge de la porter en Gueldres à Apion, mais entre elle & Aimée, il y auoit bien vne autre intelligence, c'estoit de suffoquer ce fruict
& de l'enterrer au pied d'vn arbre; sur les
nouuelles qu'elles eurent que le Gueldrois estoit allé en Allemagne, & que c'e-
stoit vne folie d'esperer qu'il espousast
cette fille qu'il auoit desbauchée. Ce mal-
heureux dessein fut executé, vne absence
de quelques iours fit croire à la mere que
Caride auoit porté cét enfant à son pere,
de qui elle raporta de nouuelles promesses qu'elle auoit inuentées, la chose se

paſſa ainſi ſans beaucoup de bruit , n'y
ayant que la mere d'Aimée , la Sage femme & Caride qui ſceuſſent cét enfante-
ment. La mere ne voyant point venir le
Gueldrois ne ſe pût tenir de ſe plaindre à
quelques-vnes de ſes parentes, diſant tout
haut qu'il auoit desbauché ſa fille ſous
promeſſe de mariage , & donnant à iuger
par ſes diſcours le reſte de ce qui s'eſtoit
ſuiuy. Il arriua en fin au bout de deux ans
que le loüage de la maiſon ou cette femme tenoit des Penſionnaires eſtant finy,
le maiſtre y logea vn autre meſnage. Et
comme on cultiuoit le iardin au pied d'vn
petit arbre , le corps de cét enfant d'A-
pion & d'Aimée fut deſcouuert auſſi frais
& entier que s'il n'y euſt eſté mis que depuis trois iours, grande rumeur en la maiſon , Aimée & ſa mere ſont appelées à ce
ſpectacle , & voila choſe eſtrange qu'en
la preſence d'Aimée (qui témoignoit à la
palleur de ſon viſage,& à ſes tremblemẽs
l'emōtiō de ſon cœur)ce petit corps rendit par la bouche & le nez , & meſme par
les yeux beaucoup de ſang boüillãt & vermeil. La Iuſtice appelée, & voyãt ce ſigne
ſe ſaiſit de la mere & de la fille , celle-là
fraya le chemin à la cõfeſſion de celle-cy.

car elle dit franchement qu'il y auoit affez long-temps qu'vn Efcolier Gueldrois
nommé Apion auoit defbauché fa fille, &
qu'elle auoit efté groffe de fon faict : mais
que l'enfant auoit efté enuoyé au pere
par Caride , & cette bonne femme difoit
cela comme vne verité qu'elle croyoit, &
pour defcharger fa fille. Mais Aimée pen-
fant reietter fa faute fur Caride dōna ouuerture à fa propre condamnation. Elle
accufa la feruante de ce meurtre, il y auoit
vn an qu'elle auoit quitté fon feruice pour
aller feruir en vne autre ville qui eftoit
à fept lieuës de là, on l'enuoye faifir , &
auffi-toft Caride renuoya la faute fur Aimée qu'elle accufa d'auoir eftranglé fon
enfant, elle ne l'ayant qu'enterré. Ainfi le
verité cachée deux ans fous la terre reuit
le Soleil, & fortit du puits de Democrite à
la confufion de ces deux miferables crea-
tures, Aimée, & Caride, & qui furent toutes deux condamnées à la mort & execu-
tées publiquement , Dieu reiettant leur
honte fur leur vifage , & mettant à la lumiere du iour ce qui c'eftoit pratiqué
parmy le tenebres.

L'In-

L'Intemperance Precipitée.

HISTOIRE VIII.

I L en eſt de la colere & de l'amour comme des chiennes, celles-cy pro-duiſent leurs petits aueu-gles, & ces paſſions ne font leurs actes qu'auec aüeuglement. Que ſi ſelon cét Ancien, tout vice eſt precipité, ceux-cy le ſont ſur tous les autres. Vous allez voir cette preuue par des effects en l'Hiſtoire tragique & ſcan-daleuſe qui va ſuiure. Hermione la mer-ueille des yeux qui la conſideroient, eſtoit vne fleur de beauté qui aüoit pris naiſſan-ce en l'vne de ces contrées de noſtre France qui ſont en leurs riuages baignées de l'Ocean. Elle fut l'enuie de pluſieurs, & l'eſperance de peu. Ce courage auſſi reueſche que ſon viſage eſtoit attraiant, reſſembloit d'vn coſté à l'ayman noir qui attire, & de l'autre au blanc qui ietette le fer. Que de deſirs & de deſeſ-

R

poirs faifoit elle naiftre dans les ames
mere & maraftre tout enfemble des affections dont elle eftoit la belle caufe, à
trauers tous fe defdains plus fafcheux à
fupporter que les plus cruels fupplices.
Paciam & Lanceflas Gentils-hommes de
merite & de valeur maintindrent leur
amour pour elle en la mefme façon que
fur le mont-Ætna, la flamme fe conferue
parmy les neiges & les glaces. Il n'y auoit
rien de fi froid que cette fource de tant de
feux, rien de moins fufceptible d'amour
que celle qui embrafoit tant de poitrines.
Ne vous imaginez pas que tout les refpects, ny les feruices, ny les complaifan-
ces, ny les affiduitez, ny tout ce qui
peut flechir l'ame la plus barbare luy don-
naffent plus d'inclination pour Paciam
que pour Lanceflas, tous les hommes
luy eftoient autant indifferens que fi elle
euft efté d'vn mefme fexe, & la ftatue
qu'aima. Pigmalion euft efté plus facile
à efmouuoir, que cette infenfible à
receuoir les impreffions de la bien-veillance qui ont tant de force fur les plus
puiffans efprits. Mais comme l'on dit
que le diamant la plus dure de toutes
pierres ne fe caffe iamais qu'il ne fe

reduife en poudre, & comme le plomb
qui eft fi froid fe font tout à coup ; auffi
verrez-vous diffiper en vn inftant toute
cette glace, & fendre cette dureté, non
tant par l'effort de l'amour que par celuy
du couroux dont cette ame fuperbe &
defdaigneufe eftoit pluftoft touchée.
Il vaut mieux dire qu'elle mefprifoit
également ces deux Cheualiers que nous
auons nommez, que d'affeurer qu'elle
les aimaft auec efgalité. Ils s'opiniaftre-
rent neantmoins à cette recherche, non
tant pour efperance qu'ils euffent de fléchir ce cœur impitoyable, que par le mouuement de la vanité, chacun d'eux fe faf-
chent de ceder la place à fon Riual, & d'e-
ftre crû moins amoureux ou genereux
que l'autre. Comme ils fe confumoient
en vain aupres cét obiect qui fe rioit de
leurs peines. Il auint par les fauffes lunettes de cette lunatique paffion, qui s'appele ialoufie, que Lanceflas s'imagine
qu'Hermione regardoit fon Competiteur plus fauorablement que luy, & pre-
ftoit plus volontiers l'oreille à fes entretiens. Là-deffus, que de difcours en fa
penfée, que de penfées en fon ame, que
de fureurs faifirent fon efprit. Il fe

laiſſa ſi auant aller à cette paſſion que ſe
reiettant par le deſpit à l'autre extremité
oppoſée à l'Amour, il ne ſongeoit qu'aux
moyens de ſe vanger de celle dont il eſtimoit receuoir des outrages pour recom-
penſes de ſes ſeruices. L'eſpée qu'il em-
ploya contre elle ce fut ſa langue, dont
les coups ne ſont pas moins ſenſibles ny
moins dãgereux que de celle-là, puis qu'il
vont à la ruine de la reputation, choſe
que les grands courages priſent plus que
leur vie. Il ſe met donc à meſdire d'Hermione tout ouuertement & à la blaſmer
de certaines actions d'autant plus odieu-
ſes à cette fille, qu'elles eſtoient fauſſe-
ment inuentées. Et c'eſt en cela que la calomnie eſt plus meſchante & moins ſup-
portable que la ſimple meſdiſance, parce
que celle-cy a quelque fondement en la
verité, de ſorte que ceux qui ſont atteints
de quelque deffaut la prennent pour vne
iuſte reprehenſion, mais l'autre chargeant
les innocẽs de crimes qui ne ſont pas, met
hors des termes de la patience les plus en-
durãs & les plus fermes eſprits. Hermione
qui auoit le cœur hautain ſe voyant touchée en la prunelle de l'œil, eſtoit en vne
rage deſmeſurée, & en ceſte humeur ne

mesditoit que des vengeaces contre Lanceslas. La premiere occasion qui s'en offrit fut receuë d'elle les bras ouuerts &
saisie aux cheueux, tant elle apprehendoit
qu'elle ne luy eschappast. Paciam la venant voir & l'entrenant de ses passions ordinaires ; Comment , luy dit elle , me
voulez vous faire croire que vous m'ai-
mez endurant si laschement que Lanceslas deschire ma renommée auecque sa
langue de serpent , la preuue de la vraye
amitié est le soustien de ceux qu'on aime.
Alors Paciam luy repartit que ce n'estoit
ny manque d'Amour ny de courage, mais
vn pur mespris qui le retenoit , sçachant
que les mesdisances de Lanceslas ne faisoient autre impression dans les ames, que
de se faire tenir pour vn insigne calomnia-
teur , disant des choses si esloignées d'apparence que pour le croire il eust fallu
estre despourueu de iugement. C'est tout
vn reprit l'irritée Hermione, ie ne tien-
dray iamais pour amy celuy qui prendra si
peu de part en mes interests , & vous me
faictes cognoistre à vostre patience que
vous auez peu de passion pour moy. Si
vous me voulez du bien, vous me vange-
rez & luy ferez rentrer sa calomnie dãs la

gorge autrement ne vous presentez plus
deuant moy. Que si vous lauez dans son
sang l'opprobre qu'il veut ietter sur ma
renommée , ie ne seray iamais ingrate
d'vn tel seruice & vostre recompēse sera
moy-mesme , ie ne penserois pas me pouuoir descharger d'vne telle obligatiō que
par ce pris-là , sous le lien toutefois d'vn
legitime mariage. Iamais cette orgueil-
leuse beauté n'auoit esté si auant ny parlé
si ouuertement à Paciam , qui fut si rauy
de ce langage que s'il eust eu dix mille
vies il les eust exposées au hasard pour faire la conqueste des bonnes graces de cette fille. Il iugeoit bien que c'estoit plustost
l'animosité qu'elle auoit conceuë contre
Lanceslas qu'aucune Amour qu'elle eust
pour luy qui luy auoit tiré ces paroles de
la bouche, mais que luy importe il , par
qu'elle voye il arriue à son but & à cette
possession tant desirée. Se voyant donc
vne si iuste cause en main & vne si desira-
rable recompense deuant les yeux , ces
deux esperons piquerent son courage &
le porterent aussi-tost à faire apeller Lanceslas qui ne manqua pas de se trouuer au
lieu assigné où il fit tout ce qu'vn homme
peut faire pour disputer sa vie. Mais en

fin le fort des armes se trouua du bon costé,& pour le chastiment de ses calomnies
il tomba sous l'espée de son aduersaire
apres auoir confessé que tout ce qu'il
auoit dit d'Hermione estoit faux & pu-
blié l'innocēce de cette fille aux derniers
abois de la mort. Cette victoire fut glorieuse à Paciam, mais elle luy fut chere
venduë, car il demeura atteint de trois
blesseures, dont il y en auoit vne assez le-
gere, mais deux dāgereuses, neantmoins
il fut pensé auec tant de soin que dans peu
de iours les Chirurgiens asseurerent de sa
vie pourueu qu'il se mesnageast selon
leurs preceptes, & qu'il ne precipitast
point sa cōualescence. D'autre costé Hermione fut tellement transportée d'aise
d'vne si solemnelle vengeāce que n'ayant
plus de colere contre vn hōme qui auoit
accru le nombre des morts, elle fut touchée tout à coup d'vne amour extraordinaire pour Paciam qui auoit si genereuse-
ment respandu son sang pour purger sa
renommée de toute tache. Elle ne pût
dissimuler cét excez, elle l'alla voir, se
ietta à son col, pleura sur son visage, &
ses larmes furent autant de brandons
dans le cœur du blecé, elle luy iure vne

R iiij

amour inuiolable de n'auoir iamais d'autre mary, luy tend la main , luy donne la
foy d'Hymen, que ce malade reçeut auecque des tranſports qui ne ſe peuuent
comprendre, mais trop dangereux en l'eſ-
ſtat où il eſtoit. Elle ne le void pas aſſez à
ſon gré, elle en deuient ſi eſperduë qu'elle
ne bouge du cheuet de ſon lict, elle paſſe
aupres de luy les iours entiers, & vne partie des nuicts, qu'eſt-il beſoin d'en dire dauantage. vous eſtonnez-vous ſi le feu prit
à de la paille qui en eſtoit ſi voiſine, ils ſe
iurent la foy reciproque , & ſur ces aſſeu-
rances Hermione auparauant farouche
& intraittable deuient ſi priuée & ſi domeſtique qu'elle prend vne partie du lict
du malade, qui perdu d'amour pour cetre
creature , & ſans ſonger à l'eſtat où il ſe
trouuoit, voulut conſommer ſon mariage
auec elle, mais il le cōſomma de telleſor-
te que les premices de cette amour furent
la fin de ſa vie , & le lict de ſes nopces luy
ſeruit de cercueil , car ſes playes s'eſtans
deſbandées & ouuertes il mourut dans les
embraſſemens de cette nouuelle eſpouſe,
qui d'ardant qu'il eſtoit, deuint de glace
en ſes bras, & ſon ame s'en eſtant allée ſon
corps ſanglant & froid demeura immobi-

le aupres de cette amante. De dire son ef-
froy, sa douleur, ses regrets, il ne seroit
pas possible, mais son plus grand mal, ce
fut le scandale public qui la rendit la fable, la mocquerie, & l'horreur de tout se
monde, comme ayant causé par son in-
temperance precipitée la mort à ce pauure Gētil-homme qui l'auoit aimée auecque des passions incroyables. Ce fut lors
que cette reputation dont elle auoit esté
si ialouse fut deschirée de toutes les langues, & que cette superbe fille se vit raua-
lée au dernier point du mespris, de l'opprobre, & de l'humiliation ou vne personne puisse estre reduitte, chastiée iustement & dignement par où elle auoit offencé. Cette vergonne luy fut si sensible &
neātmoins si salutaire que Dieu qui tire le
bien du mal, & la lumiere des tenebres luy
en fit conceuoir vne horreur du monde
ou desormais elle ne pouuoit plus viure
qu'auec ignominie & reproche. Elle se
ietta donc dās vn Cloistre s'enseuelissant
ainsi dans le tombeau des personnes vi-
uantes, & cachant sous vn voile, & sa honte, & cette insolente beauté cause de tant
de funestes accidens.

La Mortelle Amour.

HISTOIRE IX.

Enez maintenant voir l'a-
mour & la mort qui meſlēt
leurs traicts enſēble,& ſi la
pitié ne touche vos cœurs
ie croiray que vous aurez
ſacrifié à l'inſenſibilité. Ce n'eſt pas aſſez
que celuy qui ayme ſoit prodigue de ſes
biēs pour le ſeruice de la choſe aimée. Si
encore il n'expoſe le plus precieux de tous
qui eſt la vie,il penſe n'auoir rien fait.Cō-
ſiderez-le ie vous prie en ces deux amans
qui vont pareſtreſur ce Sanglant.Amphi-
theatre,& regardez comme ils diſputēt à
qui mourra auecque la meſme ardeur dōt
les autres pourchaſſent la conſeruation
de leur vie. Florian & Scaure auparauant
bons amis perdirent cette bonne intelligence eſtans deuenus Riuaux,tant il eſt
vray que l'Empire & l'Amour ne peuuent
ſouffrir de compagnon.Arelia fut le commun obieƈt de leurs flammes & la cauſe de

leur diuision. Ils s'engagerent diuerse-
ment en cette recherche, Florian par le
voisinage, & Scaure par occasion. Florian
& Arelia estoient de Palerme en Sicile
Cité principale, où le Vice-roy de cette
Isle seiourne ordinairement, Scaure estoit
de Catane, mais ordinairement à la Cour
estant engagé à la suitte du Vice-roy par
le deuoir de quelque charge. Florian &
luy amis de longue main se voyoient en
la place au Palais, aux compagnies selon
la façon des conuersations Italiennes, &
quoy que leur amitié fut estroitte elle ne
l'estoit pas iusques à ce point de se com-
muniquer leurs affections : car si les Italiens sont discrets en tout, ils sont sur tout
secrets en leur amour. Aussi cette passion
est elle semblable au vin & aux parfums
qui se gastent par l'euent. Et ceux qui sçauent de quelle façon l'amour honneste se
pratique en ces côtrées-là ne trouueront
nullement estrange que ces deux Cheualiers ayent eu vne mesme visée, sans que
l'on s'apperceust du feu de l'autre. Florian Gentil-homme du lieu ayant permis-
sion des parens d'aimer Arelia s'y conduisoit vn peu plus ouuertement, mais
Scaure qui estoit comme estranger

(au moins n'eſtant pas de Palerme) cachoit d'auantage ſon ieu, & encore qu'il
ne fuſt pas moins piqué, il diſſimuloit neantmoins mieux ſon mal, & n'en faiſoit
pas paroiſtre tant de ſignes. Il eſtoit pourtant ſi accort qu'il trouua les moyens d'a-
border Arelia, & de luy faire entendre
cette extréme paſſion qu'il ſouffroit pour
elle, & meſme il eut tant d'inuention ou
de bon-heur qu'il la rendit ſuſceptible de
ſon tourment. Si bien qu'elle prefera le
ſeruice de ce Catanois à celuy du Paler-
mitain, & de telle ſorte que Florian s'en
apperceut, & reconnut pluſtoſt par elle
les affections de Scaure, que par Scaure
meſme, & Scaure apprit auſſi de cette fille la recherche que Florian faiſoit d'elle,
à quoy il tâcha d'apporter tous les empeſ-
chemés dont il ſe pût auiſer. Encore qu'ils
euſſent deſcouuert de cette façon les pre-
tenſions l'vn de l'autre, ils furent toutefois ſi diſcrets, où pour mieux dire ſi dif-
ſimulez qu'ils ne ſe parlerent iamais ſur
ce ſuiet, chacun ioüant ſon roolle à part,
& taſchant par ſubtilité de ſupplanter
ſon compagnon, Arelia euſt volontiers
donné congé à Florian qu'elle trait-
toit auecque des froideurs capables de

defgoufter les plus efchauffez, mais le refpect qu'elle portoit à fes parens l'empef-
choit de luy declarer ouuertement qu'elle fe fentoit importunée de luy. Cependant fous main & par des intelligences
fecrettes elle fauorife Scaure autant que
l'honnefteté uy peut permettre, elle luy
fait bon vifage, luy parle des yeux, reçoit de fes lettres, & luy fait des refpon-
ces ; bref elle arriue iufques à ce point
de luy parler durant la nuict par vne
feneftre efcartée, & d'auoir auecque luy
de longs entretiens. Il n'y a rien de fi caché que les yeux d'vn riual ne defcouure,
car s'ils voyent fouuent ce qui n'eft pas,
comme n'apperceuroient-ils ce qui eft.
C'eft la couftume des Amans principalement en Italie, de paffer fouuent & le iour
& la nuict deuant les maifons de celles
qu'ils ayment. Florian faifant cet exercice, & Scaure auffi fe rencontrerent affés
fouuent faifans cette ronde, & fe faifoient
du guet l'vn & l'autre. En fin Florian, ou
mit tant d'efpies aux auenuës, ou efpia fi
bien luy mefme, qu'il defcouurit l'endroit
des fecrets & tenebreux entretiẽs de Scaure & d'Arelia. Il fe cache en vn coin d'où
il entendit quelques-vns de leurs deuis,

& n'en apprit que trop pour sçauoir que
son Riual auoit de grands auantages sur
luy. Qui sçait l'humeur Italienne croira
bien tost que la ialousie luy alluma dans le
cœur vn furieux appetit de vengeance,
mais pour se deffaire de son ennemy à petit bruit il s'accoste d'vn braue (ce sont
ceux qu'on appele en France des coupe-
iarets, & qui se loüent pour assassiner les
hommes)& s'en fait accompagner; resolu en estant assisté de prendre durant la
nuict Scaure à son auantage & de s'en deffaire. Il se met en embuscade d'où sortant
comme vn lion pour assaillir Scaure, il le
trouua si bien armé que luy & son braue
chamaillerent long-temps auant que
de le pouuoir percer, en fin ils le bles-
serent mais legerement, & Scaure
se voyant reduit à vn point qui l'obligeoit de faire son second du desespoir,
entre si furieusement sur Florian qu'il le
tuë sur la place,& aussi-tost le braue cher-
cha son salut en sa fuitte. Cela c'estoit passé sans tesmoins durant les tenebres de
la nuict, on ne sçait pas determinement
qui a tué Florian:mais Scaure se trouuant
blessé, le lendemain de ce meurtre est
saisi par coniecture & mis en prison, il

nie d'auoir tué Florian, & feint de ſes bleſ-
ſeures d'autres cauſes apparentes. Mais
comme elles paroiſſent friuoles aux Iuges ils ſont ſur les termes de le condamner à perdre la teſte. Arelia ſçachant ou
ſon amant eſtoit reduit, ſe confiant ſur le
credit de ſes parens, & tranſportée d'affection pour ce Cheualier demande qu'il
ſoit eſlargy, & declare que c'eſt elle qui
a fait tuer Florian par vn braue, d'autant
qu'il l'auoit offencée en ſa reputation. Elle entre en priſon en la place de Scaure
qui ne pouuant aſſez admirer la genereu-
ſe amour de cette fille, attendoit en patience l'iſſuë de cette affaire. Qui alla
ſi auant que quelque ſollicitation que fiſ-
ſent les parens d'Arelia elle alloit eſtre
condamnée à la mort comme meurtriere, lors que Scaure ſe remit entre les
mains de la Iuſtice, & declara ouuertemẽt
comme tout s'eſtoit paſſé de la façon que
nous l'auons deſcrit. Il diſoit aſſez, mais
nulle preuue de ſon dire, le braue qui
auoit accompagné Florian eſtoit diſpa-
ru, on croit que Scaure eſt l'attaquant
pluſtoſt que le deffendeur, & qu'il aura fait mourir Florian, de la meſme façon qu'il dit que Florian le vouloit aſſaſ.

finer la coniecture en eft violente puifque Florian en eft demeuré fur la place.
Toutes les voix allerent à cette coniecture & conclurent à la mort, Arelia recla-
me & fouftient que c'eft le defefpoir qui
fait parler Scaure, que c'eft elle qui eft
coupable, qu'il n'eft pas receuable en fa
propre accufation. Ce debat amoureux &
mortel tient les Iuges en fufpens, en fin
apres auoir bien balancé le fait le baffinet
de la condamnation pencha du cofté de
Scaure. Tous fes amis & fes parens de-
manderent fa grace au Vice-roy qui l'euft
donnée bien volontiers, mais les parens
de Florian reclamoient, parce que Scau-
eftoit de fes Officiers, & comme fon domeftique. Ce que pût faire le Vice-roy
qui fe voyoit les mains liées ce fut de
fufpendre l'execution de l'Arreft de mort
iufques à ce que la grace fuft venuë d'Ef-
pagne, mais foit que l'innocence de Scaure ne fuft pas bien reprefentée à Madrit,
foit que les parens de Florian y euffent
plus de credit que ceux de Scaure, nonob-
ftant les lettres de faueur du Vice-roy
la grace fut refufée, & Scaure fut
mené au fupplice encore qu'il n'euft tué
Florian qu'en fe deffendant, verité
qu'il

qu'il publia & declara au dernier souspir
de sa vie. Arelia luy vouloit tenir compagnie en cette condamnation, mais on
ne suiuit pas son inclination amoureuse
& desesperée, on luy donna la vie pour
supplice au lieu de la mort qu'elle demandoit pour faueur. Voyant donc qu'elle
ne pouuoit mourir par les mains d'autruy,
ny iustement par les siennes, au lieu de
la mort naturelle elle choisit la ciuile,
& s'enferma dans vn Cloistre où elle con-
sacra le reste de ses iours au seruice de
Dieu. Seruice preferable aux diademes
& aux couronnes. Heureuse la tempeste
qui la ietta en ce port heureux, ou deli-
urée des mains de ses ennemis, les passions mondaines, elle pouuoit seruir
Dieu en saincteté & en iustice tout le
temps de sa vie. O Seigneur que vos voyes sont admirables, & par combien de
moyens attirez-vous à vostre suitte les
ames de vos esleus. Tantost par des chais-
nons de dilection les liens de Charité qui
sont d'or & de soye, tantost par les chaisnes d'Adam par les miseres & les infortunes humaines. Tantost bridant d'vn
frein & d'vn camorre les meschoires de
ces pecheurs farouches & indomptables

S

qui autrement ne s'approcheroient pas de vous. Soyez beny en vos dons, comme vous estes sainct en toutes vos œuures.

L'Enfant desbauché.

HISTOIRE X.

Ictoric Seigneur des plus nobles de l'Aquitaine n'auoit que trois masles de son mariage, & parce que les Cadets en ceste conrrée-là n'ont presque autre partage que la cappe & l'espée, les aisnez emportant tout le bien de la succession, il tascha de mettre les siens à l'abry de la necessité en les iettant dans l'Estat Ecclesiastique. Le second fut chargé de quelques benefices qui estoient de longue main & comme hereditaires en sa maison, le dernier eut pour sa part vne Croix de Malte qu'on luy fit porter presque dés son enfance. Le second que nous appellerons Procope & qui faict le personnage principal en cette Histoire estant destiné à l'Eglise fut aussi rangé aux lieux où il

pouuoit estre instruit des choses qui le
pouuoient rendre accompli en cette profession. Ie veux dire qu'il fut esleué dans
l'estude & les lettres, & sous la discipline
de ceste sainte & fameuse Compagnie
qui ioint auec tant de iugement & d'industrie la science auecque la Pieté. Il auoit
l'esprit si bon qu'il faisoit vn grand progrés dans la connoissance des arts & des
liures, & esperoit-on vn heureux succés
de tant de trauaux & qu'il reüssiroit auantageusement en la profession qu'il auoit
embrassée plustost par la volonté de ses
parens que de sa propre inclination. Desia
il auoit meublé son esprit de l'intelligence
des langues & de la Philosophie, & il commençoit à saluer les portiques de la Reine
des Sciences la Theologie, lors que son
aisné surpris d'vne maladie qui ne le tint
que huict iours, rendit au tombeau
ce que tous les hommes luy doiuent.
L'heritage de Victoric estoit si grand &
sa succession si auantageuse, que les benefices de Procope n'estoient pas vn ayman
assez fort pour le tenir dauantage attaché à vne profession où il ne se portoit que par des considerations purement humaines. Il mit bas aussi fran-

chement que promptement cette fou-
tane Ecclefiaftique qu'il ne trainoit qu'a-
uecque peine, & en fit vn prefent à fon
Cadet auecque fes benefices qu'il luy refi-
gna dont l'autre fe tint plus content que
de la Croix qui l'obligeoit à vne pauureté
perilleufe. Et comme il arriue affez ordinairement que les filles qui ont efté ef-
leuées fous vne conduitte fort contrainte
deuiennent femmes licentieufes aufli toft
que par le mariage elles font mifes en
quelque forte de liberté, aufli Procope
ayant depuis fon aage plus tendre porte a
regret le ioug d'vne vie plus gefnée qu'il
n'euft defiré fe voyant dans vne condition plus libre paffa aufli toft en des licences qui le porterent au precipice des def-
bauches & des defordres. Son Pere qui
le defiroit rendre accomply en la profef-
fion des armes, & luy faire prendre l'air
du monde, fit deffein de le depayfer, & de
l'enuoyer en Italie pour y polir fon efprit
dans la foupleffe naturelle à cefte nation,
& afin qu'il s'y dreffaft aux exercices con-
uenables à vn Gentilhomme, il le mit en
bon equipage & luy donna vn gouuerneur
pour l'accompagner en ce voyage qui a
befoin d'vne guide feuere quand il fe

faict en vne verte ieuneſſe. Ce fut le manquement que fit Victoric, car il luy donna vn ieune homme appelé Baldomane
pour le conduire qui luy meſme en euſt
eu beſoin d'vn conducteur, qui au lieu de
retirer Procope de ſes vitieuſes inclinations, luy donnoit exemple de diſſolution,
& qui n'ayant pas aſſez de vigueur pour
ſe faire craindre fut auſſi toſt meſpriſé
par ce ieune Gentilhomme à qui non ſeulement il laiſſoit la bride ſur le col, &
luy eſtoit indulgent, mais le pouſſoit
quelquefois au mal & l'y tenoit compagnie. Il ne faut donc pas s'eſtonner s'il ſe
trouua dans les dangers on nous verrons
que le porterent ſes diuerſes folies. Apres
qu'il eut trauerſé les Alpes, paſſé la Lom-
bardie & la Toſcane, & faict quelque
ſeiour à Rome il paſſa iuſques à Naples
où il fit eſtat de frequenter les Academies
qui y ſont en grand nombre, & d'apprendre en ces fameuſes eſcoles de Nobleſſe
ce qui le pourroit rendre ſignalé quand il
ſeroit de retour en ſon païs. Il ſe logea
pour ce ſuiet chez vn Eſcuyer appelé Horace qui auoit beaucoup de ieunes Gentils
hommes dons ſa maiſon, qui outre l'exercice du cheual en apprenoient encores

plusieurs autres. Chacun sçait la façon
de viure des Italiens, & que la ialousie leur
est si particuliere que parmy eux ce n'est
pas ant vn vice que leur naturel. Et l'histoire des Vespres Siciliennes fait assez
connoistre que les François qui voulurent à Naples & en Sicile vser de la liberté de leur mœurs n'eurent pas de iugement en leur conduitte, & que s'ils auoient
eu assez de valeur & de courage pour conquerir, ils manquoient de prudence pour
se conseruer. Horace en vn aage assez
auancé auoit pris vne femme assez ieune
& fort belle qu'il tenoit enfermée si
estroittement qu'à peine pouuoit-elle
estre veuë des rayons du Soleil Son departement estoit plus clos que n'eust esté
vn Monastere, car il estoit sans veuë &
sans parloir, & moins penetrable que le
Serail du grand Seigneur. Les Gentils-
hommes Italiens qui logeoient chez Horace esleuez en cette humeur ne s'eston-
noient point de cette sorte de vie, & sans
donner des ombrages à ce ialoux Escuyer
ils ne manquoient pas de diuertissemens
dans la ville de Naples (l'vne des plus licē-
tieuses du monde) pour passer leur temps
selon leur fantaisies. Il n'y eut que nostre

François qui picqué de curiosité voulut
voir par occasion cette belle prisonniere,
& par mal-heur il la trouua si agreable
qu'il en deuint passionné. La difficulté de
l'aborder ne le rebutta point de son entreprise, au contraire l'opposition piqua
son desir, & la vanité se meslant dans son
Amour il crût que s'il pouuoit venir à
bout de son desir il y auroit autant de
gloire que de plaisir en sa côqueste. L'art
de prendre les villes, disent les ingenieurs
est plus grand que celuy de les garder, &
le feu des Amans est plus subtil que toute
la finesse des ialoux. Procope fit tant par
ses artifices que non seulement il vid ceste femme, mais encore il luy parla, &
parla de telle sorte qu'il la rendit susce-
ptible de sa passion. Depuis ce temps-là
leurs flâmes reciproques leur firent trouuer des inuentions secrettes pour continuer leur commerce que ie laisse dans
l'obscurité du silence, puis que cela ne
pouuoit se terminer qu'en des œuures de
tenebres. Rien de si clos qui ne s'esuente.
Ces pratiques ne peurent estre cachées
long-temps, l'œil penetrant de la ialousie
s'en apperceut, & comme le limier ayant
rencontré la moindre fumée ne ces-

fe de tirer le traict qu'il n'ait conduit le
Chaffeur iufques au repaire de la befte;
Auffi l'efprit picqué de ialoufie n'a pas fi
toft apperceu la moindre eftincelle d'apparence qu'il n'a aucun repos iufques à ce
qu'il fe foit entierement efclaircy de la
verité. Horace qui eftoit vn vieux rou-
tier dans les rufes de cetre paffion qui
fubtilife les efprits, vueilla de tant de fa-
çons qu'il rencontra les certitudes de fes
doutes. Que de rages le faifirent fe voyant trompé & fe croyant trahy. Noftre
François trop peu diffimulé pour cacher
fa paffion ne luy en donnoit que trop de
marques, mais fa femme fçauoit fi bien
cacher fon feu fous la cendre de la feinte,
qu'encore qu'elle fuft toute de flamme
pour Procope elle paroiffoit toute de
glace. Le deffein d'Horace eftoit de fur-
prédre ces amans enfemble, & d'en prendre vne vangeance memorable. Toutefois il crût qu'il luy feroit plus vtile de fe
vanger à la fourdine, & fe referuans peut
eftre le bouccon pour le faire goufter à fa
fidelle partie, il s'auifa d'vne induftrie ma-
licieufe pour chaftier le François. Il auoit
dans fon efcurie vn cheual de regne extremement fort & plain de courage, mais

vicieux à outrance. A raison dequoy on
estoit contraict de luy tenir les yeux bou-
chez auecque des lunettes, & de l'attacher
à des poteaux pour le faire manier par
haut. Horace fit monter plusieurs fois
Procope sur ce cheual, accommodant en
sorte les lunettes qu'elles tomboient à la
premiere esbrillade, & alors ce cheual
furieux ruoit, mordoit, escumoit, tempe-
stoit si horriblement qu'aucun n'en osoit
approcher pour secourir celuy qui estoit
dessus. Vne autrefois comme il estoit attaché aux poteaux & que Procope le faisoit aller à grouppades, les cauessons
rompirent, & ce cheual commence à
sortir d'escole & de manege, & à se
cabrer si droict qu'il tomba à la ren-
uerse, & si Procope n'eust esté prompt
à vuider les arçons, & à se ietter à corps
perdu à quattier il eust esté tout brisé de
cette cheute. Il en fut quitte pour vne
froissure de iambe qui le tint quelques
iours au lict. Durant ce temps-là il apprit
de quelques vns de ses compagnons la ialousie que l'escuyer auoit conceuë de ce
qu'il voyoit sa femme, & ayant de là
coniecturé qu'il auoit du dessein sur sa
vie, il en parla à Baldamore qui fut d'auis

qu'ils se retirassent à petit bruit de cette
maison pour éuiter les mauuaises pro-
pheties. Ce qui fut fait sous quelque specieux pretexte. Honoré estant bien faché
que sa vengeance n'eust reüssi selon son
intention. Procope se rangea en vn autre
manege, ou parmy les ieunes Cheualiers
qui s'y rencontrerent, il fit amitié particuliere auec vn Gentil-homme Capouan,
dont le pere & la mere estoient habituez à
Naples. Cét amy luy donna entrée en la
maison de ses parens où il fut receu auec
cette courtoisie qui est naturelle aux Na-
politains, que leur Cité en porte le nom
de gentille. Ce compagnon de Procope
auoit vne sœur d'vne beauté non vulgaire dont il deuint aussi-tost amoureux, &
découurant franchement sa passion à son
amy, tant s'en faut qu'il l'eust desagreable,
qu'au contraire il loüa sa sincerité, & iugeant que ce François seroit vn party ad-
uantageux pour sa sœur (comme sans
doute il eust esté) il luy promit toute faueur pourueu que ses pretensions eussent vne fin honneste. Ce que Procope
luy iura solemnellement. Sur cette asseurance nostre François peu considé-
ré sans songer à l'authorité de ses ses pa-

tons s'engage insensiblement en cette
recherche. Le Capouan n'eust pas beaucoup de peine à disposer sa sœur à cette affection : car outre que les François sont fort estimez à Naples en haine
de la tyrannie Espagnole. Procope auoit
vne telle grace qu'elle estoit capable de
donner de la bien-veillance à vn cœur
qui n'y eust point eu d'inclination. Ad-
joustez à cela que la reputation de la
liberté Françoise frappe si doucement
l'imagination des filles Italiennes, que
pour sortir de l'esclauage de leur pays,
elles font peu de difficulté d'espouser
des François. Le Capouan communiqua à ses parens le dessein que Procope auoit pour sa sœur, qui s'estant en-
quis de sa qualité, de sa naissance, &
de ses moyens, tant de Banquiers que
des autres François qui estoient à Naples, & ayans appris que leur fille ne
pouuoit esperer vn meilleur party,
recueillirent si fauorablement cette
proposition qu'ils en redoublerent
les caresses vers Procope à qui ils tes-
moignerent toute sorte de bien-veillance. Et quand ie dy toute sorte, i'en-
tens que mesme ils passerent les bor-

nes du iufte & de l'honnefte, parce que la
mere de Copoûan iettant vn peu trop at-
tentiuement les yeux fur le vifage de noftre François y trouua des charmes qui lie-
rent fa liberté, & luy firent naiftre le defir
de s'acquerir ce ieune Gentil-homme en
autre qualité que de gendre. Se feruant
neantmoins de ce pretexte pour luy faire
des accueils extraordinaires , & auoir le
moyen de luy defcouurir fa paffion , elle
arriue bien toft a fon but, ayant afaire à vn
homme affés difpofé à cette forte de com-
plaifance. Si la verité & le courant de l'hiftoire ne m'y forçoit i'aurois horreur de
dire que le mary de cette Dame fût pris au
mefme filet , & en rendit de tels tefmoignages à Procope qu'il ne reconnuft que
trop l'abominable deffein de ce vieillard
qu'il euft en vne deteftation telle que
vous pouuez penfer. Neantmoins la paffion qu'il auoit pour la fille , luy faifoit
fupporter les fottifes de ces deux efpoux,
dont les defirs differens eftoient extremément execrables, l'vn offençant la nature , & l'autre le plus facré lien de la fo-
cieté ciuile. Ie veux paffer legerement
fur vn pas fi gliffant & fi contraire à nos
mœurs que la feule penfée n'en peut eftre

que scandaleuse, pour faire voir la confusion de ces desordres, & cognoistre par
les effects l'abomination de la cause. Quatre jalousies s'allument en mesme temps
à l'occasion de Procope. Car les passions
de la fille, de la mere & du pere n'estans
que trop visibles, la fille deuint jalouse de
la mere, & la mere de la fille, le mary de sa
femme & de sa fille, & la mere de sa fille
& de son mary, le ieune Capouan deuint
jaloux de l'honneur de sa mere & de sa
sœur embarrassement, ou plustost embrasement si estrange que c'est vne merueille qu'il n'en arriua du scandale & plus de
mal-heur. Mais le ciel ayant pitié de l'a-
ueuglement de Procope le tira comme
miraculeusement des bras de la mort, &
du milieu des embusches que le Capouan
& son pere luy auoit dressées. Car soit
que Procope eust quelques trop estroit-
tes priuautez auecque la mere de cette fille qu'il recherchoit, soit qu'il n'y eust de
sa part que des complaisances, le mary de
cette femme ayant esté rebutté auec horreur par ce François, qui auoit payé ces
mal-heureuses carresses auecque des outrages, entra en la creance qu'il possedoit sa femme, & là dessus il prit reso-

lution auecque son fils de se vanger de
Procope. Vn soir donc comme il sortoit de sa maison apres auoir esté quelque temps en conuersation auecque la
mere & la fille il le fit acceuillir par trois
ou quatre braues payez pour l'assassiner:
mais le bon-heur ayant destourné de
dessus Procope deux coups de pistolet qui luy portoient dans la teste, il
mit la main à l'espée si courageusement,
& se deffendit auec tant d'addresse que
blessé legerement en deux endroits il
mit deux braues en mauuais estat, &
assisté de ses gens qui accouroient au
bruit, il se demesla des deux autres &
gaigna la ruë, le pere & le fils comme
vrais poltrons regardans ce combat par
les fenestres sans oser se mettre de la
partie. De cette façon Procope se retira
de la hantise de cette maison, effaçant de
son souuenir la beauté de cette fille dont
l'amour luy auoit pensé estre si funeste.
Mais estant de l'humeur de ces Matelots
qui eschapez d'vn naufrage où ils auoient
voüé de ne retenter iamais les hazards
de la mer, ne sont pas plustost sur la
terre qu'ils s'y ennuyent, & ne souhaittét
rien tant que d'entreprendre vne nou-

nelle nauigatiõ. Il ne fut pas pluſtoſt ſorty d'vn peril qu'il s'alla preciter dans vn
autre, tant Baldamore eſtoit peu ſoigneux
de la conſeruation de celuy qu'on auoit
remis à ſa conduitte. Vn matin eſtant
à l'Egliſe en vn iour de feſte il entendit vne voix ſortant de deſſous vn
grand voile qui le conuia d'eſcouter trois
paroles. Procope qui auoit touſiours
l'œil & le cœur à l'erte preſte auſſi-toſt
l'oreille au chant pipeur de cette Syrene,
qui luy fit entendre qu'elle eſtoit vne Damoiſelle Eſpagnole de ſon voiſinage, qui
touchée pour luy d'vne ſecrette paſſion
n'auoit oſé ſe fier à perſonne pour la luy
faire entendre. Noſtre Cheualier errant eſtonné d'vne telle auanture, &
craignant que ſous vn tel appaſt il
n'y euſt vn hameçon caché, luy reſpondit auecque toute la courtoiſie qu'il pût
exprimer, voilant ſous des paroles gra-
cieuſes les ſentimens & les ombrages de
ſa penſée. Cette femme qui luy auoit par-
ſé de la ſorte, eſperant que ſa veuë auroit
plus de perſuaſion en vn inſtant que ſes
diſcours, eſtât couuerte d'vne grande mã-
e à l'Eſpagnole qui ne voiloit pas ſeulement ſon viſage mais tout ſon corps, ayãt

dextrement releué ce voyle auec vne
main dont la blancheur faisoit que tous
ceux de son païs ne sont pas Mores, fit paroistre aux yeux de nostre François vn visage éclatant de beauté dont il ne fut pas
moins esblouy que d'vn esclair qui fust
sorty de dessous vn nuage obscur. Cét es-
chantillon luy fit iuger de la piece & sans
se laisser trop piper aux attraits de cette
belle Magicienne il se comporta si acor-
tement en la descouuerte de cette auanture qu'il connut que ce ne pouuoit estre
aucun piege qui luy fust dressé par ses ennemis. Il communiqua ceste fortune à
Baldamore qui au lieu de le retirer de ce
precipice ou le plaisir estoit accompagné de beaucoup de danger, il s'en rendit
participant & l'aida en ceste conqueste.
Si elle fut facile, Procope ayant esté pro-
uocqué de la sorte par ceste estrangere,
vous le pouuez imaginer, tant y a que ce
commerce fit voir qu'entre les François
& les Espagnols nonobstant leur antipa-
thie il y a encore de secrettes intelligences. Mais comme le feu se descouure par
ses estincelles il est malaisé que celuy qui
fait aimer ne se manifeste par quelques
apparéces, cette Espagnole estoit femme
d'vn

d'vn Hidalgue qui auoit quelque appoin-
tement dans vn de ces trois Chasteaux
dont les Castillans brident la liberté de
Naples. Il y couchoit assez souuent, ce qui
facilitoit la pratique de Procope & de
cette bonne Dame. De quelle sorte elle
fut découuerte, c'est-ce que ie n'ay pû apprendre de celuy de qui ie tiens cette Histoire & qui a cogneu Procope familiere-
ment, tant y a que l'Espagnol se resolut à
faire vn exemplaire chastiment de ceux
qui luy iouöient vn si mauuais tour. Il im-
plore l'assistance de ses compagnons (car
d'attaquer vn François seul à seul & sans
supercherie, ce n'est pas le propre d'vn Espagnol ny d'vn Italien) & s'estant mis en
embuscade autour de sa maison, le sort
tomba sur Baldamore qui ayant sa part à
la conqueste d'Espagne alloit cette nuiĉt-
là visiter la Castille, il fut attaqué comme il entroit, & n'estant que blessé legerement au bras les pieds luy demeurerent
sains & libres, dont il escrima si bien & si
dextrement qu'il mit tous les Espagnols
hors de combat : Peut-estre ces vaillans
hommes estimant blesser leur grauité de
courir apres vn fuyard. Depuis ce temps-
là cassa la pratique de Procope auec la

T

femme de cét Hidalgue qui ſe contentà
d'auoir donné la chaſſe à ceux qui al-
loient chaſſer ſur ſes terres. Voicy encore vne autre auanture de noſtre Cheualier qui ſe peut bien appeller errant puis
qu'il commettoit tant d'erreurs en ſuitte
l'vne de l'autre : Mais auanture qui luy
mit la mort dans le potage & qui luy penſa couſter la vie. Outre la beauté de ſon
viſage qui n'eſtoit pas des mediocres, il
auoit vne grace ſi accomplie qu'il auoit
preſque à ſe deffendre de ce que les autres recherchent auecque des ſoins ſi cu-
rieux & des peines ſi cuiſantes. Vne vefue de ſon voiſinage ietta les yeux ſur ce
bel eſcueil & les y ayant arreſtez trop at-
tentiuement, elle ſentit par là vn ſecret
venin ſe gliſſer en ſon ame, vne paſſion
laronneſſe entra par ces feneſtres de ſon
corps qui luy deſroba le cœur. Elle auoit
des enfans aſſez grands & meſme elle
eſtoit en vn aage qui commençoit à luy
preſcher la temperance, ſa beauté qui en
ſon temps auoit eſté des exquiſes reſſembloit aux rayons du Soleil qui ſe couche,
qui ont plus de douceur que de pointe.
Elle en conſeruoit pourtant les reſtes auec
tant d'art, & ſe deffendoit des rides auec

tàht d'induſtrie qu'elle eſtoit encore
quelque choſe de ce qu'elle auoit eſté, &
elle reſſembloit à ces beaux, mais anciens
baſtimens qu'vne main meſnagere a re-
parez & mis en aſſez bonne forme. Noſtre François qui eſtoit homme de grand
appetit ne trouua point de degouſt en ce
morceau, & ſans faire le delicat ſe voyant
preuenu de cette creature il luy teſmoigna vne reciproque bien-veillance, qui
paſſa ſi auant leur commerce, que la veſue pour couurir cette communication
d'vn texte d'honneſteté, parloit tout
haut de l'eſpouſer. Et certes elle l'euſt
fait ſi le poiſſon euſt voulu mordre
à l'appaſt: Mais Baldamore qui ſçauoit
qu'il auoit au retour d'Italie à rendre
conte des actions de Procope vueilla ſi
bien ſur ſes deportemens qu'il perſuada
aiſement à ce ieune Gentil-homme qui de
luy-meſme n'eſtoit porté qu'à la recherche de ſon plaiſir nullement au mariage
de ce céſte Dame, qu'il ne ſe deuoit pas
engager en cette amour iuſques à ce
point. Tandis donc qu'il cingle à pleines
voiles dans les contentemẽs qu'il pouuoit
deſirer, que les enfans de cette veſue conceurent que leur mere paſſiõnée pour cét

estranger ne l'espousast & ne les priuast
de son bien pour l'en fauoriser, les mit
en ceruelle, & les fit penser aux moyens,
ou de rompre cét intelligence, ou de se
deffaire d'vn homme, qui outre le deshonneur qu'il leur apportoit beaucoup
de preiudice. Ils prennent conseil sur cela d'vn de leurs oncles, qui comme Italien & rusé fut d'auis qu'ils suiuissent plustost en cette conduite la fraude que la
violence, & appelassent à leur secours la
poison plustost que le fer. Aussi à a verité n'eussent-ils rien auancé par les menac-
ces & par la force ; car outre que Procope leur estoit trop redoutable à cause de
de sa valeur, s'ils l'eussent offencé ouuertement ils eussent attiré sur eux l'indignation d'vne mere qui les eust priuez de
son heritage. Ils mirent donc à execution
l'auis de leur oncle, auec l'industrie dont
ceux de cette nation sont assez bons ou-
uriers. Dans peu de iours Procope se
trouua pris, & par les accidens qui le tra-
uaillerent il recogneut assez qu'il auoit
mangé quelque morceau mal assaisonné.
La doute qu'il en eut se passa en creance
par le iugement qu'en firent les Medecins, dont il fut si promptement assisté,

que non fans de grandes douleurs & vn
extréme peril il fe tira des prifes de la
mort. Ce fut à luy d'euiter l'efcueil où
il auoit penfé faire vn fi trifte naufrage.
Mais comme il arriue fouuent que les
mauuais Pilotes voulans éuiter des bancs
fe iettent en haute mer où ils font battus
des vents & des orages ; auffi Procope
voyant combien les paffions des femmes
particulieres & de difficile conquefte luy
eftoient perilleufes, fut porté facilement
par fon mauuais gouuernemēt de Sicille
en Caribde , & pouffé dans le commerce
de celles qui vendent leurs ames à Satan,
& leurs corps aux hommes. Ce fut dans
cette mer de mal-heurs ou Procope &
Baldamore voguans fans Nort & fans ti-
mon firent vn defbris de leur fanté dans
ce mal qui porte le nom de la ville où ils
eftoient. Cette Nauire des Argonautes
ne les mena pas à la conquefte de la toi-
fon, mais pluftoft à fa perte puis qu'ils y
perdirent & le poil & la peau. Mais comme aux lieux ou abondent les maux , les
remedes auffi font frequens, ils furent fi
bien fecourus qu'ils ne perdirent pas la
vie, mais ils la conferuerent afin qu'elle
leur feruit par apres de punition, de

leurs erreurs paſſées, & des fautes de leur
ieuneſſe. Cette infame maladie fait bien
des treues à ce qu'on dit , iamais de
paix , & ſi elle ſe guerit en apparence,
elle eſt incurable en effect pour le
regard d'vne entiere gueriſon. Apres
que Procope eut paſſé enuiron deux
ans en Italie il fut rappelé en France par ſes parens , où il rapporta les
mauuaiſes habitudes qu'il auoit con-
tractées en vn ſi blaſmable commerce. Durant ſon abſence ſon pere qui
ne ſouhaittoit rien tant que de le voir
marié , auoit ietté les yeux ſur la fille
d'vn grand Seigneur dont il pouuoit eſperer vne alliance pluſtoſt illuſtre qu'v-
tile. Ayant fait ſonder le pere de la
fille il le trouua diſpoſé à ce mariage,
de ſorte que les parens eſtans tombez
d'accord Procope ſe trouua preſque
auſſi-toſt marié que de retour. Comme
il eſtoit beau & de bonne mine , & au
reſte fort addroit aux exercices conuena-
bles à vn Gentil-homme , il fut trouué
ſi agreable par Tyrannio (ce Seigneur
dont nous venons de parler)& par Cereale ſa fille qui ne ſçauoient pas quel ſerpent eſtoit caché ſous ces belles fleurs que

les nopces furēt promptement concluës.
Mais comme la plus belle pomme est souuent la plus gastée , aussi sous les mines
specieuses il y a quelquesfois bien des deffauts à couuert. La pauure Cereale en
eut vne triste experience: car dans peu de
temps par l'vsage de son mary elle tomba en des accidens qui firent connoistre
aux Medecins quelle estoit attainte de
cette contagieuse maladie, qui est le fleau
des incontinens. Cecy venu aux oreilles
de Tyrannio il en entra en vne colere dé-
mesurée, & plein de fureur contre son
gendre qui auoit rapporté de si mauuais
fruicts d'Italie, & si funestes à sa fille , il
ne menaçoit Procope de rien moins
que de le mettre en pieces sans attendre que son mal enuielly luy rendit le
mesme office. Cereale accablée de douleur & de misere vomissant autant d'iniures que d'ordures , ne faisoit que battre
l'air de ses plaintes contre son mary. Procope s'escarta pour quelque temps , estimant qu sa fuitte le sauueroit, & des outrages de son beau pere , & des tempestes de sa femme. A la fin apres auoir sup-
porte vn ennuyeux esloignement il se resolut de se presenter deuant son beau-

pere, & de luy demander pardon auecque tant d'humilité qu'il ne luy puſt refuſer. Il prit l'occaſion d'vn feſtin où ce
Seigneur ſe trouua auecque pluſieurs
des amis de Procope, ce banquet ſe faiſoit à deſſein d'y introduire ce Gentil-
homme, & de le mettre en la bonne grace
de Tyrannio par les prieres communes de
tous les aſſiſtans. Mais il arriua tout
au rebours de ce qui auoit eſté proietté, car Tyrannio ſurpris à l'impour-
ueu par Procope qui ſe ietta à ſes pieds,
entra ſoudain en vne telle fureur qu'au
lieu de l'entendre, & en ſuitte les prieres
des conuiez, il prit le couteau qui le ſeruoit à table & en donna vn ſi grand coup
ſur la teſte de Procope qu'il luy offença
la ceruelle, & mourut de ce coup trois
heures apres l'auoir receu, faiſant tant de
pitié à celuy à qui il demandoit pardon
aux abbois meſmes de la mort, qu'il ſe repentit amerement de s'eſtre laiſſé aller à
vn ſi prompt aſſaut de colere. Son regret
alla ſi auant qu'il en tomba malade, & entra en des frenaiſies qui teſmoignoient
que la douleur de ſon corps prouenoit du
deſordre de ſon eſprit, à peu pres ſembla-
ble à celuy d'Alemaxandre apres le meur-

tre de Clitus. Il se remit neantmoins &
reuint en santé. Cereale fut bien-tost
consolée de la perte d'vn homme qu'elle
n'eust iamais accosté qu'auec horreur.
Ainsi mourut Procope cét enfant desbauché, monstrant en sa mauuaise conduitte que ceux qui suiuent les desirs de leurs
cœurs, & cheminent en leurs inuentions,
ressemblent à ceux qui durant la nuict
marchent à la lueur de ces ardans qui les
conduisent en des precipices.

L'Impudent Adultere.

HISTOIRE XL.

L y a des hommes si brutaux & si desesperez en leur meschanceté, que, s'ils ne combloient la mesure de leurs fautes & ne faisoient arriuer leurs pechez iusques au dernier point ils ne seroient pas satisfaicts. Si bien que non contens de faillir selon le train commun ils, accompagnent leurs malices de circonstances si noires & si extraordinaires qu'il semble que mettans l'honneur dans l'infamie ils se vueillent rendre signalez par l'excés de leurs crimes. L'escriture appelle cela mettre sa gloire dans sa propre confusion. Macrobe principal suiet de cette Histoire fera voir cette humeur en ses deportemens: Car non content de traicter sa femme Gondene, quoy que sage & vertueuse auecque toute les indignitez qu'il luy eust pú faire sentir si elle n'eust pas esté honneste, luy mesme luy donnoit occasion de

se perdre en l'imitant en ses desbauches &
dissolutions. Les mespris & les violences
qui aigrissent les plus chastes & les portent à des actions despitées qu'elles ne
commettroient iamais si leur esprit n'e-
stoit point irrité par le desespoir, n'eurent
point assez de force pour mettre le sien
en desordre, & iamtis cette pensée n'y entra de sevanger des outrages de son mary par sa propre infamie estant femme
d'honneur & ialouse de sa reputation, elle sçauoit que l'infidelité de son mary
n'eust pas excusé la sienne, & que selon le
iugement du monde celle d'vne femme
tennë bien plus grande que celle de l'homme encore que deuant Dieu elle soit esga-
le à cause de la deffence qui est sans distin-
ction. Resoluë dõc de souffrir toute sorte
d'extremités plutost que de perdre la qualité qui la faisoit marcher sans rougir, &
la teste leuée deuant le monde , elle en
vint iusques-là de fermer les yeux à
toutes les eschapées de son mary , & voyant que les ialousies qu'elles luy auoit
tesmoignées au commencement estoient
cause du mauuais traictement qu'elle
en auoit receu. Macrobe ne pouuant
endurer qu'elle luy reprochast ses man-

quemens de foy, elle fe fi quitte de cette humeur & fans fe foucier de ce qu'il faifoit ny de s'enquerir de fes paſſions elle penfoit acquerir la paix en luy laiſſant la liberté toute entiere, fans controoller aucune de fes folies : Mais, foit que Macrobe ne vouluſt point cueillir de roſes fans efpines ny courir fans côtredit apres des illicites voluptez, foit qu'il vouluſt par vne humeur maligne eſtre mauuais à fa femme, en cela meſme en quoy elle luy teſmoignoit trop de bonté, non content d'entretenir à la veuë de tout le monde vne autre femme dont il eſtoit efperdu & au fcandale de toute la ville où il faiſoit fa demeure non trop efloignée des riues de Lizere, il l'amene dans fa propre maiſon ou fur le viſage de fa femme il viuoit auec elle en vn côcubinage non moins abominable qu'impudent. Ce fut icy ou toute la fageſſe de Gondene fut deuorée, & que la prouifion de patience quelle auoit faite fe trouua trop courte pour fouſtenir vn fi long fiege & vn fi violent aſſaut. Quand l'obiet du deplaiſir eſt abfent, les traits en font plus moüſſes, mais la prefence en aiguiſe la pointe & les rend plus penetrans. Cela fut cauſe

que des murmures elle en vint aux plaintes, & des plaintes particulieres aux publiques, & iusques aux menaces de faire
leuer ce scandale & ce desordre par les
mains de ia Iustice, puis que les siennes
estoient trop foibles pour repousser vn
si cruel outrage. Mais tant s'en faut qu'elle esloignast ce fleau de son tabernacle par
ces oppositions qu'au contraire la flamme de Macrobe s'augmentant pour sa
concubine par le vent des souspirs de sa
femme legitime, il vint iusques à vn tel
degré d'effronterie de commander à
Siluane (ce sera icy le nom de ceste infame qu'il entretenoit) de faire tous les affronts à Gondene, dont elle se pourroit
auiser, l'asseurant qu'en tout ce qu'elle
feroit contre elle, non seulement il la
supporteroit, mais qu'il s'en tiendroit son
obligé. C'est le propre des personnes impudiques d'estre ordinairement impu-
dentes & de se plaire à des insolences par
ou elles tesmoignent qu'elles ont perdu
toute sorte de respect. Ce commandement fit tellement enfler le cœur naturellement arrogant de cette vilaine qu'elle
commença à mespriser, & puis à se mo-
quer de Gondene, apres à la gourmander,

de-là à la menacer, & en fin venant des
brauades, de paroles aux effects, à mettre
la main sur elle, à luy donner apres des
iniures & des dementis, des soufflets &
d'autres coups qui laissoient sur le corps
de cette femme legitime des impressions
de l'outrecuidance de cette perduë. Iob
auecque toute cette patience qui le rend
si renommé, eust-il bien pû endurer vne
telle affliction, luy qui se plaint des mo-
queries de sa femme qui le prouoquoit à
blasphemer. Lors qu'elle se pensoit plaindre à Macrobe de ces outrages, elle receuoit de luy des responces qui luy estoient
autant d'augmentation de douleur, ap-
prenant de sa bouche que Siluane ne faisoit qu'executer ses commandemens, &
que celuy de qui elle deuoit esperer du
support estoit deuenu l'autheur de ses miseres. Ie laisse à dire pour n'infecter l'esprit d'vn Lecteur, d'imaginations moins
honnestes les caresses impudiques qu'il
faisoit à Siluane en la presence de Gondene pour faire mourir celle-cy de despit,
& quand elle pensoit destourner ses yeux
de ces spectacles qui luy creuoient le cœur
il la contraignoit de les ouurir afin que
sa veuë fust souïllée de ses vilainies. L'in-

folente Agar ne deuint pas seulement la
maistreffe, mais elle contraignoit encore
Gondene à luy rendre des seruices si ab-
iects que i'ay honte de les nommer. Car
outre les plus vils offices de la maison
qu'elle luy faisoit exercer par force, c'e-
stoit vne faueur quand elle seruoit cette
infame à la femme, & quand elle l'aidoit à
s'habiller quand elle sortoit d'entre les
bras de son mari, & à se deshabiller quand
elle alloit tenir dãs son lit la place qui luy
estoit deuë. Le diray-ie, mais pourquoy
non, puis que c'est le plus essentiel de cette Histoire, & le plus pressant aiguillon
du desespoir de Gondene, Macrobe l'ef-
fronté la contraignoit quelque-fois de
coucher auec luy, & de tenir vn de ses
costez tandis que Siluane estoit à l'autre,
de qui soule il auoit l'accointance, & parce que Gondene n'eust iamais voulu tenir cette place si elle n'y eust esté violentée, il l'y forçoit tantost le poignard
dans la gorge, & tantost le pistolet dans
la teste : Vn soir donc qu'il l'auoit cruellement battuë & tourmentée pour la reduire à ce point, d'estre spectatrice de ses
abominables embrassemens auec Siluane, cette Amazone renduë coura-

geufe par le defefpoir fe faifit de fon pi-
ftolet qu'il auoit laiffé fur la table , & le
lafchant contre ces infames adulteres,el-
le tua fon mary fur le champ,& bleffa du
mefme coup Siluane de telleforte qu'elle
en mourut de là a quelques heures. Il tint
à peu qu'apres vne execution fi fanglante
elle ne fe dōnaft du poignard dans le fein,
croyant par ce moyen éuiter la honte
d'vn fupplice public qu'elle penfoit luy
eftre inéuitable,mais infpirée d'vn meilleur genie elle reietta cefte furieufe penfée,remettant à la prouidence du ciel l'arreft de fa vie,ou de fa mort. Le lendemain
fans fonger à vne fuitte qui luy euft efté
facile , mais qui l'euft peut-eftre renduë
plus coupable , elle fe remit franchement
entre les mains de la Iuftice,declarāt tout
haut fon action , & le motif de fon defefpoir,elle eut pour tefmoins de cette verité tous les domeftiques de Macrobe qui
depoferent des mauuais traittemens, &
des cruautez qu'il exerçoit tous les iours
fur cette femme. Les Iuges detefterent
l'impudence de cét adultere mary , &
eftendans le priuilege des maris fur cette
femme violentée,& outrageufement per-
fecutée , il excuferent tellement fa iufte
douleur

douleur qu'ils l'estimerent plustost digne
de pardõ que de chastiment. Il donnerent
donc la vie & la liberté à celle qui mes-
prisoit la mort tant elle estoit satisfaite
de sa vengeance, vengeance qu'elle auoit
executée comme possée de Dieu sur ces
infames adulteres, dont la memoire fut
autant en execration que celle de Siluane
glorieuse. De telle sorte qu'en la contrée
quand il se trouuoit quelque fascheux,
cruel ou infidele mary les femmes & mesmes les hommes le menaçoient de la valeur de Siluane. La Iustice du Ciel reluit
auec tant d'esclat en la fin mal-heureuse
de cét impudent adultere, que les yeux
qui la contemplent n'en sont pas tant es-
clairez qu'esblouïs.

V

Le despit inconsideré.

HISTOIRE XII.

Eux qui ont les yeux bãdez heurtent à des lieux qu'ils euiteroient s'ils auoient la veuë libre. Et souuent le despit inconsideré porte ceux qui en sont touchez en des precipices d'où ils se destourneroient si leur esprit n'estoit point offusqué de nuage. C'est vne regle d'or pour les actions humaines que celle de la discretiõ qui marche ayãt en main cette lampe des Vierges prudentes ne se fouruoye point dans les labyrinthes où se perdent ceux qui ne suiuent pas ce filé. Paterne & Camerine les deux poles ou tournera tout cét euenement, nous en apprendront des nouuelles, nous enseigneront par leur exemple à moderer les premiers mouuemens de la colere, & à tenir tellemẽt en bride le despit, action prompte & peu iudicieuse, qu'il ne nous porte point en des repentãces non moins

inutiles que tardiues. On ne sçauroit
auecque le pinceau de la plume despeindre yne affectiõ semblable à lareciproque
bien-veillance de ces deux amans, dont le
ciel filoit le destin auecque l'or & la soye,
si par vn despit indiscret ils n'eussent
point esté eux-mesmes les artisans de leur
mauuaise fortune. L'vne de ces Prouinces de nos Gaules qui sont arrosées des
douces eaux de la Saone les vid naistre,
leur voisinage fut la premiere cause de
leur connoissance, cette connoissance
prouint de leur ordinaire conuersation,
cette frequentation fit naistre la complaisance, & la complaisance engendra l'a-
mour en leurs cœurs, de l'amour prouin-
drent les ombrages & les ialousies, de là
les deffiances & les despits qui les porterent dans les embarrassemens que vous
allez entendre, & dont le succés ne fut
pas moins triste que funeste. Au commencement leurs communs parens souf-
frirent leur amité, & bien qu'il y eust quelque inegalité aux moyens (vnique regle
des alliances selon la prudence du siecle)
si est-ce que la Noblesse estant semblable,
le courage en Paterne suppleoit à ce
deffaut, mais cette ieunesse en ses pre-

mieres flammes n'auoit aucun esgard à
cette difference, l'amour ayant cette naturelle proprieté, oud'vnir les personnes,
dont les cœurs sont vnis par son lien.
Tandis qu'ils nourrissent leur feu du bois
des desirs & deshonnestes entretiens, &
que l'espoir est l'huile de la lampe de leur
reciproque affection Voicy qu'vn tour-
bilon vient rauager toute leur attente, &
qu'vn ialoux despit vient comme vne
gresle impetueuse gaster toute leur mois-
son. Luxor Gentil-homme d'aage auancé, & qui n'ayant iamais esté beau, mesme en sa plus fleurissante ieunesse, auoit
adiousté vn grand surcroist de l'aideur
aux ordinaires defformitez de la vieilles-
se, ce Luxor dis-ie ayant apperceu en vne
compagnie cette naissante & fraische
beauté de Camerine, en fut tellement touché que sans penser à ses deffauts qu'il
pensoit peut-estre reparer par les perfections de cette Damoiselle, il se resolut
de la conquerir par l'vnique moyen du
mariage. Il auoit tant de si grands biens,
& possedoit dans la Prouince du Roy des
Poissons, vne qualité si eminente qu'vne
fille que la fortune eust mise en vne condition beaucoup plus eminente que Ca-

merine, eût encore eſté plus eſleuée par
l'alliance de Luxor. Se voyant inepte à
deſcouurir ſon feu à cét obiet ſi diſpro-
portionné à ſon aage, il ne fit point plus
de façon que d'en faire parler aux parens
de la fille par le plus apparent de la Prouince, qui tint à autant d'honneur de
porter cette parole, que les parens de li
receuoit, entre demander & obtenir il
n'y eut qu'vne fort petite eſpace : car il
n'y auoit point de conſultation à faire en
vn ſi euident auantage que faiſoit Luxor,
de qui la ſeule protection pouuoit presque ſeruir de douaire à la fille. Ce Victime eſt donc ſans en eſtre auertie deſti-
née au ſacrifice des flammes de ce vieillard, le premier auis qu'on luy donna
comme d'vne choſe reſolue ne l'eſtonna
pas moins que ſi tout à coup vn éclat de
tonnerre eût frappé ſes oreilles d'vn
bruit non moins eſtourdiſſant qu'épou-
uantable. Quant elle eut auec vn peu de
temps recueilly ſes eſprits, elle ſe trouua en vn meſme inſtant ſurpriſe de
deux diuerſes paſſions qui faiſoient à
l'enuy à qui emporteroit ſon cœur, car
d'vn coſté ſon amour pour Paterne
qui y auoit pris de fortes racines ne luy

permettoit pas de le payer d'inconſtance & d'ingratitude , de l'autre l'ambition qui la flattoit du deſir d'eſtre grande Dame luy donnoit des aſſauts , d'autant plus rudes qu'ils eſtoient plus doux,
& d'autant plus vehemens que leur violence paroiſſoit agreable. L'eſpée de la
reſolution luy manquoit pour trancher
d'vn reuers ce nœud Gordien qu'elle ne
pouuoit deſlier en aucune maniere. Si
le deſpit ne fut venu a ſon ſecours dont
elle ſuiuit le mouuement rapide , comme les Spheres inferieures celuy du premier mobile. Cecy auint de cette façon.
Les parens de Paterne ayans appris que
Luxor auoit faict demander Camerine
penſerent que ce n'eſtoit pas à leur fils à
eſtre competiteur d'vn Seigneur ſi puiſ-
ſant qui les auoit fait prier de commander à Patrice de ſe deporter de la recherche d'vne fille qui luy eſtoit promiſe. Patrice meſme iugea bien que ce n'eſtoit
pas à luy à meſurer ſon eſpée contre ce
ſupplanteur , & que ce qu'il pouuoit faire
eſtoit de murmurer baſſement contre
Luxor , & ſe plaindre deſa mauuaiſe fortune. ſupportant au reſte auecque patience vn mal ſans remede , & la perte d'vn

bien qu'il ne se pouuoit conseruer. Ses
parens, soit par industrie & pour obliger Luxor, soit par vn dessein veritable
auoient ietté l'œil sur Narsette ieune Damoiselle du voisinage qu'ils luy cōmande-
rent de voir, soit pour faire voir à Luxor
qu'ils le destinoient autre part pour luy
complaire, soit que cette alliance leur fust
agreable. Paterne non sans vn extrême
effort d'esprit (son ame estant toute re-
tournée vers Camerine, & luy estant bien
difficile d'estendre si tost des anciennes
flammes, & d'en allumer de nouuelles)
plus pour complaire à ses parens que
par aucune inclination qu'il eust pour
Narsette, se mit à la voir & à luy parler en
homme dont les affections estoient plustost sur le bord de lévres que dans le
fond du cœur; ces visites se passans plustost auecque vn compliment ceremo-
nieux qu'auecque des sinceres tesmoignages de bien veillance. Il n'en estoit
pas ainsi de Camerine, car elle estoit
tellement attachée à Paterne que rien
ne l'en pouuoit separer, ny grandeur de
Luxor, ny commandement de ses parens,
ny force, ny douceur, ny persuasions, ny
violence, l'Amour en son esprit ayant

gaigné l'aſcendāt ſur l'ambition & eſtant
reſoluë de ſouffrir toute ſorte d'extremitez pluſtoſt que de quitter Paterne. De
vous dire les froids accueils ou pluſtoſt
les mauuais taictemens dont elle payoit
les ſeruices & les carreſſes de Luxor il ſeroit inutile, car la haine eſt le contraire
de l'Amour, repreſentez-vous que ſi elle
aimoit Paterne auecque tant d'ardeur,
elle n'auoit pas moins d'auerſion de Luxor à qui elle en rendoit toutes les preuues dont elle ſe pouuoit auiſer, afin qu'il
ſe deſtournaſt de ſes pourſuittes, mais ce
vieillard de qui les ans n'auoient pû
eſteindre la concupiſcence, ne diminuoit
point ſon ardeur pour les froideurs & les
rigueurs de ſon Idole, au contraire ſa paſſion ſe renforçant par ces difficultez
deuenoit tous les iours de plus en plus
vehemente. Et ſi l'eſpoir ne fuſt venu à
ſõ ſecours il fuſt mort en cette peine, tous
ſes ſoins & ſes ſoubmiſſions ne pouuans
fléchir ceſte dedaigneuſe beauté. O que
ſi Paterne euſt eu auec elle vne iuſte cor-
reſpondance, & ſans redouter la qualité
de Luxor & cõdeſcendre à la volonté des
ſiens s'il euſt tenu ferme en ſa pourſuitte
qu'il euſt donné de peine au vieillard. Mais

auffi toft que Camerine fçeut la recherche qu'il faifoit de Narfetté par le commandement de fes parens, & que lafchement il la cedoit à Luxor dõt la grandeur
l'eftonnoit, elle conçeut vn tel defpit de
fe voir ainfi delaiffée par baffeffe de courage qu'elle fe refolut en vn inftant de
payer fon ingratitude par vne inconftance, & de regarder Luxor de meilleur œil
en acquiefcant au vouloir des fiens. Quel
eftonnement au vieillard amoureux de
voir en peu de temps l'humeur de fa Maiftreffe toute changée & fes yeux auparauant commettes de defdain & de courroux deuenus des Planettes fauorables &
de benigne influence. Alors voguant fans
contradiction dans la mer de fes defirs il
obtint d'elle ce confentement quelle
auoit defnié à fes parens & les accords
eftans faicts les fiançailles fuiuirent incontinent ou le iour des nopces fut arrefté. Durant ces interualles elle apprend
de Paterne qu'il n'a aucune inclination
pour Narfette qu'il ne l'a veuë que par
mine & par complimét, & qu'il n'a iamais
eu d'affection que pour elle. Vn flambeau
nouuellement efteint & qui fume encore
fe r'allume aifement. L'Amour de Ca-

merine amortie par vn iniuste & aueuglé
despit se r'enflamme au vent de cette
verité qu'elle apprit de la bouche mesme
de Paterne, se plaignāt à elle de sa legereté & se disant mal-heureux de la voir
ainsi passer entre les bras d'vn vieillard de
qui elle pouuoit esperer des biens & des
honneurs, mais non pas des plaisirs &
des delices. Il accompagnoit ses plaintes
de ses larmes dont l'eau ardante r'alluma
des brasiers dans la poitrine de cette
Amante, elle se répent de s'estre fiancée
& luy proteste de ne donner aucun consentement au mariage. Paterne se retire
sur cette asseurance deliberant de voir de
quelle sorte Camerine resisteroit aux assauts de ses parens & de Luxor, & si sa
constance pourroit triompher de tant de
violence. Tous les apprests de la feste
estoient faits, les habillemens achetez &
en estat, le iour pris pour la celebration
des espousailles lors que Camerine fit entendre aux siens & par eux à Luxor qu'elle ne le pouuoit ny vouloit prendre pour
mary, alleguant d'assez mauuaises raisons
pour couurir son inconstance. On la
presse, on la prie, on la coniure, on la menace, elle demeure ferme en sa resolu-

tion comme vn roc au milieu des vagues.
A la fin n'y ayant si forte determination
qui ne s'esmeuue, comme il n'y a si fort
arbre que les vents n'esbranlent ne pouuant plus resister à tant de tempestes, elle
coniura Paterne de l'enleuer, luy promettant de le suiure par tout où il la voudroit conduire, mais cét homme soit par
deffaut de courage, soit pour la crainte
qu'il auoit de se ruiner de vie & de biens,
sçachant bien que Luxor le persecuteroit
iusques au dernier point, & ne luy par-
donneroit iamais vne telle offence, ils ne
voulut iamais executer ce dessein, qui à la
verité estoit fort temeraire. Camerine
attribuant ce manquement de hardiesse à
peu d'Amour, animée d'vn second despit
se rend à la volonté de ses parens & espouse Luxor qui couronnant sa teste de
mille Lauriers, pensoit à la conqueste de
cette beauté, s'estre rendu maistre de
tous les tresors des Indes. Tandis qu'elle
pense s'estre vangée de cette lascheté de
son premier Amant. Paterne la voyant
au pouuoir d'vn autre s'apperceut mais
trop tard de la faute qu'il auoit faite de
mesnager si mal la bonne volonté de
cette fille, & despité à son tour contre

la legereté du sexe & l'infidelité du monde par vn sainct desespoir il se resolut de
quitter le siecle & de se ietter dans vn
Cloistre, ce qu'il executa plustost qu'on
ne se fust apperceu de sa volonté, trom-
pans ainsi (mais d'vne pieuse fraude) ses
parens & Narsette. Si le commencement du mariage de Camerine se passa
auec quelque sorte de douceur. Le No-
uitiat de Paterne se coula auecque tant
de ferueur qu'il se porta à faire profession
auec vn mespris si absolu de toutes les
choses du monde qu'il monstra bien que
pour arriuer à l'eternité il auoit vn tres-
grand courage, n'estant pas du rang de ces
lasches dont l'Euangile parle , qui mettent la main à la charuë & regardent en arriere. Il prit des aisles d'aigle & vola sans
deffaillir , il vola tousiours en auant sans
rebrousser en son vol , suiuant cette maxime que n'auancer pas en la voye de Dieu
c'est reculer. Il n'en fut pas ainsi de Camerine qui par le progrés de son mariage
entroit plus auant dans le repentir ; car
soit quelle ne trouuast pas en son vieillard plus de contentement que l'Aurore
en son Titon , soit que son humeur auare
& ombrageuse luy donnast de la peine

elle conceut vn tel degoust de cét homme, & son ancienne flamme pour Paterne
se reueilla de telle sorte dans son esprit
qu'elle ne pouuoit auoir de repos que
dans les pensées inquietes qu'elle auoit
pour ce premier amant, encore qu'il fust
en vne condition esloignée de ses pensées
& en vne disposition d'esprit qui ne pensoit plus qu'auec horreur aux folies qu'autrefois l'amour luy auoit fait commettre.
Mais que ne peut le tentateur en vne ame
qui s'abbandonne à ses propres desirs, &
qui lasche la bride à ses conuoitises. Plus
Camerine trouue de difficulté à l'abord
de Paterne, plus elle anime sa passion,
& tant s'en faut que la saincteté de la
profession de Paterne la tienne en respect, qu'au rebours foulant aux pieds
tout ce qu'il y a de plus sainct, elle se
propose pour gloire de faire tomber cette estoille de son ciel, estimant qu'elle
auroit autant de force par ses attraicts
pour le reduire à sa volonté, qu'elle auoit
eu de puissance pour le pousser par le desespoir au genre de vie où il s'estoit reduit. En quoy certes elle n'estoit pas des-
pourueuë d'apparence, puisque l'experience nous faict tous les iours connoistre

que les suggestions des mauuais ont beaucoup plus de pouuoir sur les ames que
les inspirations des bons Anges. Si est-
ce que la grace fut victorieuse de la malice, & se trouua plus forte en Paterne
pour resister aux charmes de cette Circé,
qu'elle n'eust d'artifices pour perdre ce
Religieux. Outre la brieueté que i'affecte
en ces Narrations quelqu'autre consideration m'empesche de dépeindre icy les
subtilitez de ceste mauuaise femme auparauant quelle eust tout à fait descouuert
son pernicieux dessein à Paterne. Qui n'en
fut pas plustost certain que comme fidele
à Dieu & vray Religieux, auertit ses Supe-
rieurs de la passion de cette creature les
priant de luy faire changer de Conuent
pour éuiter le malheur qui pourroit naistre de cette puante flamme : Mais pour
changer de lieu il ne fut point exempt de
ses pretextes pour le voir aux lieux ou l'o-
beïssance l'enuoioit. Pour euiter cette per-
secution qui commence à se rendre scandaleuse, il change de Prouince fuyant ainsi deuāt la face de l'arc&gardant les pieds
de ses affections des lacs qui luy estoient
tendus. Mais ce remede fut encore vain,
car cette folle femme comme vne Bi-

che bleſſée d'vn traiĉt demeuré dans la
playe cherche par tout ſon diĉtame qu'elle voyoit(mais fauſſemēt) eſtre en la preſence de l'obieĉt qui l'auoit bleſſée. Cette
ſottiſe quelque pretexte dont elle la voi-
laſt ſe rendit ſi connuë quelle obligea le
Superieur de Paterne d'auertir Luxor,
qui picqué de ialouſie empeſcha les ruſes
de ſa femme,luy commandant de ſe tenir
aupres de luy , & ne receuant aucun pretexte d'auoir congé,qu'elle luy puſt alle-
guer. Cela la mit en tel deſordre que ſans
auoir eſgard ny à ſa reputation ny à celle
de ſon mary,elle ſe mit à faire des vacar-
mes des ſcandales & des tempeſtes horribles,iuſques là le demon qui la poſſedoit,
tranſportant ſon eſprit , que de luy faire
dire à Luxor qu'il n'eſtoit pas ſon vray
mary,mais que c'eſtoit Paterne à qui elle
auoit donné ſa foy & ſa parole auapara-
uant qu'elle l'eſpouſaſt. Elle ne pouuoit
pas ſe declarer plus ouuertement ny offencer plus ſenſiblement ſon mary , qui
pour empeſcher qu'elle ne fiſt des actions
qui preiudiciaſſent à ſon honneur &
ſa reputation l'enferma dans vne chambre où elle demeura priſonniere auecque la rage & le deſeſpoir qu'on peut

imaginer , elle y mourut. Au bout de
quelque temps Luxor faisant courir le
bruict quelle n'auoit point voulu manger,
& que de ceste sorte elle estoit homicide
d'elle mesme s'estant laissé mourir de
faim : Mais la commune opinion , estoit
que Luxor luy auoit faict prendre quelque morceau qui luy auoit faict haster le
pas vers le cercueil. Se faisant ainsi quitte d'vne mauuaise femme & Paterne libre
de la poursuitte de cette Proserpine qui
comme vne furie estoit tousiours attachée à ses oreilles pour l'importuner de
choses si absurdes & si esloignées de raison que i'aurois honte d'en salir ce papier,
& de conseruer à la memoire ce qui doit
estre enseuely dans vn eternel oubly.
Cependant nous apprendrons de cét
éuenement que d'vn soudain d'espit la repentance est ordinairement fort longue,
& qu'il est aisé de faire des fautes , mais
malaisé de les reparer.

La Belle Mort d'vne Beauté.

HISTOIRE XIII.

A Beauté est vne qualité
que les Dames qui la pos-
sedent estiment autant que
la vie. I'en ay connuë vne
qui ne souhaittoit de viure
que tant qu'elle seroit belle, en quoy
elle fut exaucée plustost qu'elle n'eust
voulu. Il y en a plusieurs qui aime-
roient mieux la mort que de suruiure à la
perte de leur beauté, & pour peu qu'vne
maladie leur face perdre de leur tient ou
de leur embonpoint elle en font plus de
plaintes que si elles auoient perdu vne
grande partie de leurs richesses. La Belle
Helene celle qui fut cause de tãt de morts
& d'vn siege de dix ans estant deuenuë
vieille & en vn aage qui rauage la beauté,
(car vne belle vieille n'est pas vne chose
moins rare qu'vn corbeau blanc) ne pouuoit sans larmes voir ses rides dãs son miroir, se plaignant que toutes les glaces la

X

trompoient , fans confiderer qu'elle n'e-
ftoit plus que les cendres de ce flambeau
qui auoit embrafé toute l'Afie. Vne Dame
de noftre France & de nos iours ayant
iuré apres la mort de fon mary quelle aimoit vniquement de ne fe parer ny mirer
iamais , s'eftant apres quelques années
veuë inopinément dans vn miroir & le
dueil l'ayant extrémément changée, elle
demanda de qui eftoit le vifage quelle
voyoit dans cette glace, & ayant eu pour
refponce que c'eftoit le fien, elle donna
vn dementy pour replique & caffa ce cri-
ftal en l'accufant de fauffeté. Iugez par
là combien doit eftre heroïque l'action
que ie vay reprefenter d'vne belle Dame
qui fe priua volontairement de ce riche
don du ciel qui la rendoit agreable à des
yeux à qui elle ne vouloit pas plaire pour
conferuer fon honnefteté qui eftoit en
vn peril euident. Elle eftoit mariée à Eutique Gentilhomme de mediocre confi-
deration & vaffal d'vn grand Seigneur
que nous appellerons Crefcentian. Cette vertueufe Portiane eftoit vn paran-
gon d'honneur & de beauté en la Princi-
pauté des Catalãs, il n'y auoit point d'harmonie efgale à la cõcorde qui eftoit entre

elle & fon mary, qui fe confiant en la
probité de fa femme, bien qu'il ne fuft
pas ignorant qu'il poffedoit vne perle qui
ne meritoit pas moins d'eftre gardée que
regardée, ne conceut iamais vn feul ombrage de ialoufie encore qu'il vift affez
d'yeux pleins de curiofité qui beuuoient
à long traicts le doux venin qui couloit
de ce beau vifage. Mais le malheur
voulut qu'vn Duc Catalan que ie nom-
merois bien, & de qui Eutique n'eftoit
pas feulement vaffal, mais encore of-
ficier & comme domeftique, voyant
cette excellente beauté en deuint extremement efpris. Il appliqua auffi-toft
fon foin à luy faire entendre fa paffion,
& par toute fortes de courtoifies & de
liberalitez il tafchoit de tirer dans fes filets cette proye qui eftoit trop accorte
pour s'y laiffer furprendre. Il la flattoit
par mille cajolleries, mais elle fçauoit
imiter la prudence de l'afpic, fermant l'o-
reille de la creance à tant d'ineptes loüanges qui ne tendoient qu'à la ruine de fon
honnefteté; il luy promettoit d'auancer
fon mary & fes enfans, d'efleuer leur fortune & d'augmenter de beaucoup leurs
richeffes: Mais elle qui aimoit mieux

vne pauureté honorable que des commoditez acquiſes auec infamie reietoit bien
loin tous ſes propos, aſſaiſonnant auec
tant d'honneur & de reſpect ſes reſpon-
ces que le Duc en deuenoit de plus en plus
enflammé. De ſorte qu'arriué à l'extrémi-
té de ſa patience, & ne pouuant plus ſup-
porter l'impetuoſité de ſes deſirs. Deſeſ-
perant de tirer aucune faueur volontaire de cette femme, il ſe reſolut d'en venir
à la force ſe promettant d'appaiſer ſon
mary par tant de biens & de preſens qu'il
l'obligeroit au ſilence, & au pis aller qu'il
ſe deffendroit aiſement d'vn homme plus
foible que luy. Changeant donc de viſage & de diſcours à Portiane il luy fit aſſez
cognoiſtre par ſes propos qu'il reſſembloit à ceux qui ſont tentez de prendre
par force ce qu'ils deſirent & qu'on ne
leur veut pas vendre ny donner de bon
gré. Cette ſage Dame taſcha de coniurer
ce tourbillon qui menaçoit ſa pudicité
de naufrage, mais voyant que ce naturel
deuenoit d'autant plus farouche quelle
le traictoit auecque douceur, & que d'ailleurs redoutant la puiſſance de ce Prince
(il eſtoit tel de race) elle creuſt qu'il falloit aux extrémes maux appliquer les ex-

trémes remedes, & que le meilleur &
plus feur moyen pour le guerir de fa paffion eftoit d'en ruiner la caufe, & de perdre cette beauté qui luy auoit feruy de
pierre d'achoppement. Elle fe laue donc
le vifage auec de l'eau forte qui luy brufla
tout le teint & fit tomber par efcailles
la peau de fa face, de forte qu'en cet eftat
elle paroiffoit fi hideufe qu'on euft cru
que la lepre l'euft faifie. Le Duc la vit
en cette forme & en eut horreur, mais
vne horreur facrée & refpectueufe ayant
fceu que le feul defir de conferuer la beauté de fa pudeur luy auoit faict coniurer fi
cruellement la deftruction de ce que les
Dames ont de plus recommandable. Ses
iniuftes ardeurs s'amortirent comme qui
euft porté de l'eau fur vn brafier, mais il
luy refta en l'ame vne fi haute eftime de
la vertu de Portiane qu'il l'a regarda depuis comme vn vaiffeau d'élite, vn temple du fainct Efprit, & vne image de perfection. Son Amour fe changea en amitié, & amitié fainche & folide: Car outre
les honneurs qu'il luy defera il auança de
telle forte fon mary & fes enfans qu'il
confeffa depuis qu'il n'euft rien faict
pour eux de fi confiderable fi Por-

tiane se fust renduë à ses desirs. Eutique
mesme ne l'en ayma pas moins, au contraire voyant esclatter les rayons de sa
vertu au trauers des laideurs de ce visage
defiguré qui auoit esté autrefois le rauissement de ses yeux, il ne la regardoit
plus que comme vne chaste, saincte &
heureuse beauté, d'auoir esté ainsi sacri-
fiée comme vne pure victime sur l'Autel
de l'honneur. Puisse cét acte heroïque
viure dans le temple de la memoire autant de temps que la Vertu sera en estime
parmy les bons. Et qu'il fasse honte à
celles qui ne cultiuent les graces qu'elles
ont receuës de la nature, auecque tant
d'art, que pour en faire des iniustes conquestes, & pour luy faire seruir d'appast
aux yeux des inconsiderées.

Les deux Poisons.

HISTOIRE XIV.

’Exemple de Dauid nous fait voir
que l’Homicide, & l’Adultere,
sont deux crimes qui s’entre-sui-
uent ordinairement, & sont liez l’vn à
l’autre, en la maniere que Iacob en nais-
sant tenoit Esaü par le pied. La raison en
est euidente en ce que celuy des mariez
qui fausse la foy iurée à sa partie ne peut
se laisser emporter à d’autres affections,
sans souhaitter que les premieres soient
esteintes, les liens nouueaux estans contraires aux anciens. Vn Seigneur Par-
mesan que nous appellerons Euode ayant
espousé vne femme qui n’auoit pas beaucoup d’inclination à l’aymer, apprit à
ses despens que sans le lien d’vne mu-
tuelle bien-veillance, le mariage est
vne societé fort dangereuse. Et à dire le
vray n’est-ce pas embrasser vne statuë que
de posseder vn corps dont l’esprit est es-
logné. Caliste estoit autant insensible aux

X iiij

carreſſes de ſon mary que ſi elle euſt eſté
de pierre , & n'ayant eſté jointe à luy
que par la volonté de ſes parens dont
elle auoit ſuiuy le mouuement ; elle
auoit ſi peu de ſoin de luy plaire qu'Euode euſt auſſi toſt eſchauffé de la glace que
de faire ſauter dans ſon ſein vne eſtincel-
le de ceſte grande paſſion qu'il auoit pour
elle. Cette froideur neantmoins plaine
de meſpris ne r'allentiſſoit point ſa flamme, au contraire plus il poſſedoit ce qu'il
deſiroit, plus deſiroit-il de le poſſeder:
Mais voyant que le temps ny les bons
traictemens qu'il faiſoit à cette ingrate n'amolliſſoient aucunement la dureté de ſon cœur, comme les Italiens
ſont naturellement ombrageux, il ſe douta que quelqu'autre fuſt maiſtre du cœur
dont il n'auoit que le corps en ſa puiſſance. Et que peut-eſtre dans vne jouyſ-
ſance legitime l'imagination eſtoit adultere. Il ne trouua ſon ſoupçon que trop
veritable ; car ayant eſpié de pres les
actions de cette femme deſdaigneuſe, il
trouua (choſe eſtrange) qu'elle eſtoit deuenuë amoureuſe d'vn de ſes domeſtiques
appellé Elpide ieune homme de bonne
mine d'vn aage floriſſant & d'vne ſanté

vigoureuse. Encore que cette rusée con-
duisist ce commerce auec vn secret merueilleux & vne dissimulation prodigieu-
se, querellant sans cesse, & gourmandant
celuy qu'elle aymoit le plus, & ne le re-
gardant iamais qu'auec des yeux qui sembloient estincelans de courroux, si est-ce
que le ialoux Euode penetra le secret de
ce cœur double, or desormais ceste cachette des tenebres, soit qu'il en fust auerty par quelque seruante, soit que par vn
soin vigilant il eust apperceu quelque
estincelle de cette puante mesche, il
fit tant par son attention, qu'il cogneut
au vray qu'il estoit trahy, & bien qu'il me-
ditast d'en faire vne haute vengeance,
neantmoins parce que sa femme estoit de
bonne maison, & appartenoit à vn Seigneur qui ne luy eust iamais pardonné s'il
eust vsé contre elle d'vne ouuerte violan-
ce, ioint qu'il eust rendu manifeste à tout
le monde ce qui n'estoit qu'à peine reco-
gneu de luy seul. Il prit vn autre conseil,
& delibera se deffaire de ces adulteres, de
telle sorte que la mort fust la punition de
leur crime, sans qu'il en fust accusé comme autheur. Ayant donc accosté deux
Braue, (ainsi appelle-t'on en Italie les

coupe-jarets & affaffins,) & faict prix
auec eux pour tuér Elpide, il enuoya ce
feruiteur aux champs fous le pretexte de
quelque commiffion, & paffant par vn
bois, il fut rencontré par les deux meur-
triers qui eurent bon marché de fa vie:
car l'ayant inopinémēt faifi ils le tuérent
fans aucune refiftance. La nouuelle de
cette mort venuë aux oreilles de Califte,
fon feu que fi long-temps elle auoit tenu
caché fous la cendre de la feinte, fe fit pa-
roiftre auec beaucoup d'inconfideration,
fon mary luy reprochant qu'elle pleuroit
& regrettoit vn feruiteur qu'elle ne faifoit que quereller quand il eftoit en vie, &
que pour fon fujet il auoit efté plufieurs
fois en terme de chaffer. Cette moquerie
n'eftoit pas vn remede à la douleur de Califte, qui s'enfonça depuis cette perte dans
vne fi facheufe humeur, qu'elle n'eftoit
plus fupportable à fon mary, qui pour
fe deffaire d'vn fardeau fi fafcheux eut
recours à la fubtilité fi commune aux
Vltramontains, d'affaifonner vn morceau qui boufche le paffage des vi-
ures. Ils fçauent fi dextrement mefnager les poifons, qu'ils les font durer
autant qu'ils veulent, en forte qu'on

ne se puisse apperceuoir qu'il ayent mis
la mort dans le sein de la personne dont
ils se veulent deffaire. Euode bon ouurier
en cét art en fit donc prendre vne lente à
Caliste, qui minant peu à peu les fonde-
mens de sa vie, la menoit pas à pas au tombeau. Elle s'en apperceut à la fin , mais
trop tard pour y apporter du remede,
parce que le venin s'estoit emparé des
parties nobles, d'où les antidotes ne pouuoient plus le destacher. Aux discours de
raillerie, & aux traicts picquans iusques au
vif que luy lançoit Euode , elle s'apperceut bien qu'il auoit descouuert la verité
de ses larcins auec Elpide , & qu'ayant
faict tuer cét homme , il l'auoit en suitte empoisonnée. Ce qui la fit resoudre
par desespoir à ne mourit pas sans satisfaire à son esprit irrité par vne bonne vẽ-
geance. Comme elle n'estoit pas moins
instruicte en la connoissance des venins
que son mary, elle luy en fit prendre vn si
violent, que trois heures apres elle eut ce
furieux plaisir de le voir mourir deuant
ses yeux , prenant pour benedictions les
maledictions contre sa trahison & son
infidelité , qu'il vomissoit au mesme
temps que son ame desemparoit de son

corps. La Iustice se saisit de Caliste, qui
ne nioit point d'auoir rendu le change à
ce mary qui l'auoit empoisonnée elle
mesme : & soit qu'elle preuint la honteu-
se mort qui la menaçoit par vne poison
plus forte, soit que celle qu'elle auoit prise fist son effect, elle mourut dans la prison auec l'infame renommée d'homicide
& d'adultere.

La Fortune infortunée

HISTOIRE XV.

Ans ces grandes plaines qui ont comme ie croy, donné le nom à la Champagne le Laboureur Priuat estoit attentif à cultiuer sa terre & à y faire de larges sillons auec le coûtre de sa charruë. Lors qu'vn Cheualier venant à trauers champs & d'vn quartier fort esloigné du chemin, luy demande si pour vne bonne somme d'argent, il se voudroit charger de la nourriture d'vn enfant de bon lieu, mais dont le pere & la mere ne vouloient pas estre cognus, luy faisant esperer outre les pistoles qu'il lui monstroit que cét enfant pourroit vn iour estre cause de sa bône fortune. Le paysan ébloüy à la veuë de cét or, & qui auoit en sa maison la femme de son fils fort bonne nourrice, prend ce doux faix & sans faire plus longue enqueste le porte chez luy tandis que l'homme de cheual picque & disparoist en peu de

temps deuant ses yeux. Ce petit poupon
que nous appellerons Niuian fut esleué
dans la famille de Priuat comme son petit fils,& comme il auoit vn rayon de Noblesse sur le front , encore qu'il vescust
parmy des paysans son humeur n'estoit
pas villageoise. Il n'auoit rien de rustique
ny au corps ny en l'esprit , vne beauté extraordinaire, vne taille droite, vne adresse merueilleuse, vn courage esleué , tousiours le Capitaine & le Maistre de
ceux de son aage. Vn Seigneur passant
vn iour par le village où il demeuroit
le trouua si agreable & si gentil qu'il
eut la curiosité de sçauoir qu'il estoit,
& il n'en apprit autre chose que ce que
nous en auons dit , Priuat son pere
nourricier n'en sçachant pas dauantage.
Alors Macrin (c'est le nom de ce Seigneur) pressé du desir de voir àquoy se ter-
mineroit la bonne ou mauuaise fortune
de cét enfant, qui auoit ie ne sçay quoy de
grand & d'asseuré dans le front, fit resolution de l'emmener en vne Prouince voisine où estoit sa demeure. Niuian pouuoit
auoir treize ou quatorze ans , il le donna
pour Page à Abondante sa femme, qui le
receut comme vn present precieux : Elle

estudioit ses actions, & le regardoit comme vn modele de gentillesse & de perfection. Elle l'ayma aussi-tost de telle sorte
que Macrin se repentit presque de luy
auoir baillé, parce qu'il sembloit que depuis la venuë de ce Page elle n'eust plus
tant de soin ny d'amour pour ses propres
enfans, faisant de ce beau fils son idole.
Elle le faisoit si braue que cette pompe alloit à l'excés. Et Niuian se rendoit si souple à ses volontez & si complaisant, qu'il
estoit le charme de son esprit & le para-
dis de ses yeux. Quiconque touchoit ce
Page l'offençoit estrangement, & s'il eust
esté moins enfant sans doute Macrin eust
eu suiet d'en conceuoir de la ialousie. Il
vescut quelques années en cette condition, croissant tous les iours en beauté, en
bon grace, en addresse, & se faisant mesme
aymer de son Maistre, mais non pas tant
que de sa Maistresse, qui en estoit plus folle qu'vne fille n'est de sa poupée. Elle le
faisoit friser, poudrer & parfumer comme s'il eust esté vne fille, & s'il se trouuoit
mal elle le seruoit auec des soins & des
assiduitez incroyables. Macrin alloit souuent à la Cour, mais la Cour de sa femme estoit autour de son aage. Estant à la

-Cour il se trouua engagé en vne querelle
où il fut tellement bleffé qu'il en mourut
au bout de trois iours, laiffant Abondante
vefue à l'aage de quarante-deux ans. Niuian en pouuoit auoir dix huiƈt, & eftoit
en vne fleur de beauté digne d'occuper
tous les pinceaux des Peintres. Abondante, que le refpeƈt du mariage auoit retenuë dans le deuoir & dans les termes de
l'honnefteté, ayant par le temps feiché les
larmes qui penferent noyer fes yeux en la
mort de fon mary, commença à ietter fur
le vifage de Niuian des regards autres
qu'auparauant ; & des eaux de fes pleurs
fortirent des flammes qui embrafe-
rent fon cœur. Elle luy faiƈt quitter la
cafaque, & dans l'habit de deüil où elle
s'eftoit enfermée, & qu'elle fit prendre à
tous ceux de fa maifon elle trouua des
graces nouuelles en Niuian, comme fi elle euft rencontré des charbons ardans
fous des cendres. Pourquoy m'arreftay-ie
contre le deffein de la briefueté à depein-
dre la naiffance & le progrés de cét A-
mour ; elle brufle pour Niuian, & cette
paffion à qui on met vn bandeau fur les
yeux, fermant les fiens à ce qui la pouuoit
retirer de cette affeƈtion, elle ne les ouure
que

que sur l'agreable fontifpice de ce palais
enchaté. Si quelquefois la raifon luy dar-
de fes rayons à trauers les nuages qui of-
fufquent fon efprit, & luy reprefente que
c'eft vn garçon dont la naiffance eft inconnuë, elle prend de là occafion de croire que c'eft le fils de quelque grand Seigneur, & qu'il a trop bonne mine pour
eftre d'vn fang ignoble. Si elle penfe que
c'eft vn valet, elle adioufte qu'il luy vaut
mieux efpoufer vn feruiteur qu'vn maiftre, & qu'auec le plaifir du mariage elle
aura encore celuy de commander, & de
s'exempter de fubiection. Si elle regarde
la difpofition de l'aage, elle appelle à l'in-
certitude de la mort, qui faict que les ieunes gens font auffi peu affeurez de viure
que les perfonnes vieilles. Elle alloit à
grãd pas au mariage par ce chemin, mais le
remord de l'intereft l'épefcha de cingler à
pleines voiles où elle defiroit. Elle euft
perdu la tutelle ou garde noble de fes enfans en fe remariant ; & reduitte au petit
pied de fon doüaire, elle n'euft pas eu le
moyen de fouftenir le grand vol qu'elle
auoit pris. De plus, elle fe fuft réduë la ri-
fée & la fable de toute la côtrée, & tant fes
parens propres que ceux de fon mary euf-

Y

-sent faict des efforts pour rompre son def-
sein. Elle remet au temps l'accommode-
ment de toutes chofes, cependant la con-
uoitife la preffe, l'obiect eft prefent, &
en fa puiffance, ne vous eftonnez pas de
fa cheute. Elle trouua fon Adonis affez
difpofé à luy complaire. Il eftoit ieune,
elle eftoit artificieufe, elle luy perfuada
ce qu'elle voulut ; elle efblouit les yeux
de cét adolefcent de prefens & de belles
promeffes, elle luy fait voir que fa fortune
eft en fes mains, qu'elle le rendra riche &
heureux s'il s'accommode à fes defirs : il
fe rend à fes volōtez, & elle iouit à la fourdine de celuy qu'elle aymoit de fi longue
main, & dont elle eftoit idolatre. Elle luy
fait voir qu'elle ne le peut efpoufer ouuer-
temēt fans ruiner fes affaires, mais qu'elle
ny manquera pas en fa faifon, cependant
elle luy promet ce qu'elle veut, & fe faict
promettre de luy ce qui luy plaift, fur ces
fimples formalitez qui font affez peu con-
fiderables en iugement, ils viuent auecque
la liberté d'vn mary & d'vne femme, ne
penfans point commettre d'offence , &
Abondante fe promettant fi ce commerce
venoit à fe découurir elle metroit auffi toft
fon honneur à l'abry par le mariage. Elle

vefcut trois ou quatre ans dãs ces delices,
mais l'autorité que prenoit Niuian dans
fa maifon & dans le gouuernement qu'elle luy donnoit de fes affaires, ioinctes aux
priuautez & familiaritez exceffiues qui
paroiffoient entre elle & luy, d'vn mur-
mure domeftique firent incontinent vn
bruict public, qui croiffant par fon progrés comme les fleuues par leur cours,
prefcha fur les toits ce qui fe faifoit dans
les chambres, & manifefta la cachette
des obfcuritez. Cela pourtant ne preffa
point Abondante à efpoufer Niuian pour
ne perdre le maniement du bien de fes enfans dont elle fouftenoit le luftre de fa
vanité. Or vous fçautez que Niuian
eftoit fils d'vn Seigneur de marque à qui
nous donnerons le nom de Lambert
qui en fes ieunes ans & du viuant de fon
pere auoit efpoufé clandeftinement vne
fille d'affez baffe qualité de qui Niuian
auoit pris naiffance. Cette fille eftant
morte quelques années apres auoir mis
Niuian au monde laiffa Lambert en la liberté de prendre vn autre party. Il efpou-
fa donc Rogelle fille de fa qualité de qui
il n'eut que deux filles. Eftant l'aifné de fa
maifon & en poffedãt les fiefs qui eftoient

substituez à des masles à l'exclusion des
femelles, il auoit vn extreme desplaisir
de voir ses filles frustrées de son heritage
qui deuoit passer à ses neueux. De longue main il auoit esté attaqué de l'indis-
position de la pierre, & s'en voyant pressé iusques à vne extremité si grande qu'il
aymoit autant la mort que viure en de si
rudes & continuelles douleurs, il se resolut de se faire tailler, & parce qu'il pré-
uoyoit le hasard où il se mettoit il voulut disposer de ses biens & puis mettre son
ame en estat de comparoistre deuant le
tribunal de Dieu. Ce fut icy que la nature
fit son effect, & que r'appelant en sa memoire celuy qu'il auoit oublié par l'espace
de vingt-deux ans, il faict chercher Niuian pour l'appeler à sa succession & le
rédre heritier de son nom & de ses armes.
L'homme qui l'auoit remis à Priuat estoit
mort & Priuat aussi, mais la belle fille de
Priuat qui l'auoit nourry estant encore
en vie donna de telles enseignes qu'en
fin il fut trouué en la maison d'Abondante où il auoit esté esleué de la sorte
que nous auons representé. Ces nouuelles
n'apporterent pas moins d'estonnement à
Niuian que de ioye à Abondante qui erût

lors que ſes ſouhaits ſeroient glorieuſe-
ment accomplis, & que ſon ſecond mariage auecque ſon beau Medor ſeroit plus
honorable que le premier. Niuian monte à cheual & part promptement pour
aller recueillir vne ſi bonne fortune, ſon
pere rauy d'aiſe de le voir ſi beau & ſi accomply benit Dieu de luy auoir conſerué
vne tel heritier. Il declare ſon premier
mariage & le publie & reconnoiſt Niuian
pour ſon fils legitime qu'il inſtitué ſon
heritier, & de ceſte façon ſe mit à la taille. Cette cure ne reuſſiſſant pas & la gangrene s'eſtant miſe à la playe il fallut
mourir & Niuian ſe vid preſque auſſi toſt
priué de ſon pere que reconnu pour ſon
enfant : Il ſe trouue neantmoins en la
poſſeſſion des biens ou Lambert l'auoit
mis en luy recommandant Rogelle ſa ſeconde femme & ſes ſœurs. Les neueux de
Lambert qui abboyoient il y auoit long
temps apres ceſte ſucceſſion s'en voyans
fruſtrez par la venué inopinée de Niuian,
entrent en des deſeſpoirs & en des fureurs demeſurées : Ils le veulent mettre
en procés & debatre les heritages qu'ils
croyent leur appartenir, faiſant declarer
nul comme clandeſtin le premier mariage

de Lambert. Abondante ſuruint la deſſus , & faiſant ſouuenir Niuian des bons
offices qu'elle lui auoit rendus,&des promeſſes qu'il luy auoit faites de l'eſpouſer,
le ſomme de les accomplir , & de la prendre pour ſa femme.Niuian,ou aueuglé de
ſa proſperité nouuelle,ou las des embraſſemens d'Abondante , que l'aage auancé
rendoit moins agreable , luy reſpondit
auec non moins de diſcourtoiſie que d'ingratitude , que comme elle auoit meſpriſé de l'eſpouſer lors qu'elle penſoit eſtre
plus que luy , il luy rendoit ſon change
ſe voyant eſtre plus qu'elle ; au reſte que
de mille ſermens amoureux on n'en feroit pas vne bonne obligation. Abondante ſi honteuſement rebuttée,& ſe voyant
perduë d'honneur & de reputation , conceut vn tel regret de la meſcognoiſſance
de celuy qu'elle auoit aymé plus qu'elle
meſme : qu'eſtant de retour elle ſe mit au
lict, d'où elle ne ſortit que pour eſtre miſe dans le cercueil. Niuian coulpable de
cette mort n'en porta pas loin la punition : car ſes couſins impatiens des longueurs de la Iuſtice , & faiſans à la mode
de noſtre Nobleſſe, qui en ce temps-là ſe
faiſoit iuſtice à elle meſme par l'abomi-

nable vſage des duels, l'ayant fait appeller pour remettre la deciſion de leur different au ſort des armes. Niuian ſe trouua au lieu aſſigné auec vn ſecond, & comme il auoit eſté eſleué par Abondante
pluſtoſt en Paris qu'en Hector & en Adonis qu'en Achille, il tomba ſous l'eſpée
de l'aiſné de ſes couſins, qui luy fit perdre
ſur le champ la vie & l'heritage. Telle fut
la Fortune infortunée de Niuian, qui vit
comme vn eſclair naiſtre & mourir ſon
bon-heur en peu de iours, connoiſſant par
experience que la felicité de cette vie eſt
vn court ſonge, ou pluſtoſt l'ombre d'vn
ſonge, & ſemblables à ces debiles vapeurs
qui s'abbatent preſque auſſi-toſt qu'elles
s'eſleuent. Ce n'eſt pas à nous de ſonder
les ſecrets de l'abyſme de la Prouidence:
car qui a iamais eſté au conſeil de Dieu?
mais ſi on peut donner ſans temerité
quelque choſe à la coniecture: il me ſem-
ble que l'ingratitude dont il auoit indignement payé tant de bons offices qu'il
auoit receus d'Abondante, le rendoit indigne de jouyr long-temps du bon-heur
qui luy eſtoit arriué.

La prompte Credulité.

HISTOIRE XVI.

Eluy qui croit trop tost, dit le sacré Texte, est leger de cœur. L'honneur du Roy de gloire, dit le Psalmiste, veut estre accompagné de iugement. La soudaineté a cela de miserable, qu'elle traine à sa suitte de longues repentances : la colere & le desespoir font faire des coups à la chaude dont on a tout loisir de s'en desplaire. Vous allez voir toutes ces veritez estallées sur le theatre de l'Histoire que ie vay tracer. Les Allemans quoy qu'habitans d'vn climat froid, sont neantmoins prompts & boüillans : de là vient le prouerbe d'vne querelle d'Allemant, pour dire vne colere soudaine & qui a plutost fait son coup qu'elle n'y a pensé, foudre qui precede son éclair. En vne ville du Diocese de Saltzbourg Peregrin gentil personnage d'assez honneste famille, mais de petits moyés, eut le cœur assez bon pour es-

Ieuer ses desirs vers Euphrase, ieune Damoiselle de bon lieu, fort riche, son courage suppleant à ses forces, sa gentillesse
luy tenant lieu de pouuoir, il fit tant par
ses assiduitez & ses industries, qu'il s'insi-
nua dans les affections de la fille & si auant
que comme il desiroit par le mariage passer ses iours auec elle: elle de son costé ne
pouuoit viure sans luy. Ils tindrent leurs
flammes secrettes autant qu'ils pûrent,
sçachans bien que les parens de la fille, qui
n'auoient autre idole que le bien & l'interest, s'opposeroient à leurs affections aussi
tost qu'ils en auroient la connoissance.
Ils viuoient donc en compagnie & deuant les yeux du monde auec vne indifference estudiée, qui tenoit beaucoup plus
de la froideur que de la passion : mais la
frequentation, qui est l'huile de ce feu, descouurit à la fin leur intelligence, & à trauers leurs mines côtrefaites leurs desseins
furent euentez. Aussi tost les parens d'Euphrase se mettent en peine d'esteindre ce
feu, qui estoit vn embrasement dans le
cœur de leur fille. Il n'y a rien que les Allemans ayent en plus grande horreur
de se mesallier, comme sçauent ceux qui
connoissent les mœurs de cette nation:

& parce qu'Euphrafe auoit quelque degré de nobleffe qui manquoit à Peregrin,
fes parens ne la battoient d'aucune plus
forte piece que de luy remonftrer le tort
qu'elle feroit à leur fang, de le mefler auec
vn moins illuftre que celuy de leur race.
Et certes quoy que les Allemans foyent
tenus pour vne nation des moins inge-
nieufes & vaines d'entre les Europeans,
fi eft-ce qu'en ce point de la nobleffe &
des alliances, ils font plus de confidera-
tion qu'aucune autre : & on peut donner
cette loüange à la grandeur de leur courage, que la plus pure & ancienne nobleffe qui foit au monde fe trouue parmy eux.
C'eftoit donc là la principale batterie que
les parens d'Euphrafe pointoient contre
fon affectiõ pour Peregrin, mais l'amour
qui efgale les inegalitez, & qui vnit les
chofes les plus efloignées, tenoit fort
dans fon cœur, & furmontoit ces foibles
oppofitions. Elle confeffe qu'elle l'ayme,
& l'ayme tellement, qu'il n'y a plus de
place en fon cœur pour aucun autre : &
que fi on luy refufe cét homme pour mary elle efpoufera vn tombeau. Les parens apres auoir employé les moyens les
plus doux & les perfuafions qui leur fem-

bloient les plus iustes & raisonnables pour
la guerir de cette passion, & la destourner
de l'inclination qu'elle auoit pour ce personnage, voyans ces remedes inutiles,
parce que cette affection auoit ietté de
trop profondes racines en son ame, se seruent de leur authorité pour arracher cette folie de son esprit par des moyens plus
rudes ; ils luy defendent la communication auec Peregrin, & menacent de faire
vn mauuais tour à ce ieune homme s'ils
s'apperçoiuent qu'il pratique leur fille, &
qu'il continuë auec elle ses intelligences.
Mais que ces defences sont friuolles contre vne si puissante passion que celle qui
anime ces ieunes gens : au lieu de les des-
ioindre ils les resserrent & vnissent plus,
n'y ayant rien qui soit plus desiré que ce
qui est plus defendu, & la contrarieté pi-
quant l'appetit de la mesme façon qu'en
hiuer le feu est plus ardant quand le froid
est plus aspre. Les inuentions de s'entre-
uoir ou de s'écrire furent plus subtils en
ces esprits que les empeschemens de
ceux qui espiolent leurs actions, & quelque remonstrance que les parens d'Euphrase luy fissent elle demeuroit tous-
iour ferme en sa resolution. Ils creurent

que l'vnique moyen de la vaincre eſtoit
de la donner a vn autre que Peregrin:
ils luy cherchent donc vn party conuenable , & ayant trouué Domnole , ieune
homme égal en biens & en naiſſance , &
diſpoſé à prendre Euphraſe pour femme
ſi elle le vouloit pour mary , ils preſſent
cette alliance autant qu'ils peuuent , &
la fille y reſiſte de toutes ſes forces. Quelque mauuais traittement qu'elle fiſt à
Domnole pour l'eſloigner d'elle il auoit
trouué ſur ſon viſage des traits ſi char-
mans qu'il ne ſe pouuoit empeſcher de la
deſirer , & ayant la parole des parens il
eſperoit touſiours que cette fille ſeroit
trop foible pour y reſiſter long temps , &
qu'en fin elle ſeroit contrainte de ſe rendre à leur volonté : & d'effet ſes parens la
tiennent priſonniere , & luy font ſentir
tant de rigueurs que reſoluë de ſortir de
tant de peines par vne mort , puis qu'auſſi
bien toute eſperance de poſſeder Peregrin luy eſtoit oſtée. Sur ce furieux deſſein elle contrefait la malade, & feint d'e-
ſtre ateinte d'vn mal de coſté ſi vehement
qu'elle en perdit la reſpiration ; chacun
ſçait que la prompte ſaignée eſt le ſouue-
rain remede de la pleureſie, & c'eſtoit à ce

deſſein qu'Euphraſe fit cette feinte, on la
ſaigne donc, & elle fit ſemblant de ſe ſentir ſoulagée, Mais voyez ſon ſtratageme,
apres auoir eſcrit à Peregrin auec ſon
ſang des proteſtations d'amitié inuiolable, elle luy declare qu'elle ſe va deſban-
der le bras pour mourir par la perte de
ſon ſang, luy iurant qu'elle mouroit à
luy, puis qu'elle n'auoit pû obtenir de la
cruauté de ſes parens de viure ſienne.
Ayant remis cette lettre à celuy qui luy
en faiſoit tenir de la part de Peregrin : elle s'enfonce dans ſon lict, & deſbande ſon
bras, reſoluë de ſe laiſſer deffaillir par l'é-
coulement de ſon ſang. Et ſans doute ſa
penſée euſt eſté ſuiuie de l'effect, ſi par vn
bon-heur ineſperé ſa mere la venant voir
ne l'euſt trouué éuanoüie, & toute bai-
gnée dans ſon ſang. Elle crie auſſi-toſt au
ſecours, & quelque diligence que l'on
apportaſt elle en auoit tant perdu qu'elle
demeura en ſincope quelques heures ſans
pouuoir reuenir de cette paſmoiſon, ſi
bien que le bruit courut auſſi-toſt par
toute la ville qu'elle eſtoit morte : Quelques Medecins meſmes deux qui la virent
en cét eſtat la tindrent pour paſſée, & Peregrin ayant receu cette triſte nouuelle

d'vn d'entr'eux, appliquant trop promptement sa creance à cét accident, reso ut
de quitter pour iamais vne terre où il ne
pourroit viure sans mourir tous les iours
mille fois par la violence de ses desplaisirs. Il monte à cheual, & s'estant durãt la
nuict desrobé de la veuë des siens, il s'en
va du costé d'Italie, où il auoit determiné
de se retirer, si Domnole eust sur son visage espousé sa maistresse. Il s'en va donc
rongé de plus de regrets que l'esté n'a de
fueilles, & faisant deux fleuues de ses yeux
il estoit mal-aisé de iuger s'il alloit par eau
ou par terre. Cependant qu'il s'esloigne
d'Euphrase, qu'il tient pour morte, cette
fille secouruë de beaucoup de remedes reuient de bien loin saluer la vie: mais si pas-
le & deffaicte, que la mort mesme ne l'eust
pas prise pour vne personne viuante: elle
fut vn an tout entier dans le lict comme
paralitique, & comme on ne la voyoit
point par la ville chacun la tenoit pour
morte: ce qui confirma le bruit de sa mort
qui fut mandé à Peregrin, qui ayant roulé par l'Italie durant cinq ou six mois, las
de trainer dans le monde vne vie vaga-
bonde & miserable, se resolut de se faire
Moine, & d'enseuelir dans vn Cloistre

tous ses desplaisirs. Ce fut en Sicile, cette
Isle qui en fertilité n'a point sa pareille au
monde, qu'il se ietta dans vn Conuent, &
pource qu'il n'auoit point de lettres, ne
pouuant estre Prestre, il se contenta de la
qualité de Frere-lay, l'an de son Nouiciat
expiré il fut admis à la profession dont
il fit sçauoir la nouuuelle en son pays
auant qu'on sceust qu'il eust pris l'habit
de Moine. Cependant Euphrase soit par
sa bonne constitution, soit par la vigueur
de sa ieunesse, soit par l'assistance des
siens reuint à conualescence & peu à peu
reprit cet embonpoint, & cette beauté
dont l'idée ne s'estoit point effacée du
souuenir de Domnole, le temps l'ayant
renduë plus sage & ayans eu tout loisir
dans le lict de se repentir de sa folie qui
l'auoit mise sur bord des deux morts temporelle & eternelle, elle prit vn meilleur conseil, & sur l'auis quelle eut
que Peregrin s'estoit faict Moine & auoit
fait profession, elle crût que ce seroit vne
vanité toute pure de penser dauantage à
luy, veu mesme qu'vne longue absence
ayant passé l'esponge sur les traits de son
visage quielle auoit empraints dãs le cœur
& tout espoir de le posseder luy estant

osté il n'y auoit plus d'apparence de se
tourmenter pour cette affection. La per-
seuerāce de Domnole luy toucha le cœur
& sans vne ingratitude inexcusable elle
crût ne pouuoir luy desnier vne reciproque bien-veillance. Elle luy tesmoigné
donc des regrets du passé & luy promit de
l'aimer à l'auenir & de rendre à ses parens
toute obeissance. Durant que les affaires
de ce mariage s'acheminoient Peregrin
eut auis que cette Euphrase qui auoit esté
morte en son opinion durant deux ans
estoit encore en vie aussi belle que iamais
& preste de se rendre aux desirs de Domnole sur la nouuelle quelle auoit euë qu'il
s'estoit couuert d'vn froc. Quel assaut au
cœur de nostre Moine qui ne s'estāt ietté
dans le Cloistre que par melancolie & par
desespoir se repentit aussi-tost d'vn effect
dōt la cause estoit fausse. Apres quelques
resueries & consultations il se desrobe du
Cloistre va à Rome pour se faire dispen-
ser deses vuxœ. Il y remōstre qu'il estoit
dans le monde engagé de parole & par escrit à vne fille à qui il auoit donné sa foy
& de qui il l'auoit receuë. Que la croyant
morte pressé de desespoir il s'estoit ietté
dans l'estat monastique où il ne fust
iamais

iamais entré s'il l'euſt ſceuë en vie, que
ayant depuis eſté aduerty de ſa conualeſcence il demandoit l'abſolutiõ des vœux
qu'il auoit faits ſur cette fauſſe opinion.
Soit donc qu'il obtint ce qu'il demandoit,
ſoit qu'il fuſt refuſé, tant y a que quittant
l'habit & ayant des lettres de diſpenſe)
fauſſes ou vrayes c'eſt ce que ie ne ſçay
pas)il va en diligence en ſon pays, & s'y
rencontre comme les accords de mariage d'Euphraſe & de Domnole eſtoient
déſia faits & les fiançailles ſur le point d'e-
ſtre celebrées. Il forme ſon oppoſition,
& ayant parlé à Euphraſe à qui il raconta
l'hiſtoire de ſa vie depuis ſon abſence,
cette fille ſoit quelle euſt tourné toute
ſon affection vers Domnole, ſoit quelle
euſt vne ſecrette auerſion de tomber entre les bras d'vn Moine deffrocqué, ſoit
qu'elle euſt quelque ſoupçon que la diſ-
pence de Peregrin ne fuſt pas legitime,
tant y a qu'elle teſmoigna aſſez à Peregrin quelle auoit changé d'humeur &
d'inclination, & que le trouble qu'il venoit faire à ſa feſte ne luy eſtoit pas agreable : ce qui mit Peregrin en tel deſeſpoir
qu'il ſe reſolut de mourir ou d'oſter la vie
à Domnole, & d'effect allant bien armé

Z

pour l'attaquer en quelque lieu qu'il le rencontreroit. Domnole en eſtant auerty n'alloit plus que bien accompagné & en deliberation de ſe deffendre; il fiança Euphraſe ſur le viſage de Peregrin qui tenant cela pour affront boüilloit d'vne extréme colere. Colere qui l'aueugla de telle ſorte que comme vn ſanglier furieux qui ſe iette au trauers d'vne meutte de chiens; tout ſeul auec vn courage ou pluſtoſt vne rage incroyable, il ſe ietta au milieu de ceux qui accompagnoient Domnole qu'il appeloit le voleur de ſon bien, & l'ayant bleſſé legerement il fut auſſi toſt accueilly de tant d'eſpées, que lardé de toutes parts il vomit ainſi ſon ame auec ſon ſang. Cette mort ne fut pas vangée, parce qu'il auoit eſté l'attaquant, & les autres n'auoient eſté que defendeurs. Ainſi finit cét homme à qui la credulité trop prompte fit faire vne eſchappée telle que nous l'auons de peinte : & Domnole eſtant guery eſpouſa Euphraſe, apres vne longue patience, auec des contentemens qui ne ſe peuuent dire.

Le Violement.

HISTOIRE XVII.

SElon noſtre commune façon de parler nous appelons Amitié la bienveillance d'homme à homme, ou de femme à femme, & l'Amour celle d'homme à femme, ou de femme à homme. Mais combien ſont grands les auantages de l'amour ſur l'amitié? & combien ſon feu eſt-il plus cuiſant & plus actif puis que l'amour faict violer les loix de l'amitié les plus inuiolables? Tandis que Straton & Antonian eſtoient garçons ce n'eſtoit qu'vne ame en deux corps, rien ne les pouuoit ſeparer, meſmes deſplaiſirs & meſmes ioyes, meſmes intereſts, meſmes paſſe temps : tout eſtoit commun entre-eux, & nul ne pouuoit dire quelque choſe ſienne, puis que chacun eſtoit plus à ſon amy qu'à ſoy meſme. Cependant l'amour dont la vertu eſt ſi vniſſante, met de la diuiſion en cette amitié par la rencontre que vous allez entendre. Apresqu'ils eurent paſſé enſemble leurs plus vertes années, & que les plus forts mouuemens de la ieuneſſe eſtans refroidis, ils voulurent penſer à leur fortune : ils penſerent que l'vnique moyen de ſe retirer de toute deſbauche, & de prendre vn train de vie plus reiglé & plus aſſeuré c'eſtoit de ſe marier. Tandis qu'ils ſont en cette queſte Straton fit rencontre de Menodore, ieune Damoiſelle fort vertueuſe & de bon lieu, & qui aux moyens & à la bonne naiſſance joignoit vne beauté qui n'eſtoit pas des vulgaires. Ce fut là le bel objeſt qui fit conqueſte de ſon humeur auparauant volage & qui triompha de ſa liberté. D'abord à ce lieu d'honneur que par la porte du mariage ny il n'en falloit pas eſperer ny luy-meſme n'y auoit pas d'autre pretention, conduiſant donc ſa barque ſelon ce deſſein, il ſceut ſi bien meſnager le vent de ſa bonne fortune & ſe trouua ſi bon Pilote qu'il arriua apres vne ſage & heureuſe recherche au port deſiré. Antonian qui par le droiſt d'amitié prenoit part à tous les intereſts & à tous les contentemens de ſon Amy fut extremement ayſe de voir qu'il euſt ſi heureuſement ren-

contré en vn marché qui reüſiſſoit à ſi
peu de gens. Ce mariage de Straton & de
Menodore ſe pouuoit dire tout de roſes
ſi l'amitié d'Antonian n'y fuſt venu ſemer
des eſpines ſanglantes, dont les funeſtes
effects apparoiſtront au progrez de ce
narré. Quelque ſocieté & communion
qui ſoit entre des Amis chacun ſçait
qu'elle ne paſſe point iuſques aux femmes,
& que le lict non plus que le trône ne
veut point de compagnon ; neantmoins
la familiarité que l'infidele Antonian
auoit chez Straton ſon amy luy ayant
donné ſujet de ietter ſur Menodore des
yeux pleins d'adultere, il vint par ces regards inconſiderez aux deſirs illicites, &
de ces deſirs aux complaiſances, aux entretiens, aux affetteries, aux caiolleries
qui ont de couſtume de preceder les mauuais deſſeins. Menodore qui eſtoit l'honneſteté meſme, & qui ne voyoit que par
les yeux de ſon mary, voyant l'eſtat qu'il
faiſoit de l'amitié de cét homme qu'il tenoit vn autre ſoy-meſme, ne pouuoit
qu'elle ne l'eſtimaſt & en ſuitte qu'elle ne
luy fiſt tous les accueils que la bien-ſeance
& la pudeur peuuent permettre, ce qui
eſtoit pris par Antonian pour des faueurs

nourricieres de ſes eſperances (tant il eſt
vray que nous nous promettons aiſément
ce que nous ſouhaittons auec paſſion :)
Au commencement il ſe conduiſoit auecque tant d'accortiſe pour n'offencer par
ſes priuautez les yeux de ſon Amy & ne
luy donner à cognoiſtre l'alteration de
ſon ame que Menodore meſme ne ſçа-
uoit que iuger de ce diſſimulé qui con-
trefaiſant le reſerué encore qu'il fuſt
bien eſmeu ſouffloit le chaud & le froid
d'vne meſme bouche : Car aux loüanges
qu'il luy donnoit de ſa beauté , de ſa
bonne grace , de ſa gentilleſſe , par où il
taſchoit de preparer ſon cœur aux impreſſions de ſa paſſion, il en ajouſtoit tant
d'autres de ſon Amy , l'eſtimant heureux
d'eſtre poſſeſſeur d'vn tel treſor , qu'il
eſtoit mal ayſé de deuiner s'il la loüoit ou
à cauſe de luy ou pour l'amour d'elle. Mais
en fin preſſé de la violence de ſes deſirs il
luy falut parler plus clairement , car Menodore qui n'euſt iamais imaginé vne ſi
laſche trahiſon en vn tel Amy ne reſpon-
doit que par compliment à toutes ces cajolleries , & luy teſmoignant plus d'honneur & moins d'Amour qu'il ne deſiroit;
il bruſloit à petit feu aupres de ſon reme-

de, experimentant qu'il n'y a point de plus
grande gesne que la presence d'vn object
souhaitté & deffendu. Il se descouurit
donc & par vn coup sinon de lancette au
moins de languette, il fit sortir le pus infame de l'apostume qu'il auoit dans le
cœur. De vous dire auecque quelle esmo-
tion & tremblement il s'exprima, & combien il apprehendoit le refus ou d'estre
descouuert, c'est ce qui ne se peut representer assez viuement par des paroles.
Le criminel qui paroist deuant son Iuge
pour estre interrogé, & sur ses responces
receuoir l'Arrest de sa vie ou de sa mort,
n'est point en vn plus grand desordre d'esprit qu'estoit Antonian : Mais le trouble
n'estoit pas moins grand en l'ame de Menodore, car quand elle eust rencontré vn
serpent, que dis-je, mais vn lyon rauissant
en son chemin, vne plus grande frayeur
n'eust pas rauagé sa raison: Elle ne luy respondit que par le silence, & silence non de
consentement, mais d'horreur. Antonian lisant assez sur la palleur de son
visage & dans ses yeux esgarez la confusion de ses pensées. A la fin quand vn peu
de loisir luy eust donné le moyen de r'appeller ses esprits elle fit des reparties à

Antonian telles que deuoit faire vne Dame qui prefere l'honneur à la vie, luy tef-
moigne auoir vne merueilleufe indignation de ce qu'il auoit efté fi temeraire de
foüiller fes oreilles de propos fi efloi-
gnez de fon deuoir. Alors Antonian fe
tint pour ruyné, lifant dans fon front honorable les prefages de fon mal-heur,
& craignant de perdre en mefme temps
fon Amour & fon Amitié qu'il tenoit
pour les biens les plus precieux qu'il
euft au monde. Ayant donc recours à la
rufe pour reparer la faute qu'il venoit
de commettre, il s'auifa d'vn prompt ftratageme faifant croire à Menodore que
ce qu'il en auoit fait eftoit du confeil de
Straton qui l'auoit prié de la tenter de la
forte pour connoiftre fi fon honnefteté
eftoit à l'efpreuue des muguetteries. Cette femme qui eftoit vne Colombe fimple & fans fiel crût ce difcours qu'il colo-
ra de beaucoup d'apparence, & ne garda
aucune haine contre fa malice, croyant
qu'il auoit en fon action fuiuy le deffein
de fon mary, mais il luy refta contre Straton quelque petite fafcherie, voyant que
fans luy auoir donné aucun fujet de foupçon il eftoit entré en defiance de fa fide-

dité. Toutefois elle s'appaisa venant à penser qu'il la consideroit comme femme,
c'est à dire, comme vn roseau fragile &
capable d'estre plié par toute sorte de
vents. Depuis ce temps-là Antonian mar-
cha plus retenu en sa conduite & ne traittant auec elle que d'vne façon fort mode-
ste, il luy donna sujet de croire ou que ce
qu'il luy auoit dit faussement estoit vne
verité, ou qu'il auoit perdu la passion qu'il
auoit trauaillé pour elle. Mais le meschāt
a bien d'autres pensées, car comme l'or-
gueil s'esleue tousiours, aussi la malice
d'vn cœur depraué augmente sans cesse:
il faict dessein d'attacher la peau du lyon
où celle du renard n'auoit pû atteindre, &
de faire (pour venir à bout de sa mal-heureuse pretension) que la force suppleast
au deffaut de la ruse. Aussi bien ne voyoit
il aucune apparence d'acquerir de bon
gré aucune faueur de cette femme honorable. Il luy fut aysé d'en trouuer l'occasion, car estant aussi souuent dans la
maison de son Amy qu'en la sienne, & y
viuant aussi librement que chez soy; il
sceut que les affaires de Straton l'obli-
geoient d'aller à Paris pour la sollicita-
tion d'vn procez, deliberant durant cette

abfence de faire fon coup , & de fatisfaire
à fon defir , finon par amour , au moins
par violence. Straton part luy recommandant fa femme & fa maifon , ce qu'il
n'euft pas faict fi Menodore l'euft auerty de l'attente qu'Antonian auoit voulu par fes perfuafions faire à fa pudicité. Mais cette femme ayant pris la tromperie de ce mefchant Amy pour vne
chofe vraye, & voyãt que depuis il s'eftoit
tenu en deuoir , n'auoit pas voulu en parler à Straton de peur de mettre de la diui-
fion entr'eux , & mefme de peur de tomber en des paroles aigres auecque luy en
luy reprochant fa deffiance. Voila donc
la brebis en la garde du loup, qui ne manquera pas de faire fon coup quand il en
verra l'occafion fauorable. Il la trouua
auffi-toft , car la porte de la maifon de
Straton luy eftant auffi ouuerte que la
fienne faifant vn iour femblant de s'eftre
arrefté à la chaffe iufques à la nuict aux enuiron: il y vint auecque deux valets me-
nans des chiens & ayans des harquebufes.
Il y eft receu par l'innocente Menodore
comme le maiftre de la maifon ; Straton voulant qu'on l'honoraft & feruit
chez luy comme luy mefme. Il fe retire au

departement qu'on auoit accoustumé de
luy donner apres auoir faict la meilleure
chere dont se pût auiser Menodore. Luy
qui sçauoit toutes les addresses de la
maison, & qui peut-estre auoit gaigné
par argent quelqu'vne des seruantes de
Menodore ne manqua pas sur le milieu de la nuict de venir en la chambre
de cette femme d'honneur accompagné de ses deux satellites. De vous dire
l'estonnement de cette Dame il n'est pas
necessaire, tant y a que pour passer legerement sur ce pas glissant, voyant qu'il ne
pouuoit rien tirer d'elle de bonne volonté contre son deuoir à l'aide de ses
deux valets il força ceste desolée & en ar-
racha brutalement le plaisir qu'il auoit
si long temps desiré & si vainement recherché. Il n'est point icy question de
representer les couleurs de l'vne & le remords & le repētir de l'autre. Ie diray seulement qu'apres auoir assouui son appetit
desordonné il se retira en sa maison &
ayant ramassé la plus grosse somme qu'il
pût sçachant qu'apres vn tel acte il ne seroit pas seur pour luy en France, il passa en
la Hollande pour y trouuer dans la guerre, dont elle est le theatre, vne mort plus

honorable que ce que vous venez d'entendre de fa vie. Straton eft auerty de ce violement par fa femme qui eut de la peine à le croire fi forte eftoit en fon ame la bonne opinion qu'il auoit de ce faux Amy. Sa feule fuitte fit qu'il le iugea coulpable, & s'il fuft demeuré en fa maifon difficilement euft-il cru ce traict de luy, & euft pluftoft dementy le rapport de fa femme. Au lieu donc de courir apres pour fe vanger d'vn fi notable affront, il ne daigna pas feulement en faire inftance en Iuftice, peut-eftre, pour ne publier fa honte qui eftoit connuë de peu de gens, peut-eftre auffi pour ne pouuoir & ne vouloir prefter la main à la ruine de cét Amy, & peut-eftre encore pour eftre cette offence de celles que la Nobleffe tient ne fe pouuoit reparer que par l'efpée. Tant y a que Menodore voyant que fon mary ne faifoit point eftat de tirer fa raifõ d'vn tel outrage s'en plaint à fes parens qui blafmans la ftupidité & infenfibilité de ce mary entreprennent l'affaire en Iuftice, font confifquer tous les biens d'Antonian adiugez à Menodore pour reparation du tort, & le font condamner à perdre la tefte fon abfcence le garantit du

supplice, non de la confiscation. Straton
estant de retour de Paris, au lieu de consoler sa femme sur cét accident, & de luy
permettre de s'en vanger, non seulement
la mesprise & la reiette comme vne personne infame & souïllée, mais la gour-
mande & mal traitte, comme si elle eust
apporté quelque sorte de consentement
au rapt d'Antonian. Ce qui met cette
femme en vn tel desespoir, que se reti-
rant d'aupres de cét indigne mary, elle se
mit dans vn Monastere pour y viure en
closture en son habit seculier. Cependant Ligor, l'vn des plus proches parens
de Menodore, & son cousin germain, qui
au nom de tous les autres parens & d'elle,
auoit fait condamner Antonian à ce que
nous auons dit, estant tombé en propos
auec Straton, & luy ayant reproché sa lascheté & sa bestise receut de cét homme
des reparties si aigres que venus d'vne parole à autre aux plus sensibles reproches
& outrages qui se puissent faire, sur le
champ ils mirēt la main à l'espée, & Ligor
legerement blessé coucha Straton roide
mort sur la place. Antonian ayant appris
la mort de Straton s'en resiouyt extrémement, croyant que ce fust vne ouuerture

pour rentrer en ſes biens. & auoir ſa grace
en eſpouſant Menodore; il fait parler de
ce mariage, offrant de reparer le tort
qu'il auoit fait à cette Dame en ſe rendant ſon mary. Menodore qui l'auoit en
horreur autant que la mort feignit de
preſter l'oreille à cette propoſition, aſin
d'attirer cét oiſeau dans les filets, & en
faire vne curée au bourreau : & d'effect,
ſur cét eſpoir il reuint en France, où
on luy mit auſſi toſt le Preuoſt en queuë,
des mains de qui par vn ſtratageme ſubtil il eſchappa : car eſtant aſſiegé dans
vne hoſtelerie, où ſans doute il euſt eſté
pris, il donna ſes habits à l'hoſte qui ſe
monſtra en eſtant veſtu ; pour amuſer les
archers tandis qu'Antonian couuert de
ceux d'vn valet d'eſtable ſe ſauua dans la
preſſe. Retourné en Hollande il fut tué
en vne rencontre, & Menodore ayant
failly à cette priſe ne voulut plus viure
dans le monde, mais ſe fit Religieuſe,
appliquant à vn Hoſpital tout le bien
d'Antonian qui luy eſtoit adiugé, faiſant
des deſpoüillles d'Acam vn anatheme
d'oubly, & imitant Iudith, qui ne voulut point tirer à ſon profit le bagage
d'Holoferne qui luy eſtoit offert. Que

de remarques nous repreſente cette Hiſtoire : la prééminence de l'amour ſur
l'amitié, la perfidie d'vn amy, la ſtupidité
d'vn mary, l'infortune d'vne honneſte
femme, la punition humaine & diuine
d'vn rauiſſeur, qui eſchappant les mains
de la Iuſtice de la terre tomba en celle du
Ciel, & en fin, le bon-heur de Menodore,
qui par ces tempeſtes fut pouſſée au port
heureux de la Religion, & ſa genero-
ſité à meſpriſer vn bien qu'elle ne pouuoit poſſeder ſans horreur, encore qu'il
luy fuſt acquis legitimement & par la
voye de la Iuſtice.

L'Intrigue funeste.

HISTOIRE XVIII.

La Cour d'vn Prince de l'Empire, Souuerain en ses terres (ie ne le veux point nommer autrement) il arriua, il n'y a pas beaucoup d'années, vn Intrigue qui produisit des effets miserables. Ce Prince estoit veuf, & parmy plusieurs enfans masles il auoit vne seule fille, qu'il éleuoit auec tout l'honneur & toute la gloire digne de sa naissance : il luy donna pour gouuernante vne Dame, vefue d'vn Gentil homme qui auoir esté son Maistre d'hostel, & de qui la vertu luy estoit connuë par experience, parce qu'estant ieune & belle, le Prince mesme en ses premiers ans en auoit esté passionné, & cependant il n'auoit iamais pû par presens ny par aucuns artifices corrompre son courage, ny arracher d'elle aucune faueur preiudiciable à son honnesteté, & quelque bruit qui couruit au con-

contraire, selon les mesdisances si communes à la Cour, le Prince assés facile à
vanter ses conquestes luy rendoit toutefois ce tesmoignage glorieux, que de toutes les places qu'il auoit attaquées celle-
là seule luy auoit esté inuincible. Cette
Dame que nous appellerons Milburge ayant pris la conduitte de la Princesse, à qui son pere laissa les mesmes
Damoiselles & presque le mesme train
qu'auoit sa mere defuncte, s'y gouuerna
auec tant de prudence que le Prince auoit
occasion de se loüer du choix qu'il en
auoit faict pour esleuer sa fille à toute sorte de bien-seance. Milburge n'auoit
qu'vne fille nommée Iuliane, & vn fils
appellé Victorin, qui passerent auec
elle dans la maison & au seruice de
la Princesse, celle-là fut rangée parmy
les Damoiselles, cestuy-cy fut faict Escuyer. La consideration où entra Milburge, tant pour sa propre vertu que pour sa
charge, fit que ses enfans furent regardez
auec respect, la faueur & le credit estans
les deux astres que les Courtisans ado-
rent. Iuliane estoit lors en cet fleur de
beauté qui auoit autrefois rendu sa mere
si agreable aux yeux du Prince. Vn des

illuſtres Seigneurs de la Cour, que nous
nommerons Ariſtion, l'auoit ſouuent ca-
jolée, meſme deuant qu'elle entraſt au ſeruice de la Princeſſe : il continua cette
muguetterie lors qu'elle fut à la Cour,
& comme il auoit vn fort libre accez
chez la Princeſſe, il y voyoit aſſez ſouuent Iuliane de qui il ſe rendit ſeruiteur
particulier. Deſia le bruit couroit qu'il
eſpouſeroit cette fille, car vous pouuez
penſer qu'elle eſtoit ſous la diſcipline
d'vne mere qui la gardoit comme le Dragon les pommes d'or, & qu'ayant elle meſme reſiſté aux pourſuittes du Souuerain,
vn de moindre qualité ne deuoit pas aſpi-
rer à la fille que par la porte de l'Egliſe, ie
veux dire du mariage. Mais parce qu'il y
auoit vne diſproportion extreſme entre la qualité d'Ariſtion & celle de Iuliane, tous les parens de ce Seigneur prie-
rent le Prince d'entremettre ſon authorité pour arreſter le progrez de cette recherche que ce Seigneur faiſoit. Mais la
deffence picqua ſon deſir, c'eſt pourquoy le Prince meſme conſeilla qu'on
vſaſt de diuerſion, comme du remede
le plus ſalutaire que l'on pûſt employer
en cette ardente maladie. Edilberte,

ieune Damoiſelle de l'vne, des plus nobles maiſons de l'Eſtat, au reſte belle &
riche, fut trouuée propre à mettre deuant les yeux d'Ariſtion, qui d'vn coſté
menacé de la diſgrace du Prince s'il continuoit de ſeruir Iuliane, & de l'autre, al-
leché par le plaiſir, l'honneur & le profit
qu'il pouuoit eſperer de l'alliance d'Edilberte, prit auſſi-toſt le change, faiſant
voir que de ceſte inconſtance qu'on loge
toute dans le cœur des filles, il y en a vne
bonne partie dans le cerueau des hommes.
Comme il eſt mal-ayſe de cacher ſon feu
quand on ayme, il eſt auſſi difficile de diſ-
ſimuler ſa froideur quand on n'ayme plus.
Ariſtion s'eſcartant de la frequentation
du Iuliane, qu'auparauant il recherchoit
auec des ſoins ſi exacts, luy donna aſſez
à connoiſtre que le vent auoit tourné
la gyrouette d'vn autre coſté, & que
quelque autre objeſt l'auoit ſupplantée
de l'affeſtion de ce volage : comme
elle s'apperceut de ſa perte, elle ne fuſt
pas long-temps à reconnoiſtre la conqueſte qu'Edilberte, l'vne de ſes compagnes, auoit faiſtes des inclinations d'Ariſtion, dequoy elle auertit ſa mere, qui tenant comme vne choſe aſſeurée l'alliance

ne ce Seigneur & de sa fille, fut extremement troublée de cette nouuelle qui luy
arrachoit des mains , selon son opinion,
vne bonne fortune. Comme elle estoit
femme d'esprit, & qui sçauoit les ruses de
la Cour , elle consola sa fille , & luy
defendant d'en faire plus mauuais visage à Aristion , mais de dissimuler son
mal , & de feindre d'ignorer la nouuelle passion qu'il auoit pour Edilberte,
elle luy promit de faire en sorte qu'il
quitteroit cette maistresse derniere pour
reuenir à elle, pourueu qu'elle ne le con-
firmast point en son inconstance par des
rebuts & des desdains, n'y ayant rien qui
guerisse plustost d'amour vn grand courage que le despit de se voir mesprisé. Ce
precepte tiré de la prudence mondaine fut cause de la ruine de Iuliane,
comme vous entendrez. Milburge femme acorte, & qui sçauoit les intrigues de
la Cour, n'ignoroit pas vne ancienne affection qui estoit de longue main entre
Edilberte & Policarpe, ieune Gentil-hō-
me, des plus beaux & des plus accomplis
qui fust à la Cour, comme elle estoit honneste & tendoit au mariage , aussi estoit
elle forte & si puissante que la consi-

deration de la grandeur d'Aristion , qui
estoit sans doute de tout autre rang que
Policarpe , n'estoit point capable d'es-
branler la fidelité d'Edilberte. de la Milburge prit occasion de parler à Policarpe, & de luy donner de la ialousie sur la
recherche d'Aristion qui s'estoit faict
son riual, picqué de cette passion il voit
Edilberte, & luy tesmoigne son ressentiment , encore qu'elle fust vn peu fachée
que cét ombrage luy donnast des doutes
de sa constance, si est ce qu'elle luy fit de
nouuelles protestations de sa foy, & luy
promit de trainer si rudement Aristion,&
auec tant de mespris, qu'elle le contrain-
droit de se retirer d'elle en la mesme façon que pour seurer les enfans on
frotte la mammelle de la nourrice auec
du chicotin. Et d'effect elle executa si fi-
delement ses promesses qu'Aristion qui
pensoit (& il estoit vray) luy faire beaucoup d'honneur de la rechercher, ne pouuant supporter l'insolence de ses mespris,
ny les outrages qu'elle luy faisoit , se
retourna selon le dessein de Milburge
vers Iuliane , qui par le conseil de sa
mere au commencement le vit comme vn volage; meslant ses rebuts auec

tant d'attrais, que si elle tuoit d'vn costé
elle refuscitoit de l'autre, & pour échauf-
fer dauantage sa renaissante passion elle
imita l'industrie des forgerons, qui auec
de l'eau embrasent plus fort les charbons de leurs fournaises, car feignant
depuis qu'Aristion l'auoit quittée pour
s'amuser apres Edilberte, qu'elle auoit
tourné ses yeux vers le beau Policarpe,
que toute la Cour regardoit comme vn
Medor, par cette ruse elle redoubla la
passion d'Aristion, n'y ayant rien qui
augmente dauantage la flamme de l'a-
mour que le vent d'vn riual. Et comme
Milburge estoit artificieuse elle gaigna
cela sur l'esprit de Policarpe, de luy persuader de carresser sa fille à la veuë d'E-
dilberte, tant pour donner de la ialousie à Aristion que pour se rendre plus
recommendable à cette fille, qui en deuint (tant elle eut peur de le perdre) beaucoup plus amoureuse. Mais si les parens
d'Aristion, à cause de l'inegalité du Iuliane, empeschoient autant qu'ils pouuoient cette alliance, ceux d'Edilberte
qui desiroient auec passion que leur fille
eust Aristion pour mary, faisoient tous
leurs effors pour empescher le progrés de

l'affection qu'elle témoignoit pour Policarpe : cependant Aristion ayant repris
ses premieres erres autour de Iuliane, &
ayant, ce luy sembloit, supplanté son
riual par les nouuelles fidelités qu'il auoit
iurées à cette fille, sans plus songer à Edilberte, se donna tellement à elle qu'il la
tira totalement à soy : Milburge en estoit
bien ayse, & certes son conseil n'eust
pas mal reüssy si les choses en fussent
demeurées en ces termes : mais qu'il est
mal aysé de donner vn temperamment
à cette passion violente qui met sa perfection dans les extremitez, & que ces meres sont peu iudicieuses qui iettent leurs
filles dans les flammes & ne veulent pas
qu'elles y bruslent, & que leur renommée & leur vertu s'y consument. Oyez
la folie de la fille d'vne sage mere : folie
qui ne peut receuoir d'excuse que par
l'aueuglement de l'amour, Iuliane de
peur de perdre encore vne fois Aristion,
qui auoit pensé luy eschapper, se mit si
auant dans le pouuoir de la fortune, que
cette aueugle Déesse estant conduite par
vn aueuglé amour, il ne se faut pas estonner si cette fille inconsiderée tomba dans
le precipice. Il me semble que ie n'ay

pas beſoin de m'expliquer dauantage
pour repreſenter ſa cheute. Sotte fille,
qui de peur de perdre Ariſtion ſe perdit
elle meſme de reputation & d'honneur.
Ce Seigneur l'euſt eſpouſée, mais ſes parens faiſoient vne telle inſtance aupres du
Prince pour empeſcher ce mariage, qu'il
n'oſa le publier, ſe contente de luy faire
vne promeſſe, & là deſſus d'entrer en
poſſeſſion de ce qui ne ſe doit iamais
cueillir que dans vn Hymen ſolemnel.
Milburge ne ſçauoit rien de cette accointance, eſperant touſiours que la Princeſſe qu'elle auoit en gouuernement obtien-
droit à la fin de ſon pere la permiſſion du
mariage d'Ariſtion & de Iuliane : mais
par le fruict l'arbre de cette mauuaiſe
pratique fut deſcouuert, & Iuliane de-
uenant plus large qu'elle n'euſt voulu fit
connoiſtre à ſa mere, qui auoit bon nez,
qu'il y auoit de l'ordure en ſon faict.
Cette Calipſe recognuë enceinte, ima-
ginez-vous quelle rumeur parmy les
Nymphes de la Princeſſe, qui eſtoit
leur Diane. Ce crime ne pouuoit auoir
eſté commis qu'au milieu de la Cour, &
dans vne maiſon preſque auſſi ſacrée
qu'vn Temple Les Princes ſont extreme-

ment ialoux de la gloire de leurs maisons,
& quiconque en viole le respect est tenu
pour criminel de leze Maiesté. Sans la
promesse & le voile du mariage c'en
estoit faict, & Iuliane & Aristion eussent
finy leur amour auec leur vie. La Princesse irritée chasse honteusement Iuliane
de sa suitte, & le Prince oste le gouuernement de sa fille à Milburge, & pour reparation de ce tort faict à la maison de la
Princesse, Aristion est condamné à espouser Iuliane, ou à perdre la teste. Les
parens qui desirent sa vie consentent à
ses nopces, qui se font assez tristement
loin de la Cour, & auec la disgrace du
Prince & de la Princesse. Voila les miseres où l'inconsideration de la ieunesse
porte ceux qui s'y laissent transporter,
& comme vne mere tres-sage boit l'a-
mertume que luy a preparé la sottise de
sa fille. Victorin, aussi fils de Milburge, fut
chassé au mesme temps, encore que son
innocence & ses seruices plaidassent assez
hautement pour sa conseruation. Aristion
& Iuliane estans mariez, & leur premiere
ardeur estant esteinte par la liberté mar-
tiale, ce Seigneur ne regarda plus sa femme que comme sa pierre d'achoppement

& Iuliane ne le consideroit que comme
la cause de sa cheute. Vous pouuez penser qu'en cette humeur ils ne furent pas
long-temps en bonne intelligence : Aristion qui estoit des principaux Seigneurs
de l'Estat, auoit trop d'appuy & d'amis à
la Cour pour n'y estre pas rappellé. Il
laisse sa femme en la solitude de la campagne, & s'en va à la Cour y ioüir des
passe-temps & des delices qui y sont ordinaires. Quel creue-cœur celuy fut de
voir sur son visage faire les nopces auec
honneur & appareil du beau Policarpe &
de la belle Edilberte, le plus beau couple
qui fut lors à la Cour : les magnificences
y furent grandes, l'appareil riche & som-
ptueux, & digne du courage de l'vn & de
la richesse de l'autre. Les parens d'Edilberte voyans Aristion marié à Iuliane &
ne pouuans arracher de l'esprit de leur fille l'affection qu'elle auoit pour Policarpe, se resolurent enfin de luy permettre
de l'espouser, ce ieune Gentil-homme
ayant d'ailleurs tant de charmes & d'a-
greables qualitez pour se faire aimer,
qu'il estoit communement tenu pour le
plus accomply & le plus aimable Cheualier de la Cour. Ce ne fut point sans ialou-

sie qu'Aristion vit pleuuoir tant de feli-
citez sur la teste de celuy qui auoit esté
doublemēt son riual, & qui l'auoit côtre-
pointé en toutes ses deux recherches de
Iuliane & d'Edilberte, de plus s'estāt las de
Iuliane, qui l'auoit rendu la fable & la risée de ceux qui sçauoient de quelle façon il l'auoit espousée, l'ancien feu qu'il
auoit eu pour Edilberte se r'alluma aisement en son cœur: mais il y auoit si peu
d'apparence qu'il peust venir à bout de
ses pretensions, que le desir d'vn costé
& le desespoir de l'autre donnoient à son
cœur de merueilleux assauts: & si le mal-
heur n'eust secondé son dessein il fust
demeuré à vuide: mais la fortune qui
ne rit iamais pour tousiours, & qui apres
les iours les plus serains fait venir les plus
grāds orages, changea bien tost en espines
les roses du contentement d'Ediiberte: ce
fut la bonne grace de Policarpe qui fut
cause de cette misere, parce qu'aimé par
plusieurs Dames il luy fut impossible de
ne correspondre pas aux affections de
quelques-vnes, & de contenir tous
ses feux dans le sein de celle que Dieu
luy auoit donnée pour compagne.
Ces passions se rendirent si euidentes

qu'elles vindrēt à la cōnoissance d'Edilberte, qui en entra en des jalousies d'autant plus fortes qu'elles sembloient iustes. Aristion qui la voyoit quelquesfois
en compagnie, ayant remarqué en elle
cette mauuaise humeur en fit comme du
point que souhaittoit Archimede pour
enleuer toute la terre. La femme qui a
de fascheuses impressions contre son
mary est à moitié renduë à celuy qui
la veut, ou du moins elle a de grandes dispositions à escouter ses cajolleries Aristion qu'elle auoit autrefois regardé comme vn party auantageux & desirable, si
elle n'eust point esté preocupée de passion
pour Policarpe, luy reuient à present en
l'esprit, qu'elle a vlceré contre l'ingratitude d'vn mary qui la laisse pour d'autres.
Prestant donc l'oreille aux discours d'A-
ristion, qui luy promettoit si elle le vouloit aymer de la venger des affronts que
luy faisoit Policarpe, elle donna sujet à ce
Seigneur d'espier les occasions de nuire à
ce Gentilhomme : il le trouua aysément,
car ayant sceu qu'il voyoit assez priué-
ment vne femme mariée, il en aduertit le
mary, à qui il promit assistance pour luy
faire tirer raison de cét outrage. Ils n'y

manquèrent pas, car ayant pris le temps
que Policarpe alloit voir cette mal-heureuse femme, ils tuèrent l'vn & l'autre,
Aristion accompagnant le mary en cette
sanglante deffaite : le peu de regret que
tesmoigna Edilberte de la perte de son
mary fit croire qu'elle estoit complice de
sa mort, & qu'elle auoit doné auis au mary & conseil à Aristiõ de faire vne execution si funeste. Il ne restoit plus à Aristion que de se deffaire de Iuliane qu'il
n'aymoit plus, & mesme qui luy estoit en
horreur, la poison fit l'effet : mais estant
ouuerte la trahison fut reconnuë, & Aristion trouué coulpable de cet empoison-
nement. Voila Milbruge qui demande
Iustice tout haut côtre son mauuais gendre qui niant vn fait si honteux ne laissoit
pas de voir Edilberte nouuellemēt vesue,
de tesmoigner qu'il la desiroit pour femme : mais il y a vne Iustice dans le Ciel
qui ne souffre pas que de semblables crimes demeurent impunis. Et tandis qu'à
pas tardifs, celle de la terre marche vers
ces fautes, Victorin fils de Milburge, &
frere de Iuliane, accompagné de quelques-vns de ses amis, entra dans vne maison où estoit Aristion, & se iettant sur luy

comme sur le meurtrier de sa sœur, & la cause de la ruyne de sa fortune, le massacra sur le champ, & puis se retira hors des Estats du Prince. Le procez fut fait à Victorin absent, & il fut condamné à la mort; & tous ses biens confisquez : ce qui saisit Milburge d'vne telle douleur qu'elle en deuint malade & mourut. Edilberte soit par remords de conscience, soit de peur d'estre recherchée de la mort de son mary & de celle de Iuliane, dont elle estoit en quelque façon coulpable, se ietta dans vn Cloistre, pour y conseruer sa vie temporelle,& acquerir l'eternelle par la pemitence. Ainsi se termina assez funestement cét Intrigue de Cour : d'où nous apprendrons que la Cour est vn labyrinthe où beaucoup de gens se perdent & s'egarent, & où il y a des monstres, comme en celuy de Crete, qui deuorent les biens, l'honneur , & la vie de ceux qui s'y engagent & enuelopent.

Fin du second Liure.